U0922130

关于成长的
暖心励志类青春校园小说

永远的纯真年代

董江波 | 著 |

台海出版社

图书在版编目（CIP）数据

永远的纯真年代／董江波著.—北京：台海出版社,2016.5

ISBN 978－7－5168－1027－9

Ⅰ.①永… Ⅱ.①董… Ⅲ.①长篇小说－中国－当代
Ⅳ.①I247.5

中国版本图书馆 CIP 数据核字(2016)第 118469 号

永远的纯真年代

著　　者：董江波

责任编辑：刘　峰　　　　装帧设计：天下书装

版式设计：天下书装　　　责任印制：蔡　旭

出版发行：台海出版社

地　　址：北京市朝阳区劲松南路 1 号　邮政编码：100021

电　　话：010－64041652(发行,邮购)

传　　真：010－84045799(总编室)

网　　址：www.taimeng.org.cn/thcbs/default.htm

E－mail：thcbs@126.com

经　　销：全国各地新华书店

印　　刷：北京建泰印刷有限公司

本书如有破损、缺页、装订错误,请与本社联系调换

开　　本：880×1230　　1/32

字　　数：180 千字　　　　印　　张：9

版　　次：2016 年 8 月第 1 版　印　　次：2016 年 8 月第 1 次印刷

书　　号：ISBN 978－7－5168－1027－9

定　　价：36.00 元

目录 CONTENTS

目录 CONTENTS · · ·

第一章

考入中等师范学校

接到省立第四中等师范学校入学通知的那一天，桑洁的心一下子飞了老高，虽然这本是预料中的事情，可过分的喜悦还是促使她四处宣扬着这个消息。家人也都为她高兴，急忙早早为桑洁收拾着行装，好准备送桑洁上学。

1996 年的秋天，在全国各省市，尤其是丹阳市，能够考上一所中专学校，特别是能够考上中等师范学校和幼师学校，还是很多初中学子的重要出路，甚至是梦想。如果考上了，那就意味着，毕业后一份不错的包分配的工作，已经在等着你了。

而中等师范学校的毕业，意味着可以被分配到自己所在县的各乡镇中学去教书育人。如果你足够优秀，也完全能够跳出农门乡镇门，直接到各县区中学去教书，拥有别人眼中羡慕的铁饭碗。

还有更甚的惊喜，是直接留在丹阳市教书育人。丹阳市虽然不是省会，但却是省内仅次于省会的第二重要城市。到这个地步，那就相当于山沟沟里飞出了“金凤凰”。

1996 年，在中考考试中开始加入体育测试，分数为 30 分，加上语数外理化政六门，共计 630 分。经过三到四年（初中分为三年制和四年制两种，也包括复读生在内）学习的初中生，考到 450 分以上，就可以上一个不错的高中；考到 500 分以上，就会成为整个丹阳市所有高中争抢的对象。而要考入省立第四中等师范学校，则至少需要 525 分。

桑洁考了 535 分。

其实在 1995 年的中考中，桑洁已经考了 501 分的好成绩，并且那年没有体育测试分。虽然丹阳市最好的几个高中，都向桑洁抛出了一切费用全减、并且还能再给她一笔钱的橄榄枝，但桑洁都没有接受。桑洁自小家就很穷，父母务农，弟弟正在上小学，上了年龄的奶奶也需要人照顾。种地除了能够维持温饱，根本赚不到余钱。桑洁父亲趁农闲时节，会到省内的几个大城市打短工补贴家用，维持一家人的生计。

上高中、再上大学，就算第一次高考就能考上不错的大学，那也是漫长的七年，再加上大学四年那高昂的学费，是这个农村小家庭所承受不起的。

或许，这些都不是最重要的，最重要的是父亲说的一番话：如果现在上中等师范学校，三年后就能毕业分配到镇里教书，一个月能领 1000 元左右的工资，这辈子就吃教书这口饭，就占到这个国家编制了，安定安心。要是上大学，先不说家里出不起这个学费，就算出得起，七年后什么情况……太远了，看不到，也想不到。

人，还是要现实而踏实地生活着。

正是听了父亲这番话，桑洁毅然决定复读一年，再次报考中等师范学校。

或许，桑洁跟中等师范学校就是天生的缘份。1995 年中考，她考了 501 分，1996 年中考，她考了 535 分，虽然比去年多了 34 分，但其中 30 分是体育测试分。而今年的中等师范学校录取分数线是 533 分以上（不含 533 分）。有一点儿惊险，幸好是有惊无险。

刚到学校的桑洁，对一切都感到新奇而又兴奋：高大的教学楼、整齐而一水儿白的宿舍、洁净平整而偌大的操场、绿茵如盖的树木，还有那一张张陌生的脸孔，夹杂着丹阳市十一个县区的口音也纷至沓来。桑洁很是吃惊：这是多大的一个学校啊，竟然比自己家乡居住的镇子还要大许多，从学校的正门口，走到最后一排的女生宿舍区，竟然需要十多分钟的时间，就这还是赶着脚步走。

桑洁不像其他新入学的同学那样，依依不舍地不让自己爸妈回家，甚至偷偷地躲在床上哭个眼红鼻肿，毕竟，这是一群刚刚十五六岁的少年。崭新的住校生活，让桑洁快乐地忘记了想家，从此，生活中的几乎全部事情都可以自己做主了。她在大学校里东跑西颠，早把爸爸妈妈的离开忘记得一干二净。只是在吃饭的时候，桑洁才突然感到有些怅然若失。或许，就在这一次怅然若失后，桑洁，及桑洁的同学们，就要向自己的幼年时代告别了。一群翩翩少年，已经完全融入了这个大集体中。

我敢打赌，丹阳中等师范学校（也即是省立第四中等师范学校，丹阳人习惯把它叫做丹阳中等师范学校）里没有几个像桑洁这样快乐的学生。一则初次离家住校不适应；二则虽然中等师范学校录取分数线1996年还是很高，但大部分同学却是很不情愿地来到师范的。由于家庭贫困，需要他们尽早走上社会参加工作以补贴家用的缘故，他们的人生，没有第二种选择。

时间过得真快，只是刚刚结束了报名交学费，安排住宿，一转眼中午就到了。午饭的铃声“叮……”地一声，然后就刺耳地响起了一串长音。路上出现了一色亮晶晶、白晃晃的搪瓷快餐杯，那是新生们拿着刚买来的快餐杯向食堂走去，高年级的学生懒洋洋地走着，手中的快餐杯已经没有光泽了，暗沉沉的样子，一看就知道是年深日久。

看来，这是区别新生和老生的一大特点了。

桑洁拿好快餐杯，出门时不经意一回头，见宿舍里还有一个同学没走，坐在床沿上静静地发呆。她不由得返身回来，叫那个同学一块儿去食堂吃饭。

“同学，你叫什么？咱们一块儿去食堂吃饭吧?”桑洁总是那样的热情而心快口快。

“我……”那个同学好像一愣神，似乎是思绪被桑洁的话打断了，却一时接不上茬。她抬头看了一眼桑洁，却没有说什么，继之又低下了头，一头略有点凌乱的长发披散了下来。桑洁此时便觉得没趣，没想到第一次和舍友交谈就碰了一鼻子灰。但她就是那种没心眼儿的人，一会儿便想通了，也许是同学想家难过了。她便也在床沿上坐了下来。

“我叫桑洁，以后咱们就是舍友了。你还有什么没收拾好吗？我来帮你。”桑洁说着便放下了快餐杯，桑洁是有些爱说爱动的人。

“你好！我们吃饭去吧！我是萧慧。”说完萧慧便拿起了自己的快餐杯，银灰色的。动作有点突然，萧慧的举动着实吓了桑洁一大跳。

说实话，桑洁还没遇到过这样的情况，她周围的人，都是和善而温情的。面对这个萧慧，桑洁不禁愣了一愣，怎么这么“冷静”啊，完全不像是一个刚刚升入高中的中学生。

不过，这个想法也只是在桑洁脑海中一闪就消失了。她咂了一下舌头，跟着萧慧出了宿舍门。

第二章

真假班主任

秋夜总是来得特别早，天倒是还不太黑，就是昏沉沉的，要不，怎么会有一句俗语“春困秋乏夏打盹，睡不醒的冬仨月”呢。秋天的夜，就是乏得厉害。

教学主楼里早已亮满了炽光灯，白得晃人的眼。新来的学生也早已找着自家刚重新粉刷过一遍的教室，同学们散乱地坐在了一块儿。教室里那摆放整齐的课桌椅，顿时被大家挤得彻底变了形，由一条直线变成了一个个 W 或 M 的组合。

同学们正在静静等待着班主任老师的到来。这完全还是一群稚气未脱的孩子，最大的也不过十七岁而已，普遍都是十五六岁，并且以十五岁居多。中等师范学校三年毕业后，估计至少有一半人，还达不到十八岁成年人的标准。

这其中，长得矮小一些的，简直就会让你觉得他是直接从小学跳级到中等师范学校来的。而实际上，丹阳市小学五年制，初中三年或四年制义务教育，他们全部经历过了，甚至他们中间还有初三复习生，按照初中生的叫法，那叫初四、初五生了。复习重考的目的，就是为了考一个高分，好能够考到这所中等师范学校或重点高中里来。

上文已经说过，相对于普通高中，中等师范学校的好处是，毕业后就可以包分配去当一名光荣的初中或者是小学老师了。1996 年的时候，省里的中等师范学校一律是包分配的，学费还相对低廉。承受不了高中加大学七年巨额学费的家长，一般都让自己的孩子选择考中等师范学校，一来压力轻，二来毕业后马上就能就业当老师，好早赚钱养家糊口。

这种现象，很多年前就是这样，甚至一直到 1996 年，能上中等师范学校的，都还是各县区初中里最好的学生。只是后来，1996 年以后上中等师范学校的，不再包分配，把毕业生全推向了社会，双向自由就业。

夜晚的教室，有一种别样的温暖，让学生们不甘于只是静静等候着。在等待的时候，大家开始悄悄地议论起来，一天的住校生活，同学们已经迅速地建立了自己的朋友圈子，这个圈子现在还严格地按照宿舍划分着。

“班主任一定还很年轻吧？听说中等师范学校的老师，普遍都是大学刚毕业，年纪轻轻的。”

“没错，现在老师都是大学毕业没几年的学生，比咱们大不了多少岁，不过都很严肃啊！”

“也不算小了啊，大学毕业，比咱们至少得大七岁吧？”

“……”

大家正说得起劲，猛然“呼”的一声，门开了，只见一个穿一身黑西服，留着一撮淡淡小胡子，梳着一头黑而光亮的头发，举止挺庄重的“年轻人”走进来了。大家先是一愣，随即下意识地站了起来（都是小学初中站起来问老师好的惯性）。

大家都以为是班主任老师来了。那“年轻人”也是一愣，嘴角接着掠过一丝不易觉察的笑，他向下摆了一下手，大家就都坐下了。可这一笑恰被桑洁捕捉到了，她也暗暗地笑了一下，坐在了自己刚才选定的位置上。

那年轻人将随手拿着的一本杂志放在了讲桌上，便从西服口袋里随手掏出了一个小本子和一支笔，之后就坐在了讲桌旁的一把椅子上。这把椅子，显然是放在讲台上供老师们坐的。

“大家先来互相认识一下，我也好登记一下姓名，从第一排开始，按顺序来讲台上简单自我介绍一下，用粉笔把自己的名字写在黑板上，我先来熟悉一下大家。”这年轻人的口音怎么这么嫩，略带丹阳市丹朱县口音，虽然还比较中听，不过大家也还是忍不住诧异：难道班主任连一张花名册也没有不成？可初来乍到，想那么多干什么呢？也不好开口问老师，只好一个一个上讲台了。

“张鹤，这名字挺脆的。”“班主任”老师边听介绍还边“评论”，大家一听，笑了起来。

“李凯飞，这个名字不错。”

“班主任”每听完一个名字，先评论一番，再接着打量来人一番，弄得同学们都很不好意思。他这哪里是老师的目光，像一个学生似的。大家在下面窃窃私语地议论起这个“老师”来：

“这老师怎么这样啊？”

“这老师怎么有点调皮捣蛋的感觉啊？”

“这老师也太小了吧？估计和咱们差不多大。”

“看他那嫩嫩的样子，怎么当上班主任的啊？”

“这老师也太说笑了吧！一点儿也不严肃。”

“不会是老师有事来不了，让他儿子来代替了吧！”

……

大家听了这话，不禁大笑开了。“老师”却也不火，直叫下一个同学上讲台去。这次正好是桑洁，桑洁走上讲台，望着老师“笑”了一下，“老师”倒有些“不安”起来。

“老师！您好，我叫‘贾丝’。”桑洁的“老师”这两字音特别重，“贾丝”咬字更“清楚”了，几乎是“假师”了。

“老师”下意识地看了一眼门口，不慌不忙地照着桑洁写在黑板上的名字，记下了“贾丝”。桑洁笑着走下了讲台，心里寻思：这“老师”其实也挺稳重的。

萧慧坐着没有动，桑洁算是最后一个了。五十多位同学介绍下来，没人想到，还漏了一个。这时大家的注意力，普遍都聚集在了“老师”身上。

“大家好！我们刚才也算互相认识了一下。现在我作个自我介绍吧！我叫董啸，今年十六岁……”

没等董啸说完，讲台下早已哗然一片了：“什么，十六岁……”

董啸咳了一声，又不住地笑了几声，等教室里重新安静下来，就继续笑着说道：“我们以后是同班同学了，大家多多照顾，多多照顾，还望大家多提携。”同学们又忍不住哄笑了起来，不想自己被董啸耍了，大家是觉得又可恨又可笑啊，但面对这样的“假班主任”，还真不知该怎么好，董啸在一片笑声中在前排找了一个位置，坐下了。

教室里正闹得不可开交，门又“砰”的一声——这个门可真够紧的。不过，冬天了，门紧点也是好事，可以挡着冷风进来。大家这下可是看清楚了，这回确实是真正的班主任进来了。此人可真正严肃啊，一看那脸孔你便再也笑不出来，想必他笑一声，你也会胆颤心惊的。不过可别误解了，班主任老师可不是恐怖的那种严肃啊，而是帅气的严肃，也就是冷酷那种的。大家下意识地就安静了下来。班主任老师梳得三七分开的头发，加上一副金边眼镜，外配一套深色西服，铿亮的皮鞋，再加一个黑色手提皮包，那令人敬佩的挺直的腰板，真不愧为人师表者。

同学们又一次忙着站了起来，接下来是又一次的点名，自我介绍，想不到的是老师也姓董，只是不叫啸而已；大家一听，不禁又笑了一回。

董老师说话简洁明快，几句话便把一大堆事儿说清楚了，同学们不住地咂舌称赞这种技能，特别是董老师那一口近乎于主持人的普通话，让这些刚从各乡镇县区升入中等师范学校的孩子们异常羡慕。

刚刚升入中等师范学校的这些学生中，能够说一口普通话的，真是少之又少啊。丹阳市是著名的千年古市，真实情况是，丹阳市已经存在了五千年以上了，这里十里不同音，五里不同俗，两个相邻的村子，如果风俗习惯和口音完全不同，丹阳人也不会觉得奇怪。于是，在中等师范学校里，学生们讲着带有各地口音的普通话也就不足为奇了。

新生与班主任见面结束后，董老师便让大家各自回宿舍收拾床铺，单单把董啸留了下来。

看着董老师那微微一笑的脸，董啸有些发憷。并且更为可怕的是，你明知道他是在笑，可他的脸却一动也不动，嘴角也绝不变形，只是眼睛里含了一丝笑意。这难道，就是传说中的皮不笑肉也不笑？这似乎成了一种精神层面的笑了，让人瘆得慌。

董啸寻思：也许是老师刚才在门口听到自己装老师了。本是一次玩笑，这下可好了，少不了一顿教育加责骂了。对董啸来讲，被老师叫那是家常便饭，在小学是因为好动，过分积极；在初中时是因为成绩好，人缘好。现在刚来中等师范学校第一天就被老师叫去办公室，也不知是祸还是福。

寻思了一番，董啸也不去细想了，只顾将手插在裤子口袋里，向这层教学楼写有“史地政”的老师办公室走去。

史地政就是历史、地理、政治的统称，班主任董老师是教政治的。当时的中等师范学校，是没有独立教师办公楼的。往往是辟一间大教室出来，一个老师占一张比较大的办公桌。简朴，但却是其乐融融。

第三章

宿舍卧谈会

省立第四中等师范学校的教学主楼坐北朝南，并且是单面教学楼，只南面有教室，北面只是一条通道加窗户，所有的教学教室都能享受到几乎一整天的阳光，这在冬天实在是美事一件。可一到夏秋，那个热啊，几乎从早上 9 点半开始，到下午 5 点，整个教室都热得让人发麻。唯一的办法，就是打开教室朝南的窗户和教室前后门，让风对着吹，才好受点。但比较悲剧的是，往往夏天几乎是无风的。

于是，学校就在每间教室的四个大落地窗上装上了厚厚的窗帘，每逢夏天白天那段阳光最炽烈的时间，站在远处看一眼教学主楼的南面，全是棕黄色的窗帘，窗口开着，窗帘随风飘动着，仿佛一层一层的棕黄色波浪。在这样的状况下，同学们才能勉强打起精神上课。

空调？不要想象了。不要说那时，就是现在，很多学校的教室里也没有空调这个东西。学校教室防暑，基本只能靠开窗。

教学主楼一共六层，四到六层是教学区，每层有七个教室，平均每个教室能够容纳学生五十五人左右。一层和二层一部分是教师办公区，三层和一、二层其他部分是各种实验区、计算机机房等等。教学主楼有东、西两部楼梯。董啸他们班班号在前面，紧挨着东边的楼梯，楼梯是那种一整块水泥板砌成的台阶，台阶的边角，被长条的铁皮包着，看上去很结实很正规的感觉。下楼梯时，学生们的脚踏在楼梯上，会发出很大的“哒哒”的声响。想来，如果不是这些铁皮的功能，这些楼梯，早就变得破破烂烂了。

新生与班主任见面会结束之后，天已经完全黑了下来，秋夜也凉了许多。董啸他们班还是散得比较早的一个，这应该完全归功于董老师一句话能把三句话的事儿说明白的高超语言本领。可不像有的老师，一句话能说成三句话，三句话还能分别诠释一下，翻来覆去，一个多小时就过去了。遇上这样的老师，只能自认倒霉了。

见面会后，桑洁因去隔壁的班级看了一下同乡来的一个同学，耽搁了一会儿时间。那个同学的班级教室紧临着西楼梯。其实说起来，教学主楼按现在的标准，只能算是普通大小了，但在当时，却显得相当壮观，一层拥有七个教室，相隔整整五个教室，才能到达教学楼的西边，想一想：那可是能轻松容纳 50 多名学生的大教室啊。

桑洁从同学教室里出来，便从教学楼西边楼梯下来了。下到二楼教师办公区时，恰巧遇见了董啸从写有“史地政”的办公室里出来。正想要开口打个招呼，董啸却先发现了她，因楼道里灯光昏暗，看不清楚，董啸便使劲地跺了一下脚，楼梯转角处的“声控灯”突然就亮了，黄而刺眼的灯光猛地袭了过来，桑洁也被猛地吓了一跳，于是桑洁就对董啸有些不以为然。

十五六岁的少男少女，本身心理上就相互看不起，却又想着相互试探。董啸这样的“跺脚”行为，确实让桑洁很有些“讨厌”的感觉了。

桑洁不管更不去想，董啸从董老师办公室出来是受了批评了，还是挨教鞭打了，只是径自去怪他使劲跺脚吓人。

桑洁皱了皱眉，看了董啸一眼，便戏谑地对他说道：“哟！董老师啊！怎么这么大火啊，是去办公啊？还是去家访啊？”说完还故意笑了一阵，夸张地晃动着身子。气得董啸连冷笑也冷笑不出来了，刚要开口说：“好你个‘贾丝’……”突然就一下子明白过来了，什么“贾丝”，连这个名字十有八九也是假的，原来被这家伙耍了。

原来，对面这个女孩子，心机和眼神是如此的伶俐和深刻。

董啸气不过，还从来没有被人这样戏谑过，何况还是一个“小女孩”，便还口道：“原来你没有名字或者是名字很难听，是吧？”董啸不等桑洁回话，又赶忙说道：“本人要忙着到教务处报道，先走一步了。不用再见。”说完便匆匆地跑过了楼梯转角处，一转身就到下一层了。

桑洁又可气又可笑，站在原地愣了一会儿，笑的是董啸被班主任董老师叫到办公室训话出来后，还装气弄势的，气的是这个董啸实在是有点太“滑”了，而且还喜欢胡乱在言语上欺负调侃人。在桑洁的印象中，学生被老师叫到办公室里，一般是去受批挨训的，想到这里，桑洁也就觉得董啸有些“可怜”了。见董啸跑远，便冲着他的背影摇了摇头，也自顾自下楼梯，朝女生宿舍区走去。

可能，董啸去教务处，也真就是没有什么好事情吧！

从初中升入中等师范学校，对于大多数同学来说，这是第一次离家求学。虽然到丹阳中等师范学校读书的同学，基本上都是丹阳市临近郊县的，离家大多数不超过百公里，坐普通客车也就是三个多小时的路程，但却毕竟是第一次离家求学。相对于背井离乡，那只是一个距离问题了，一百公里和一千公里，在感情上是一样的。初次的住校生活，初次与陌生的同学住在一个房间，突然地冷清起来，突然平常说得来玩得来的那些人都不在身边，这让大多数同学在第一夜难以入眠。有思念家里父母兄弟姐妹暗暗掉泪的；也有因升学的兴奋而睡不着觉，直和邻铺的人说了一夜的；也有不知为什么，就是睡不着的；总之，开学的第一夜，就是一个不眠之夜。

这不，男生住宿区 321 宿舍的八个兄弟们不顾夜深了，还在大谈特谈，只听得有一个嗓音特别响亮却还显稚嫩的人在向众人讲着什么，不用说，就是白天装“班主任”的那个董啸。前头众人刚被他戏弄，现在却都聚在了挨近董啸床头的几张床上。只见他正得意洋洋地向大家说着什么。兄弟们也有羡慕的，也有不屑的，可都听得正带劲儿。

“咱们董老师一进门就给我忙着让座，说什么我有勇气、语言表达能力强啦等等的！起初我也只是嗯哈着。谁知后来，你们猜怎么着？我和他竟是一个地方的人——老乡。”

董啸停顿了一下，见大家仔细听着，微微笑了笑，又继续说下去："他竟然也是丹朱县的。知道了我们是老乡，我这才放开了胆，大谈特谈了起来，说什么现在的学生不比以往了，不能只靠纪律的制约，而应该充分地调动起他们自己的自觉性，根据他们的兴趣爱好对症下药等等，直说得董老师点头称是。你们知道吗？我这些话也是刚从《智育报》上看来的，你说巧不巧啊？偏偏在这里用上了。"说完后董啸一阵大笑，大家也跟着笑了起来。宿舍里边大多数同学还是第一次看到同龄人发表这样的高谈阔论，他们觉得特别有意思。

那时候的少年，就是这样的单纯，哪怕是对陌生人说一句话，或者听到家人朋友在议论自己的事情，不管是好事坏事，都会涨红了脸。而这样的大声说话，高谈阔论，他们哪曾见过，想过，更不曾自己进行过。

董啸笑完，停顿了一会儿，大家忙催问后来怎么了。

"后来呀！老师见天色不早了，就对我说，'班里同学们有什么问题了，你可以来告诉老师，以后你就是学生代表了'；董老师还说，会再叫我去的。我后来就一直点头说'是、是、是'，呵呵。"董啸得意地笑笑，"怎么样，老师对我董啸的第一印象应该还算不错吧！是吧？李凯飞！"

"呵呵！"角落里有人也跟着笑了一声。

那个时候，"呵呵"两个字，还是比微笑重，比大笑轻的一个笑的象声词，而不是像今天被人们赋予了轻视而侮辱的含义。

兄弟们忙问谁是李凯飞。董啸用手一抓，说："这不是了，大家看一看他！"李凯飞被董啸抓住，一边大笑，一边用手挡自己的脸，就好像这个名字不好听似的，要不就是本人长得太俊或太丑。大家也都凑了过去，一边看，一边“哈哈”地笑了起来。

显然，李凯飞就是刚才第二个“呵呵”的角落里的那个人。

董啸越笑越得意，竟把宿舍兄弟们的名字一一点了出来，大家不禁叹服：“好家伙，这么好的记性啊!”有些人便问班里一些女生的名字，董啸只是笑，不告诉他们，只说有一个女生的名字很难听，说等明天让他们见识见识。

言下之意，肯定说的是自报“贾丝”的桑洁了。董啸并不知道桑洁的名字，就坚决地说肯定很难听。这就是少年人的武断吧。

其实，董啸这也不算记忆力好，这本身就是很简单的一回事。每一个上讲台来介绍的同学，都要跟董啸目光交流数次，并且言语交流一两句，而且两个人面对面，这样一轮下来，显然能记住绝大多数同学的长相和名字。相反，坐在讲台下的同学，注意力根本不在这个事情上，记不住也就非常正常了。

正吵闹的起劲，突然听到有人“咚咚”地使劲敲了几下门，大家害怕是保卫科来查宿舍了，忙着飞速回到自己的床位，用被子蒙住了头。看这群“小破孩子”，刚刚离开家，一个风吹草动就可能吓坏了。在他们的念头里，被叫到老师办公室，甚至主任或者是校长办公室谈话，即便上大学了，也还是一件比较可怕的事情，是非常丢面子的。何况是每天检查巡逻宿舍区和教学办公区的保卫科，被保卫科的人叫走，印象中可以直接被归入不良少年那一类了。

只一会儿，外面便平静了下来，敲门声没有继续响起，很明显不是保安大叔们。兄弟们又都重新坐了起来，又一阵“哈哈”

的笑声洋溢在校园住宿区内。

如果不是保安大叔们，那一定是路过的班里的女生们了。宿舍区全部是北方普通的一层砖房，宿舍中装了暖气。前边一排是男生宿舍，后边一排是女生宿舍，女生回到自己宿舍的时候，要经过男生宿舍这一排。但身为中等师范学校，女生数量要明显大于男生，如果说学校每十个人当中有两个是男生，就已经有些夸大男生的数量了。

这也明显地体现在宿舍上，男生虽然在前一排，但只有宿舍大门靠东的几间宿舍是男生宿舍，这些宿舍的门朝向南边；而大门靠西的另外一半宿舍门，和后边一排的女生宿舍门是相向开的，全是女生宿舍。这些女生宿舍形成了一个独立的封闭院子，而男生宿舍，就是完全敞开的面对外边了。另外，男生宿舍前边林荫道前的那排屋子，也是一个独立的小院，那个小院拥有跟男生宿舍一样数量的十五个女生宿舍，不同的是，最靠边临门的一个宿舍，被改成了一个小卖部，卖一些食品、日用品、文具之类的。

这就是中等师范学校一年级学生的住宿区。

而二年级和三年级的学生，以及所有音乐、美术、体育专业的学生，绝大多数住在了丹阳中等师范学校的东校区，只有个别几个班的二三年级学生住在南校区。而丹阳中等师范学校只有这两个校区。

这也意味着，当学生们升入二年级的时候，绝大多数班级，都需要搬到东校区去。

男生宿舍是这个样子，女生宿舍何尝不是呢！可话题却变了一变。这不，桑洁班里的女生们都在谈论白天的那个“董啸”呢！谁让他的表现最抢镜了。

“董啸，一听这名字就知道不是个好惹的。”

“就是，看他留的那一头头发，油光可鉴，我敢说全校找不出第二个来。”

“学生怎么穿那么笔挺的西服，还把皮鞋擦得比老师还亮。”

“他也太不把咱们放在眼里了，刚来就这样捉弄人。”

“简直是一个滑头啊！”

“……”

桑洁听了这些不禁觉得好笑，便开口道：“我看董啸挺不错的，说话又大方，举止又稳重，和大家说说笑笑的，有什么不好，他还叫‘啸’呢！”大家一听，都乐了。

桑洁性格里有些反叛的天性，她本来经过董啸冒充班主任、楼道里遭遇两件事情后，对董啸有些反感，但现在听到宿舍众姐妹都在说他的坏，又想起他的好来，忍不住就为他说好话。

“是呀！人家董啸又大方又会说话，穿着又时髦，人还长得帅，或许是桑洁‘看’上他了吧！……”

桑洁不等说完，就跑过去假装去打那个调侃她的同宿舍女孩儿：“再说我就撕了你的嘴，瞎说些什么呀！……”

大家于是又笑了起来。

在1996年那个时候，虽然这群十五六岁的少男少女，根本还不懂得恋爱是什么？一直把恋爱当成可怕的所谓早恋来断绝念想。但这却不妨碍大家拿男女朋友来说笑，而这种说笑，往往能造成最好笑的效果。

她们一阵哄堂大笑。

“都快睡觉吧！吵什么吵？董啸这样优秀的人能有几个。”正闹得不可开交，大家一听这声音就都静了下来。别人正在诧异中，桑洁却早已知道了说话的是萧慧。

今天中午，桑洁已经领教了萧慧的冷漠和生硬。

桑洁想，萧慧可能是想家了，便走到她床前，笑着说道：“萧慧又想家了吧？怎么不跟大家说会儿话呢？”

“说‘董啸’，又有什么好说的啊？他的情况我都知道，说他干啥。”大家听得一头雾水。桑洁猜想他们应该是同乡，就赶忙说道：“他们是同乡吧！”大家一副恍然大悟的样子。

天色显然已经很晚了，大家不说话了，突然感觉宿舍里好安静啊。这一打岔，话头没了，就再也说不下去了。于是，人们就都各自倒头睡觉了。

桑洁静静地坐了一会儿，纳闷萧慧这人怎么这样“冷静”，简直可以不要“静”了——只剩个“冷”字。桑洁细想，今天新生和班主任见面会时，并没有见萧慧上去自我介绍和“登记”姓名，看来自己是猜对了，萧慧定然和董啸是同乡，可能关系还要深一层。可萧慧当时却什么也没有说，任由董啸“胡闹”，董啸胆子也太大了，有熟人在场，也敢玩这一套“装神弄鬼”。桑洁想到这里，也不去往更深一层思虑了，也许是刚来想家的缘故吧，思想都转到家里去了，便也躺下沉沉地睡了。

到天明，一宿再无话。

第四章

军训是泪也是情

来到中等师范学校的第二天，学校便要开始军训了。

其实，这根本不能算是一次真正的军训。第一是没有穿军训时的绿军装，除去正装外，学生们爱穿什么就能穿什么，总之越运动越好。第二，就像大多数刚刚从初中升到高中的中学生一样，中等师范学校的军训时间也只有短短的 15 天；学一学站军姿、走齐步、正步、跑步，最后加上一个军训汇报演出，大家踢着正步过一过主席台，喊一喊口号，然后就结束了。

这就是所谓高中的整个军训过程。

虽然校方已经上升到将军训作为一门课程的地步，并且教官会认真地一一给参加军训的学生打分，但说实话，军训无疑还是一种变相了的锻炼身体罢了，相当于整整 15 天的纯体育课。其最大的意义就是，原来非常陌生的同学之间融洽了关系，在苦累之余有了那么一些类似于战友之情的东西，还能与教官建立深厚的感情。

如果说，在军训之前，大家也就是对各自宿舍的同学比较熟悉，那军训之后，基本上可以达到整个班级五十多号人全部熟悉，最起码的，十五天下来，班里谁叫什么，这个姓名后的人长什么样子，都能够一清二楚了。

军训的头天，只见来了一队穿着齐整的士兵，中间有一个肩上三道杠外加一个星的，大家也不知道是个什么士官，反正应该是这一队兵的领导。实际上，没有这么复杂，看看这个士官的“大盖帽”就清楚他是领导了，其他兵都是小绿帽，而且只有他一个人穿一双半旧的皮鞋，旧是旧，但看上去质量还非常棒的。董啸不禁对他嗤之以鼻：“看他那副神气的样子，自以为是领导，如果训咱们班，有他‘欣赏’的。”大家只是笑，觉得董啸只是吹大气罢了。

只听一声“立正”平空炸雷般地传来，士官的嗓门真像打雷一样，喊的比大家齐吼的声音还大。大家抬头一看：士兵，不对，应该叫“教官”才对，个头参差不齐，细细一看，好玩，好像当中还有一对双胞胎兄弟呢！大家情不自禁就笑了起来，运动场笑声一片，也有的人不知所措，到处问人怎么了，发生什么有趣的事情了，可惜没有人告诉他们。士官受不住这笑声，扭头一吼：“笑什么？半个月下来，有你们‘受’的。”大家笑得更欢了，“严厉”似乎对这些学生起不了作用。教官们竟然在一操场的笑声中沉住了气，一动不动，面无表情，大家又不住叹服起来：不愧是人民子弟兵啊！这么大的场面，依然能够撑住且屹立不倒、眉头不皱。

整队结束后，接下来便开始向各班分配教官，桑洁的班是“大哥班”，也就是本届学生排行 1 号的班。自然，“士官”领导就是他们的教官了。现在该叫“士官”黄班长了，人家的名字还叫黄遵宪呢！乖乖，跟清末最著名的文学改良者、社会改良者之一——黄遵宪同姓同名，其大作《冯将军歌》中有一句“将军一叱万人惊”，黄班长却能“班长一吼大家乐”！

黄班长冷面走到211班全体学生跟前，学生们整齐而又散乱地站成一堆，整齐是同学们想努力达成的愿景，散乱却是现实。

黄班长忽而又笑了起来：“以后咱们是‘一伙’的了，大家要努力，训出成绩来，超过其他班，好不好?”同学们自然说好，“大哥班”自然要当“老大和第一”啦!

“立正!”大家正在说笑，猛听一声号令，顿时乱成了一团，经过左看右看的努力，好不容易才站齐立正了。不用说，教官班长发火了:“立即站好，报数!”董啸又小声发开了牢骚：“刚来就用话‘贿赂’咱们，好个‘利欲熏心’的官啊！就想拿汇演第一。”大家想笑，对着教官，却又不敢笑，那笑容在脸上的肉里，释放不出来，难受呀!

这当会儿，董啸早被教官“请”了出去。董啸自然无话可说，事先又没喊“报告”就开口讲话，违纪了，被罚喊五十声“报告”，他只好去一边喊报告去了。

那一声声的“报告！报告！报告！……”前十句还不觉得怎么样，等到超过十句后，所有人就觉得非常的好笑。重复，其实就是最大的玩笑。整个操场，顿时响起了笑声，这五十声“报告”惹得大家直笑了半天，总算解放了一下脸部肌肉。接着教官向大家讲了一会儿军训期间的纪律问题，特别强调了其中一条：做事不准拖拉，令到即行，凡事先报告。

话说，这个报告，刚才已经强调过了。

大家正想着要解散，该自由活动了，不想教官往面前一站，先向大家示范了一下站军姿的要领，并亲自做了几次，然后就吼道："立正！站军姿30分钟。大家再最后一次看我示范。"接着他又向大家示范了一下。其实，黄班长根本不用再示范了，这个动作很简单，说穿了，就是挺胸抬头收腹并拢双腿，没了。

天哪，半个小时规规矩矩地站着不动，一般人怎能受得了，何况是一群十五六岁的少男少女们。这样的站姿，5分钟左右，肯定没有问题。但5分钟后，先是累涌了上来，接下来的5分钟里，就特别想走一走，松松腿；再接下来的5分钟，就想好好地坐上一会儿；然后的5分钟，就想直接躺地上一动不动地待会；最后5分钟，浑身就出汗了，身上几乎每一个地方都在痒，就想抓一抓，哪怕洗个冷水澡呢。最后那几分钟，人的意志力简直到了快要崩溃的地步了。一旦教官说一句"时间到！稍息！"人一松散，这股难受劲，也就迅速消失了。

大家不禁后悔军训前的高兴劲了，还以为一上来就是打靶、开联谊会、唱军歌等新鲜事呢！尽往浪漫处想了。没办法，教官令下，只好站了。谁知刚忍住难受，站了10多分钟，教官又一声："前两排，向后转。"这下可好了，班里同学都面对面了，想笑，火辣辣的秋阳下，笑也笑不起来了。而且只要一笑，教官的教鞭和脚，就真往你身上招呼了。

大家正默数着时间一分一秒地过去，突然，一位女生"哇"地大叫了一声，大家猛地一致转头看了过去，只见她浑身周围正飞满了许多白色的小飞虫。大家已经不知道是第几次笑了起来。那个女孩儿一身鲜艳的装束：黄衣红裤，黄是向日葵花瓣一样的黄，红是玫瑰一样的红。想必是小飞虫们以为是大片的花呢！大家只是笑，却又不敢动一下，怕教官又开骂。也不知道什么原因，1996 年的这群十五六岁的少男少女，对教官和老师，是那样的恐惧害怕和言听计从。

这时董啸却再也耐不住了，他是认识那女生的，叫什么“若玉”的，当时在讲台前，董啸还叹了一声“名如其人”呢！“若玉”长得白白净净，给人一种特别洁净的感觉，真的就像是玉石一般。教官的眼光是“无情而敏锐的”，不会因为什么特殊原因或者是你长得漂亮帅气，就给你网开一面。董啸就是动了一下左肩膀，想去帮助这位女同学，就被黄班长延长了十分钟军姿。这可好，大家都走了，就他一人还在烈日下傻站着，害得教官也得跟着他受苦挨饿，不能按时吃中饭。

而对于那个“若玉”，教官说那是客观原因，不怨她，就没有罚延长时间。

看来，教官那是明察秋毫的啊！

下午倒没有再站军姿，只是练习立正、稍息和什么“跨立”。立正稍息不说了，想来大家都比较清楚。而“跨立”，主要是听领导和上级指示时军人的一种站姿，手背朝后，左手搭在右手上，右手握住左手，双脚叉开一只脚宽的距离，这样站立，身体比较放松，军容看上去仍旧比较齐整划一，适合较长时间的训话和讲话。

说实话，三个动作的训练过程枯燥无味，却又不得不照着练，教官说了，就是为了锻炼每个人的意志力和坚韧力。再说了，别的班也都这样呢！事情是小，面子是大。跨立比较不好练，这个动作要求学生们在教官一声“跨立”之后，马上双脚分开，并且两脚不在一条水平线上，同时还要求迅速背起手来，将右手握紧拳头，放在左手当中。并且，每个同学还得跟前后左右的人保持一致。

练跨立时大家开始变得不稳不定的，有的人手上戴着装饰物，身体稍一动就作响！教官早听见了，又接连强调了纪律，并再次规定：课上只能穿刚发下来的校服，就是一身统一的运动服，不准戴装饰品，不准戴表，不准课上挤眉弄眼，凡事报告，不然就罚站军姿。一听军姿，大家就怕了。

最起码，今天这次处罚，那是集体性处罚是没跑了。

反正教官的做法很简单粗暴，但很有效；而且大家发现，越是简单粗暴的，反而越有效。凡是发现戴了首饰手表，作动作时叮当作响的，整个一横排的同学全都跟着站十到十五分钟军姿作为惩罚。这下可好了，大家便咒骂开了那些戴首饰的同学，却也无可奈何。这样的“高压”下，第二天军训的时候，除了女生扎头发的卡子和头绳、橡皮筋，再也看不到任何首饰手表了。

桑洁这两天一直注意着萧慧，只见她比别人稳重、不拘言笑，简直可以说是不理人，视其他同学为无物，却样样做得极好，极是得到教官的夸奖。桑洁也只有叹服，只是不明白，萧慧怎么会孤僻到如此程度！她在过去的岁月里，到底遭受了怎么样的苦难，才变成了这样的性格？

而桑洁，天生有一颗热情、体贴的心，不住地关心着萧慧，也友好地对待着周围的每一个同学。她这种热情，感染了这个班级的所有学生。桑洁，如一阵温暖的春风，吹进了大家的心底，让大家明白，异地他乡的学校，也有热情。而萧慧的冷漠，董啸的调皮捣蛋和聪慧，却又给了同学们更多别样的感受。在要求

“听话、懂事、随大流、整齐划一”的幼儿园、小学、初中教育一路过来后，他们的不同，带给同学们无限的新鲜感。

桑洁有无穷的活力，每天总是开开心心的。就连后来军训结束，教官要走了，她也不曾掉过泪，高高兴兴地送走了教官，只是没忘记索要教官的通讯地址。真是个细致的人。

说实话，要说真正的战友情。全班只有桑洁有，桑洁直到后来大学毕业，工作两三年后，还跟黄班长有信件联系，谈生活、谈经历、谈人生感悟，是真正的战友和朋友。而其他同学，最长的，也只跟教官们联系到中等师范学校毕业，就算了事了。军训这一页，教官这一页，就彻底翻过去了。

但是，不可否认的是，所有同学与教官离别时洒下的泪，都是真挚无比的。你得允许人生有即时的真挚、时间较短的真挚和时间较长的真挚。

那天下午，也就是 1996 年 9 月 30 日的下午，教官们要回部队了，中等师范学校 1996 级学生的整个军训活动已经全部结束了，汇演很深刻地留在了记忆当中。

汇演举行是在 9 月 29 日的上午，丹阳市军分区的领导也来了。这一天，学校给所有学生租了越野绿军装，威武的升旗方队的同学们穿着异常崭新的军装、白衬衫，戴着军旗红的领带，漂亮飒爽的女兵方队更是迷人的眼。

女兵方队带头先入场，边走边大声齐喊“一二三四”，声音震天响。走过主席台的时候，女兵齐声喊“首长好！”军分区领导回喊“同学们好！同学们辛苦了！”女兵齐喊“为人民服务！”女兵方阵又同时喊“为人民服务！”走完后就归队入列到指定的位置。

接下来，18 个班级——文理综合班 15 个，体育侧重班、音乐侧重班、美术侧重班共 3 个，依次走过主席台，形式完全一致。最后是升旗方队，这也是最最重要的环节，一年级身高、长相、身体素质等条件最好的男女生才能入选，简直是俊男美女集中方队，共计 53 人，前边领队 3 人，后边 50 人，浩浩荡荡。他们先走过主席台，再走到主席台对过的升旗处，隆重的升旗仪式后全场齐唱国歌。

这个时候，同学们心里激动异常，觉得非常幸福、非常感动，为生命生活而幸福，为生活在这个国家而感动。

升国旗唱国歌后，就是表彰了，表彰先进个人、先进集体。不出意外，辛苦的付出得到了圆满的收获，萧慧拿了优秀学员奖，黄班长是优秀教官，211 班是优秀军训方队。其他班级，各有斩获。活泼的桑洁、鲜艳的李若玉、好动的董啸，他们除了身体强壮了些，纪律观集体观更好了些，没有得到直接的表彰。

汇演的时候，除了升国旗方队和女兵方队，其他方队多少都有一些失误。比如，有一个或几个同学，齐步时甩手跟集体不一样啦，迈腿不一样啦，路过主席台踢正步时脸不朝向主席台啦，等等。但没有人笑话这些，只要你认真做就是最好的表现了，一次军训就是一次巨大的成长。通过军训，一个个年仅十五六岁的少男少女，开始有了一些青年的青涩和庄重。

大家不仅是留恋，更多是害怕离别的伤心和空落落，也不知拍了多少照片，也不知哭了多少回。211 班的同学 29 号晚上在全班最大的一个宿舍，举办了一次最后的联欢。这个女生宿舍，原来是一个教室，后来改造成了宿舍，里边住了二十几个人，如果坐着或站着，那五十来个人轻松可以容纳。

开始的十几分钟，联欢晚会是非常欢乐的，桑洁唱了一首歌，黄班长也唱了一首。黄班长唱完的时候，大家还一个劲儿的喝彩，高喊："再来一个！再来一个！"

可当黄班长一边说着："唱个什么呢？这十几天，会的歌都唱给你们听过了，你们没听过的，我得想想。"就在他想的时候，只一会儿功夫，突然有一个女生说了一声，就一声，应该是离别之类的话，就让大家哭得不可开交了，而且最要命的还是，根本没人听到她具体说了什么。憋了一个晚上的情绪，就爆发了。

教官班长这个坚强的男子汉的眼圈也变得红红的。当时只有三个人没有哭：董啸、桑洁，还有萧慧。董啸，因为没有留恋，他有那一颗高傲的心，认为不重要的人和事，还有过眼云烟的东西，根本不值得浪费感情和眼泪；桑洁是因为太纯洁了，只知道乐，并且她会继续跟黄班长联系、写信，分别是短暂的，友谊才是久长的，为这短暂的分别，没必要流泪；萧慧也许是成熟得太早了吧，加上冷漠生硬的性格，十几天的军训，对她来讲，就是一纸荣誉和一个很好的成绩！

如果前边说，只有桑洁一个人跟教官保持了长久的联系，除了最重要的原因是桑洁重感情外；还有一个重要因素，那是因为1996年的时候，学校里没有一个人有手机，而在2000年，他们参加工作以后，才开始陆续有人有呼机，也就是人们常说的BB机。而人们大规模使用手机，是在2003年，那是董啸他们快大学毕业的时候了。

在逐渐拥有快捷联系方式的这几年里，几乎所有同学都跟教官失去了联系。在 211 班，就只剩下桑洁还在跟教官联系着，并且，是以古老的“信件”的方式。

桑洁，不仅是一个情长的人，更是一个性情中人。

哭到伤心言自少。后来，大家谁也不说话，只知道哭；董啸就出来打趣道：“大家想不想五年后再见教官一面?”大家还是哭，董啸又笑着说道：“也许那时教官不是一个人了吧？五年后该有一个漂亮的媳妇儿和一个胖胖的儿子了吧?”说得大家含着泪笑了起来。教官就伸手来捶他：“好一个小油头。”董啸忙躲，说道：“敝人言辞有失，罚唱歌一首。”大家又被他逗乐了。

教官在军训的时候曾说过，也许，这一年是他最后一次带队军训，明年春天到来的时候，他就会退伍回到自己家乡，工作、养家、娶媳妇、生儿育女，完成一个普通人一辈子的普通事。董啸那时说：“这个普通的愿望，其实非常不普通。”那个时候，绝大多数同学都觉得董啸想法怪诞，这又有什么不普通的，每个人，每家人，都是这样普普通通活下来的。可是，直到十年之后，甚至更长的时间之后，他们才理解了董啸话中的含义，才领悟了生活的那份艰辛和不易，在这一点上，董啸无疑是极致的聪慧。

生活和生存，本身就是艰辛和不易的。

于是，一群人就叫董啸唱歌。好小子，唱得还真不赖，驱散了一点儿现场的悲伤气。这时有人传过来一张小纸条——董啸：下去给我抄一下刚才你唱的歌词，好吗？署名：申琳。董啸一看她，正笑着呢！他把头一昂，那意思是：等着吧！等我有了时间、心情好了再说吧！看这小子，真有些狂妄自大的样子。年少轻狂，就算是面对异性，也是一副竞争的样子。申琳却没再说什么。少年人的心，不抄就不抄吧，有什么大不了的。

歌曲刚刚结束，所有人又立刻进入悲伤模式伤心起来，还有很多女生小声抽泣。大家正伤得深，冷不丁董啸就跑了出去，由他们一堆人自己去伤心了。这位大哥要去哪儿呢？不想他往班主任办公室跑去，他又要干什么呢？只听一声“报告”，里面还没有任何答应，他早已推门而入，这种人！有点礼貌行不行，你知道里边在干吗呢？

“董老师，办公呀？”他说的倒是彬彬有礼。

“坐吧！坐吧！”董老师见是董啸这样闯进来，也没有任何见怪，还赶着忙让座儿。董啸也不谦让一下，一屁股就坐了下来。

他倒也不喘气，还是四平八稳地说道：“董老师，大家正在宿舍里闹得厉害呢！所有人都失声痛哭。你看，已经快11点了。虽然同学们与教官难舍难分，可终究没办法，必须得分开了啊！没必要搞得这么拖拖拉拉的。”董啸顿了顿，接过来董老师递来的一杯水，喝了一口，“董老师，不如你过去看一看，一来对教官尊敬；二来打一个圆场；让教官早点回去，同学们早点休息，明天可是开学上课的第一天啊！教官有联系地址，以后写信的时间多得是！”

董老师微笑着点了一下头，想道：好小子，挺会说话办事的，一定得让他做班长了。便说道：“好的，走，董啸，咱们到宿舍区去。”说完就随董啸来到了211班最大的宿舍，这是一个女生宿舍，一走进去就有整洁与清新的女生气味传来，如果到男生宿舍，那就是一股“臭男人”味儿了，虽然都是十五六岁的少男，但照样臭，汗味、脚臭味、脏衣服味一混合，那味道，只有在里边待半小时以上，适应了，才能闻不到。可在高中，哪有一个女生，敢在男生宿舍这里待半个小时啊。至于男生们，早就习惯了。所以，选择在女生宿舍联欢是明智的。否则，最后的军训记忆，将是臭袜子味儿。

只见，宿舍里大家又哭成了一团，董老师忙着与教官搭讪。

却见董啸随手一晃，大声说道："看，什么！"大家忙暂时止住哭，一看，原来是一叠小正方形纸片，五颜六色的，就有些迷惑。董啸笑着说道："五十三只千纸鹤——算上'老班'，……"话已经出口了，董啸知道自己语失，赶紧住口了。大家一笑，忙着问他什么叫"老班"。董啸一下子脸红了。这个称谓，其实一开学就在学生当中流行开了，班主任是老班，未来班长是小班。这时大家故意问董啸，显然是逗他个乐。

董老师笑道："董啸是在骂我了——'老班主任'，又是'老班长'，这是骂教官了，一语双关。"大家又笑了起来，这次可是哭不成了。大家又忙着做千纸鹤，又夸董啸怎么想出这个好主意来。桑洁又找来了一根长长的红色丝线，将大家折好的纸鹤穿了起来，拼成了一个大大的心。班主任董老师代表大家将这颗心送给了教官黄班长。

在这个时候，军训就彻底划上了句号。千纸鹤心意的送出，也代表着最后一次军训联欢的结束。时间已经到了12点，宿舍管理员们、保卫室的保安已经在宿舍区虎视眈眈很久了。

当然，他们也是人，也有感情。不然，一到10点，就该清人静场了。

夜深人不静，但教官也得回"营房"休息了。

第二天一大早，刚6点，同学们就从床上爬了起来。因为教官今天早上要走，他们要去送送教官。可将近1000名同学涌到学校门口的时候，才发现迟了一大步。教官们穿着整齐划一的绿色军装，黄教官带着大盖帽，上边的国徽闪闪发光。“预备！敬礼!”黄班长一声令下，十八名军人，向中等师范学校一年级全部同学敬出了最后一个军礼。

“礼毕!”随着黄班长一声令下，100米开外的运兵军车，迅速启动，载着教官们消失在那个转弯路口。激动地流着泪的同学们追了上去，可等到跑完这100米路程时，军车，还有教官们，哪还有影子。

军训，成了他们中绝大多数人今生以后永远的回忆。因为，他们中只有极个别的几个人，后来又考入大学，进行深造。而绝大多数同学，甚至可以说所有人（1000人的基数，那几个考上大学的可以忽略不计了），都选择中等师范学校一毕业，就参加了工作，投入到社会的真正生活中去了，轰轰烈烈，而又平平淡淡。

第五章

纪念一二·九运动

难忘的日子总是特别容易流逝，幸福的时刻在时间的海洋里总是消磨得最快。军训的十五天似乎在记忆中只浓缩成了一天，这一天是这样的短暂，在一场离别的巨大伤感后，同学们又回归到了那一个个稚嫩的十五六岁少年的模样，开始按部就班地上课。

伤感是收起来了，只是心底，却涌入了一丝复杂。人生，原来不只是和乐安稳，还会有真实的伤心和离别。

仅仅在大家都全身心地投入学习一周后，不说其他班，只说211班的同学们，什么“军训”，什么“教官”，除董啸、桑洁、萧慧三人外，早就把这些抛入了九霄云外。从这种遗忘上也可以看出，有时候人们的眼泪是多么的不值钱啊。一句感动人的话，或者一个动人的场景，就能让人们大把大把地抛洒自己的眼泪，但抛洒过后就过了，心中什么也留不下。经历，只是经历，在心底留不下印记。

谁的青春，又不是这样呢？

董啸，高傲的人总不会忘记自己的得意事，军训中他的表现，特别是跟“老班”同学的几次交往，已经完全奠定了他未来班长的位置；桑洁，纯洁的心抹不去幸福的一刻，苦与累，回忆时也是一种幸福；萧慧，冷寂的心被往事浇灌，因现实的冷漠生硬，人就容易停留在对过去的回味中，以及追求更大的用来回味的幸福上。

人呀！总归是说不清讲不明的，更何况是青春少年。这不，一二·九纪念日快要到了，出人意料，上舞蹈节目时，萧慧竟然报名参赛了。这算是一件怪事了。

一二·九是指12月9日，这在学生们来讲，是一个非常重要的日子。1935年的12月9日，当时的北平城（今天的首都北京）有数千名大中学生走上街头，在中国共产党的领导下举行了抗日救国示威游行，反对华北自治，反抗日本帝国主义，要求保持中国领土的完整，掀起了全国抗日救国的新高潮。由此，一场规模波及全国所有大中城市，声势异常浩大的抗日救国运动得以开展。这场运动，动员了当时的全中国人民，促成了统一抗日阵线的形成，进而拯救了全中国，最终在1945年秋彻底将当时的日本帝国主义打败了。

这样的日子，竟然有非常多中学生——当时很多正值青春的人发起并参与了，这几乎可以说是中国中学生参与革命反抗外敌侵略最大规模的一次运动。因此，每逢到了一二·九这个日子，学校总要举行演唱红色歌曲、舞蹈比赛等综艺活动，隆重纪念这个日子。

这一日，恰巧轮到董啸值日了，萧慧和他是一组的，在班里，萧慧也只和董啸谈得来，跟其他人大多都不搭话，只是偶尔跟桑洁交流一下。大家看萧慧和董啸是同乡，骨子里作风都还有些像，清高与骄傲本来就是亲戚，也就不觉得奇怪了。

这天下午下课后，桑洁也没有回宿舍，还坐在教室里自己的位置上“用功”。班里的男生都与董啸相交甚厚，正拿着笤帚、接满水的脸盘、拖把什么的，在帮他值日呢。

董啸拿了拖把拖地，冷不丁举了起来，把眼前的桑洁给溅了一身脏水。其实，董啸真不是故意的，他只是想赶快结束打扫，再去打会儿篮球，这也是男生们等他的主要原因。若是平时的这个时候，教室里除了打扫卫生的人，其他人早跑光了，根本没有写作业或者看书的人。今天却不知道是怎么回事，偏偏桑洁就在聚精会神地看一本书。

见到自己全身被拖布溅了脏水。桑洁立刻便火了，骂道：“董啸，你干什么呀？还学《师德常识》（中等师范学校政治课本之一）呢？都学到狗肚里去了!”董啸听了，倒也不发火，只笑着说道：“我从来不在意‘无名小卒’，更何况名字特别难听或者是没有名字的人呢!”说得男同胞们都哈哈大笑了起来。

大家肯定是想起了桑洁自称叫“贾丝”的入学第一天。那时候也很奇怪，不知怎么回事，本来一点儿也不可笑的话，大家偏偏觉得特别可笑，而且还笑得不可开交，笑点超级低。也许，正是因为年少吧！原来男生们早被董啸在私底下“引见”过桑洁了，并说了有关“名字事件”之外的事，比如楼道遭遇吵架等事情。

董啸，原来是一个在言词上如此“记仇”的人。

桑洁听到董啸这样说自己，只气得叫道：“你、你、你、……”却始终说不出话来。萧慧见他们闹得不可开交，大有拌嘴变吵架，进一步升温的可能，便上来劝道：“桑洁，别和他们特别是别跟董啸一般见识，他就是这脾性，死不改悔。”萧慧与桑洁整日相处，说话也温和了许多，不像刚入学时那般生硬了。这正是所谓近朱者赤、近墨者黑吧!

董啸见萧慧说话了，就停止吵闹，也即是在这时，董啸猛然想到，萧慧曾学过舞蹈，身体条件又好，却横竖不报名参加舞蹈节目，此时何不用这个事情激她一下。于是董啸说道：“哟！是省立第四中等师范学校最‘冷’的人来了啊，听说你可是不大过问世事的啊!”

萧慧一听，想想自己平时的样子，脸一下子就红了一片，辩解道：“这是自己班里同学的事，我偏要管。”

想不到的是，董啸就等着萧慧这一句话呢，见她这样说了，就急忙回口说：“班里同学的事情多了，你怎么就不管管舞蹈比赛的事情呢?”

这句话恰恰就说到萧慧心坎上，说到了她的不愿意和不合众，她的脸涨得通红，叫道：“董啸，你怎么能这样说呢？你……”话没说完，便拉了桑洁要走，临出门时还回头对董啸喝道：“看你那得意的样子！不就是一个舞蹈吗！我就报名。哼!”说完扭头就走。

听到这句话，董啸心里乐开了花，但脸上不动声色。等萧慧和桑洁走后，董啸才忙松了一口气：“我的好姐姐，就等你这句话呢！哈哈，总算‘上当’了啊！”大家一笑，忙问什么“姐姐”，岂不知，董啸原来是萧慧的亲表弟呢！大家不禁奇怪，一个是活泼好动，事事关心，事事插手，能言善辩，另一个却冷面冷言、大相迥异，这样的两人竟是表姐弟呢！这真是一件怪事。

其实，世上很多事情就是极其奇怪而又必然的，并且这样的事情还非常多，只是人们没有遇到过时，就把它当作了怪事。而怪事呢，你不遇到，是小概率事件，可只你一遇到，那就是百分百的幸运或倒霉了。

事情过去了，私下里大家又不禁佩服起了董啸刚才那几句“馊话”，董啸又飘飘然起来了。确实是，班里的舞蹈队多了萧慧这样一个能手和生力军，那水准自然会提升不少。就算有那些原来技术不怎么样的，可萧慧加入后等于多了一个指导的能手，那自然事半功倍了。

且先不说董啸，桑洁与萧慧回到宿舍，怒气刚刚平息，萧慧却又开始后悔在气头上答应董啸的话了，可是话已经说出去了，却又无可奈何，只好报名参赛了。其实，打心眼里，萧慧是不愿意参加这个活动的。她一门心思想着，好好读完中等师范学校三年，获得一个非常好的成绩，毕业后争取分配到县城中学工作，最不济也是去好点儿的乡镇去认真教书育人，这辈子就满足了，就对得起自己，也能够靠自己的能力照顾奶奶了。

桑洁呢，是班里的文娱委员，董啸凭着良好的向上表现以及跟董老师的特殊关系（都姓董呗），顺利登上了班长的宝座。本来舞蹈的事情是桑洁负责的，为学跳舞，桑洁可是累得瘦了一圈，又联系校外舞蹈老师教，又组织同学们利用业余时间去专业舞蹈队里集训短训地学，忙里忙外，也花了不少交通钱，欠了不少人情债。

由于开学刚刚才一个多月，班费暂时还没有收上来，董啸先全垫上了所有花费。刚才要不是念在董啸在这一点上对自己的鼎力支持，桑洁非跟他大嚷大吵一顿不可。甚至她心里想着，冲上去抓破董啸的脸，看这家伙顶着伤痕，怎么横来横去耍威风。不过又转念一想：他垫了钱，怎么好对他那么凶呢！

想到董啸那张精致的脸突然被抓破了，桑洁突然破涕而笑。而且最值得欢喜的是，现在可好了，又多了一个人来支持桑洁的工作。萧慧的参加确实给桑洁带来了不少的好处，桑洁本身舞蹈基础特别好，对各种动作一学就会，现在可不用再兴师动众带着十几个同学出去跟着舞蹈老师学了。因为在学校有萧慧教着，就算萧慧有一点儿不会，她和桑洁两个人去一趟，就完全学会了。起码交通费是省下了不少。

而令人想不到的是，最麻烦的人却是董啸在新生与“班主任”见面会上夸长得“干净”的李若玉。她一直都学不熟，叫人干着急，而她本人却只顾“傻笑”，一见有人围观，哪怕就是几个人也撑不住，自己就笑个不停，快把人急死了。可她不笑的时候，又跳得非常优美。

在这种情况下，桑洁无奈，硬着头皮请董啸过来监场。董啸过来看了几次，用语言“攻击”了李若玉几次，若玉才算有模有样了。这也让桑洁有点生气，我怎么说你都不听，董啸过来骂你，反倒好了，这是啥人啊。其实，她不明白，这也正是十五六岁少男少女的心态和心思。同性说，反而效果不好；异性面前要面子，反而轻松搞定。

12 月 8 日这天下午，大家整整地练习了一个下午，因为校方明天就要安排彩排——最后定节目了。不是说你准备了节目，学校就会让你上台表演，而是说，首先，每个班都必须准备节目，否则学校节目没有备选了。其次，你准备的节目，打动了学校五位评委中的至少三位，才能够上台表演。最后，你的节目被学校选了，那是班集体的整体荣誉，更是个人的表现机会。

全校一年级十八个班级，除音侧班和体侧班以外每班必准备两三个节目，其他班加美侧班，那就是视情况而定了。总共才选定二十来个节目，一个班级被剃光头，一个节目都没选上，那太正常不过了。不过这个正常对于一个班级却是极大的打击。争取上两个，努力确保最少上一个，是每一个班级的实际战略。而对于校方来讲，除非是这个班的节目实在是不成样子了，否则，至少上一个那是没啥问题的。

实在不成样子的话，就算今后你表现再好，那也曾经戴过最烂班的帽子。所以，保证至少上一个，是每个班的最低要求。

这天晚自习，董啸没有再让桑洁她们去练习，而是在教室里与她们谈了一个自习的时间。马上就要彩排了，而经过一个多月的练习，大家基本上没有任何问题了。当前主要的，就是一个心态和稳定发挥了。其他两个节目，一个集体红歌，一个独唱配独舞，董啸基本上不再操心，只是对这个集体舞还是放心不下。

这是一个当前流行的现代舞，如果过审了，现场将拿到最好的效果。但如果审不过，那相当于一个月的辛苦白白投入了。至少在荣誉表彰方面来讲，确实是白忙了一场。

“要自己有把握，跟着节奏走。大家用眼角的余光看准了萧慧，有一个主干，跟着她，准就没错的，就算错了，大家一齐错，那也是整齐划一的对。不要看见观众就笑，那不济事儿；更不要自己忍不住就笑了，相信自己会跳好，这就行了。好了，大家回宿舍准备一下，就休息吧！”别看董啸平时嬉皮笑脸，还有些油嘴滑舌的，可一上正场，他也蛮有两下子的，不然“老班”当初也不会“相中”他。

其实，不管是董啸，还是桑洁，最担心的人还是李若玉，最后这几次的排练，董啸基本上每次都在，而且一待就是整个过程。她发现，李若玉基本上只要忍住不笑，就能表现得非常好，甚至跟萧慧比平。可只要笑了，就完全坏了菜，各种动作不对不协调。简直就是一个情绪玩偶啊。

为此，董啸专门狠狠地用男生的方式批评了李若玉：“一个十六岁的女生，而且是在学校自己班里，有什么好笑好难为情的，还说自己学过一年舞蹈，怎么一见人就笑得跳不下去了？你这到底是笑呢，还是胆小害怕。”

李若玉没有回话，一张脸却涨得通红。果然，接下来的几遍彩排，她一丁点儿也没有错。看来，这样的激将是对症下药了。

临出教室时，表姐萧慧给了董啸一张纸条：董啸，相信我，我会跳好的。——若玉。原来是若玉写的，还以为是表姐自己呢！董啸望着若玉点了一下头，事后却纳闷：女生怎么都要写小纸条呢！直接说话不就完了吗？奇怪！

不过，这时候的董啸也只想了一下就完事了，他就是这样的人，十六岁的他，心里还存不下事情。比如，选国旗班的时候，他因为只有一米七二，导致连第一轮都没有通过，就被刷下来了。国旗班，首先得个子够高，才看长相，长得再帅，个子不够，那也不行。但刷下来了，就刷下来了，也只是一时的失望，完全不当一回事，照样去努力做能做好的事情就是了。

如果因为这个伤心或者难受，不仅于事无补，而且还会影响到后续的事情。如果他是这样的坏性格，那后来也就不会有夜请“老班”劝阻同学结束军训离别联欢这样的事情了，也就不会有面对董老师的侃侃而谈了，也就没有他当上班长这样一回事了。

那可能，就是另外一个董啸了。

第六章

哪能事事尽如人意

青春的时光总是匆匆又匆匆，十五六岁的日子，往往是那么美好那么有朝气，却又是那么短暂。

第二天早上，似乎只是闭了一下眼，打了个盹后，就马上来到了。学校一二·九运动纪念联欢晚会的彩排也就要开始了。这次彩排，将直接决定哪些节目上，哪些节目被 PASS 掉。一个月的辛苦排练，就是等的这一天。

其实，班号最前面的“大哥班”也不好，因为要第一个上节目！第一个上节目的，打分是一个基调，你不可能高，也不可能太低。入选不入选，关键在于节目总数量的多与少，中等的分值，恰好是可能入选与可能不入选各半。

按董啸的意思，除每班必须上场的集体红色歌曲节目外（纪念联欢晚会其实是两场，一场在一二·九当天，另一场是第二天。一二·九当天就是各班按顺序，依次上去唱集体红歌，这主要是班集体的整体配合，全班同学必须都参加的大合唱，接着才是比较灵活的表演性质的节目。第二天才是正式演出。），班里安排了两个节目，一曲一舞。原本是先要上歌的，董啸性急，见张鹤和为他配舞的同学还在做最后的准备，便说道：“要不先上舞吧!”舞蹈的音乐是摇滚歌曲《无地自容》，且不说场上跳得如何，单说场下的鼓掌与喝彩声便知一二了，选的又是特别现代和超前前卫的音乐，并且舞蹈正能量十足，前来观看彩排的学生岂有不喜欢之理。倒是评委们没有说什么，只相互交头接耳了一会儿。谢天谢地，李若玉一点儿问题也没有出，萧慧、桑洁、李若玉三个漂亮姑娘在第一排，着实打动了现场所有同学的心。但有没有打动评委的心，能否被选中难说的很。

按老班的意思，这个《无地自容》要排练得保守一些。因为现有这个舞蹈，虽然歌曲本身没有问题，但衣着有些暴露，并且动作比较夸张。但在董啸给老班放了一遍原唱的配舞后，并且还是央视播的，老班就说了句：就这样吧，不用改了。

可不知道评委能不能认可。

接下来就该张鹤上场唱歌了，班里两位同学，一男一女给他配着和缓而轻柔的舞蹈，作为背景。张鹤唱了一首刘欢的《弯弯的月亮》，这小子不仅名字响亮，歌也唱得浑厚明亮，评委老师们不禁点头微笑，同学们也鼓掌不止。董啸就在后台洋洋得意起来，自己的努力没有白费，说不准两个节目都能选上了，多么风光啊！呵呵，董啸真个是又自私又骄傲的家伙，单说自己努力了，别人怎么着？全没努力啊？最辛苦的桑洁呢？还有毅然决定参加跳舞的萧慧呢？再说了，排练的时候，他可是只在旁边说说嘴，别人却是一跳一两个小时。这个董啸呀！

最重要的是，你一个班就上两个节目，那就意味着，可能有两个班，至少是一个班，要“剃光头”了。这怎么可能呢？

这时桑洁却低下了头，心里犯嘀咕了：“舞蹈可能就选不上了，评委们的眼神……”按照学校的惯例，彩排时学生们最喜欢的节目，往往也是评委们最不喜欢的，极有可能被 PASS 掉，现场观看彩排的高年级同学，这样向低年级同学说着。这个低年级同学，当然包括桑洁他们在内了。

想到这里，桑洁任凭董啸在那里洋洋得意，也不说话了，只是待着看。

一二·九联欢晚会结束，马上就是元旦了，桑洁来到中等师范学校也已有小半年了吧，原本活泼好动心里存不下事的她已经变得有一些多愁善感了。

萧慧也没有作声，只咬着嘴唇看。李若玉却高兴得手舞足蹈，忙跑到董啸那里问跳得如何。董啸一向都不会夸奖人，更不会哄人，只随口说：“行，还可以！没出错。”气得李若玉恹恹地来找桑洁，直骂董啸过分，明明是现场喝彩声一片，怎么就成为“还可以”了啊！

桑洁笑了，急忙说道：“怕是他太高兴，都傻了！”说得两个人都笑了。桑洁又对若玉说道：“怕是太‘前卫’了，也许选不上，咱们的配乐都是加快了一个节拍的，大家先‘伤心’一下吧！”大家又笑了，笑得有些伤感，也都没有说什么，等彩排结束了，就各自回宿舍去了。

能不能入选，上到 12 月 10 号的第二场纪念晚会上，就系在现场的五位评委老师手上了。这次选节目，每个班剃光头的可能性确实几乎不存在，但要同时被选上两个节目，也很困难，一般情况下，除音体两个侧重班外，剩下的十五个综合班及一个美侧班，只有三个左右班级会同时选上两个自选节目。董啸他们的

211 班，会不会是其中幸运的一个呢？

桑洁的想法终于还是被印证了，下午结果出来了，上歌配舞不上舞蹈，《弯弯的月亮》通过了，《无地自容》被无情地 PASS 掉了，高年级同学的话变成了真理。大家不免显得特别灰心，却又没什么办法，想要挽回是不可能的事情了。这可不是面试，你可以哭着找评委再给一次机会，先不说五个评委大家都不认识，只是听过名字，就算再给一次机会，还不是再跳一次，难道跳的质量，还能翻倍不成？

桑洁气得哭了一场，感觉一个多月的辛苦白费了，心里严重不能承受。一连几天因为这个的缘故，遇到事情便要发脾气。班里的同学，都知道桑洁对这个联欢晚会的热心付出，这个时候，都体谅着她，不跟她怄气。

中等师范学校的文艺类事情、活动特别多，要不怎么说，从中等师范学校毕业后，到地方中小学教书的老师们，都是多才多艺一专多能呢。

虽然一个节目被 PASS 了，但眼看着一二・九就在三天后了，不忙是不可能的。一二・九是中国学生运动的起始之一，与五四运动相当，于是它就成了一个纪念日，每到这个纪念日，社会各界，特别是教育系统，就要举办一系列的纪念活动。联欢晚会最重要的一场，也即是中等师范学校最大的纪念活动，就是一二・九歌会，每个班都以整个班集体的形式进行革命歌曲大合唱，各班与各班比赛，评出个一二三等，以显示团结一致、集体的力量。

桑洁是班里的文艺委员，也是指挥，就是俗称打拍子的，指挥大家合唱一二·九曲目，211班唱的是《忆秦娥·娄山关》，一首挺难唱的曲子，女生齐唱，男生合唱，还有领唱，总之特别烦琐，又特别规矩，一人错了就是大出丑。但要是练出来了会特别优美动听。桑洁指挥时，女生老唱不齐，男生也老是传出来别出心裁的声音（个别人，确实是太五音不全了，但又不能抛弃或放弃他）。但是，放在整个班五十二人的团队里，这个别出心裁的声音，那叫一个异类和刺耳。

桑洁有口无心，原是好心，责骂了几个人，话说得重了一些。虽然已经上了中等师范学校，三年毕业后就要为人师表了，但毕竟都还是十五六岁的小孩子，哪能受得了这些，于是就对桑洁冷嘲热讽的，说桑洁抢风头、老想露脸，还想管人了之类的，都是十五六岁的人经常说的那些骂人讥讽人的话。另外，一些学生对班里边的事情总是不闻不问的态度，冷冷淡淡的。在学校里，经常会有这样一些人：班里就是“地震”了，他也依旧干自己的事情，好像这个班里没有他一样。并且，对这一类人，你又没办法责备，人家什么活动或事情都参与都在场，但就是不积极不热情，这种情况，你拿他们没办法。只要他们不出难题，就谢天谢地了。

而董啸，却又是宁可凡事亲躬也懒得求人的，他也不愿意低下头，压下自己面子，去给这样的“痞子们”、“麻木者们”说好话。班里于是就有很多事情接济不过来，忙不过来，也没几个人主动去管。

自从来到中等师范学校，半年的时光一晃而过。跟高中不同的是，中等师范学校除了繁重的学习任务，还有大量的文艺和社会活动要做，这些学生更加的繁忙和凝重了，也使学生们更快地成熟成长成人。

这里的人与事，都与家乡求学时的情况不同，没有家乡那样的放松、轻松，在家乡只要真心诚意地待人，快乐地学习生活就是了，可这里不是，各种各样的人和事都要面对。本来，在单纯快乐的桑洁的心底，每个人都应该是热情而善良的，可惜事实却不是这样，接触的人和事逐渐地多起来，看到了很多不热情不单纯的事情，桑洁就不免对种种是与非想了又想，她发现班主任也就是“老班”，基本上对各种事情都不大管，只要不是太过分，在学校规则内的，他一般不会插手，而是让学生自己解决。上中等师范学校的学生，不管年龄多小，因为一毕业马上就要工作，老师和校方都是将他们当作成年人来管理的。

想到这些，桑洁心里越来越难受。今天，桑洁竟然在宿舍里哭了起来。萧慧就劝桑洁道：“桑洁，别生气了。咱们都已经长大了——十五六岁了，虽然还没到成人，但也差不多了。来上中等师范学校就是为了能够三年后就走上社会，参加工作，老师都不大管事，班里的事全仗你们班干部了。同学们来自不同的地方，争吵和矛盾是不可避免的。你别管他们说的话就是，还生什么气啊？”

见桑洁还是哭着，不肯说话，萧慧又劝道：“你想，桑洁，我们再过两年半就毕业了，毕业后就得开始到地方乡镇教书了。那意味着什么，那意味着就是走上社会，成为一个真正的成年人了。这两年半时间很短，马上就过去了。你哭这个干什么啊？”

桑洁没有停止哭泣，她边哭边说：“我气董啸，他倒好，整天什么也不管，不知道女生们也竟然是这样。好心好意为班里，为大家干事，争荣誉，不理解也就算了，还换来一堆嘲笑和责骂。”

“你这是在赌气了啊?”萧慧笑道，“好，好，我明天提醒他一下，指示他一下，让他教训女生们一顿，让他当恶人，也带上训你、我。”说得桑洁由泣而笑了，却也还是叹息了一阵，接着又想起了前天那件事情。

那日桑洁做练习题时遇见了一道不会做但却也不甚难的题，趁下课时问了几位学习较好的同学。第一位客客气气地先研究了一下，却推了说也不会，让她问问其他会的同学；第二位却含含糊糊，不说会也不说不会，让两个人都很尴尬。桑洁没办法，见这种情况就只好问另外一位。虽然她对这位同学不是太熟悉，但毕竟是一个班的，彼此认识。谁知刚一问，便听到那第三位同学很生硬地说：“我不会！你问别人吧！”然后就把桑洁给她看的书给推开了。气得桑洁站在那里愣了大半天。

董啸一见，忙过来拉了桑洁，把题讲给了她。董啸也直骂那几个人不是东西，却也碍于同班同学的面子不便发作。这种事情，较真来讲，桑洁学习成绩也非常不错，是那三个同学潜在的班内竞争对手，对方不讲，拒绝讲，也是可以理解的。但如果从同学情谊的角度和人之常情的角度，那是太过分了。

那三个同学和桑洁，虽然学习上比董啸、萧慧差了些，但要比起其他同学，那是好多了。如果说董啸、萧慧是班里的第一、第二，那这三位同学和桑洁，就分别是第三、四、五、六了。但不知道他们究竟出于什么心理，竟然生硬地拒绝了举口之劳就能帮桑洁解答的问题。

下课后，董啸悄悄拉了桑洁，也不说什么，见那几个被桑洁问到题的人走了，就到他们的书桌里乱翻一气，掏出他们的作业本，指给桑洁："这些杂种，什么不会，怎么还有这号人，简直气死我了。"说完便发怒，把这三个人的本子全扯碎了扔到教室后边的垃圾筒里了，也不管人家下午怎么交作业。

桑洁愣愣的，又想起了今天早晨她打扫卫生区，到末了只剩她一个人倒那沉重的垃圾筒，那个垃圾筒是董啸211班负责的一块儿卫生区的所有垃圾的总和，那块卫生区相当于两个篮球场大小，打扫后收拢到的垃圾和尘土都装在这个垃圾筒里，其沉重可想而知。想不到的是，竟然连每个卫生组都有的两个男生也跑光了，没有一个人来主动帮她一把。她本来可以不倒，就把垃圾筒往那儿一放，等着学生会来检查，扣班里积分，班里自然会处罚他们这一个卫生组的男生。但桑洁想到，董啸就是学生会的，如果他们学生会来检查，这是他211班的卫生区，竟然垃圾也不倒，那多尴尬啊。想到这一层，她只好慢慢拖着挪着，总算把垃圾筒送到垃圾站给倒掉了。

及至她后来生病时，舍友竟只有萧慧一人来顾及一下，问候一下，其他人不闻不问，依旧干自己的事情。她不免又叹息起来。董啸看到桑洁这样也有些伤感。其实，桑洁这种感伤，非常多余，舍友八个人，不管谁生病了，都也只是关系最好的那个舍友来顾及一下，其他人一般不会过问，这种普遍的情况遇到她身上了，她却伤心。也不知道怎么回事，一个活泼乐观的小姑娘，刚刚上了中等师范学校半年，就这样多愁善感起来。

桑洁也是过于完美主义了，难道她感冒了，卧床了，宿舍其他七个人，就应该每个人都来问候安慰吗？每个人，不都有自己的生活吗？有一个密友来问候照顾，那已经是天大的幸福了。

或许，这就是女生的青春成长期吧？要不，怎么说十六七岁的季节是花季雨季呢？

这些事情现在一一在脑海里浮现，桑洁也不哭了，一种莫名的悲伤笼罩了她，就对萧慧说："哎，怎么会是这个样子啊？怎么会是这个样子啊？"

萧慧反倒像换了一个人一样，原来的冷漠和生硬正慢慢地消失。其实，萧慧的这种冷漠，是在掩饰自己天生的自卑感，等到她真正融入集体的生活和活动中时，这种冷漠就慢慢地不自觉地开始消失了。这个时候的她，没有了冷漠生硬，反倒在不住地安慰桑洁，可一个十六岁的女孩子，能安慰啥啊？桑洁也没有听进去几句，只觉得自己的心事越来越沉重，心情也越来越坏，那原来活泼的样子变得冷落寂寥了，好像整个世界都对不起她。

现在两个人又说起这些事，都变得不快乐了，也就没有再说什么，都默默地坐了会儿，就睡觉了。那夜，两人不知怎么，都翻来覆去地长时间没有睡着，也不知想了一些什么。

只是后来，两个人有所不同的是，桑洁日渐沉默下来，萧慧却越来越容光焕发，整个人的身心和面容，都表现出了少年人那种最有朝气的时代特征。

第七章

一触即发的冲突

这是来到中等师范学校后下的第一场雪，宿舍静得出奇，人都或躺或坐地待着，下雪给了人们安静的理由，没有人言语，都自顾自想着心事。雪是极晶莹美丽的，却也是极惹人伤感的。天地之间白茫茫一片，好干净，却也好寂寞孤独，容易引发人的伤感。

雪下了一夜，还没有停，雾蒙蒙的气息中，天地间飘落着大片大片的白色团块。远远的，董啸从雪中走了过来，他几乎快成了一个大雪人了，也不见他跑动，依旧慢慢地走，似乎不知道有下雪这回事，董啸的裤脚和褐色的皮鞋上沾了不少或灰或白的泥灰，灰的是泥，白的是雪。

董啸此时正在思索着什么，把正下雪也忽略了，他只下意识地朝着自己宿舍门口走着，进到宿舍里来便自顾自地回到床铺前坐了下来。

董啸一言不发，愣愣地坐了大半天。中等师范学校的半年生活使他变化了许多。他已不能像往常一样，保持一颗高傲的、无所谓的、快乐的心，给人的感觉是，他越来越阴沉得厉害，但实质上内里，却还是一颗火热的心。只不过，随着他接触的人与事的渐渐增多，也逐渐懂得了许多，看过了、经历了太多的冷漠、不关心与不负责任。于是，更多的时候，这种火热就隐藏了起来，只有遇到真正懂他的人，才会爆发出来。

或者，他心底认为的这些冷漠、不关心和不负责任，事实上只是别人的不感兴趣，或者不便。试想，一个跟你非亲非故非友的人生病了，或者需要帮助了，肯定是跟他或她最亲近的那个人帮忙，伸出援手，对于陌生人，或者仅仅是认识的人，为什么要冲在第一线帮忙呢？能够问候一下或者关心一下，已经很不错了。就算不管不问也算不上麻木。

就像桑洁生病了，肯定是跟她关系最好的萧慧照看，至于别人，有空了问候一下，没空就干自己的事情，不多打扰，让病人多休息。这种再正常不过的情况，桑洁却觉得是人心冷落。

如果放到今天，桑洁不是被人骂公主病，就是引出一句“贱人就是矫情”。人的一生，怎么可能尽如人意，怎么可能人人都对你热情呢。每一个人都是生而有自己的想法、做法、说法的，会建立自己的朋友圈，而这个朋友圈，往往也就少则两人，多则三五人而已。如果因为有人跟你关系不好，关系一般，甚至关系紧张，就不高兴，就生气，甚至郁郁寡欢，那可能就是心理问题了。

桑洁的这种心理，也直接影响到了董啸。他有时也觉得，自己似乎也变得多愁善感起来。而在萧慧看来，这是人生中再小不过的事情，跟她曾经经历过的人生悲苦相比，那真是不值得一提。看着表弟董啸和桑洁这个样子，她那原先冷漠的心，反倒渐渐地心生怜惜，软化温暖起来。

在此情此景下，董啸不由自主地想起了上个星期天晚上的班会——那个放寒假前的最后一次班会。

随着长达一个多月的寒假马上到来，那一晚，董啸似乎格外亢奋，兴奋得有点过了，也只能用亢奋来形容了。

“亲爱的同学们，半年的中等师范学校生活马上过去了。在大家的共同努力下，我们班也取得了不少成绩。告诉大家一个好消息，我们班期末统考取得了全年级第二，第一学期班级各项积分第一名！大家都考得非常不错啊。”董啸的话还没说完，大家便鼓起掌来。

董啸又调皮地一笑：“另外对大家说一个我自己的好事情啊！”董啸停顿了一下，嗯哈了几声，说道，“我自己考了一个全年级第二啊。”大家“哗”地鼓起了掌，其间也夹杂着一些倒彩。喝倒彩在十五六岁的人眼里，再正常不过，那时候没有羡慕嫉妒恨这个词组，但董啸并不在意这些，在他眼里就是瑕不掩瑜。

董啸在讲台上看得非常真切，张鹤和杨娟两个脸上都露出了不屑的神色，也鼓起了他们那无所谓而且响声特别的掌声。显然，张鹤和杨娟并不大服董啸，也对考试成绩的好与坏不以为然，这是种少年人特有的不服气的特征，总觉得自己才是最好的。董啸默默地看了他们一眼，真的觉得无所谓，自己既然做到了，当然也要说出来的。他又把刚才政教处召集各班班长开会的其他内容向同学们“传达”了一下，掏出了才刚领到的大家开学时照的合影照片，一张张分发起来，谁知这时张鹤和杨娟的谈话却飘进了他的耳中：

“看他那神气样儿！什么东西!”

“幸好是第二，看他那得意样儿，要是第一，简直不知道自己吃几斤了。”

“考试成绩好就骄傲得不行，算什么事情?”

“他这个班长职位，还不是靠拍老班‘马屁’拿下的。”

“……”之后又是一番入耳极其不悦的话。

董啸看看不屑的表情还可以忍受，但这样的谈话哪是他能受得了的，只听他大吼一声：“杨娟！张鹤！给我闭上你们俩的三八嘴!”随后，便将手中尚未发完的厚厚一叠照片猛地朝他们俩掷去，“哗”一声紧接着是“啪”的一声，正好丢在了张鹤和杨娟脸上，杨娟“啊”地叫出声来，张鹤尴尬地站了起来，照片洒了一地，半个教室都是。同学们面面相觑，但既然在一个教室，一晃神间也就自然明白了其中的缘由，不禁默默地捏了一把汗。

当董啸一只手提着张鹤的衣领，另外一只手紧握拳头对准他时，却又猛地一下把张鹤推倒在他的椅子上，转身一下子闪开了。虽然怒意还在董啸脸上猛烈地盛开着，可董啸还是强忍住了，只说了一句：“成！算你有种!”便俯身开始拾起了散落在地上的相片，表姐萧慧，还有桑洁也帮他捡地上的照片。大家十分惊讶，因为董啸的拳头竟然没有落下去。张鹤和杨娟尴尬万分地马上离开了教室。

只有董啸自己明白，他听到张鹤他们的话时确实火冒三丈，不惜要大动干戈，在心里一遍遍地咒骂，他真是准备狂揍张鹤一顿，最后还要扇杨娟几个耳光，但他在紧要关头还是压抑住了自己：你张鹤算什么东西，也值得我董啸揍你一顿，然后被学校给记个大过吗？哼！过后仔细想起，也免不了后悔。我身为一班之长、一年级学生会的主要负责人之一，也险些因为这小子做了得不偿失的蠢事。有了这高傲的心来支配他，他必然不会出手打人。后来他竟然还在这样想：张鹤固然一无是处，可歌却唱得挺不错，中等师范学校文艺活动特别多，以后他会大有用场，可现在……董啸也挺奇怪自己的这些念头，这完全不是以前的自己。这不，已经过去了一夜半天，虽然事情都已经过去了，可他还在为这些事苦恼着。

其实，董啸如果把这个拳头落下去了，真的狂揍张鹤一顿、扇杨娟几个耳光，如果董啸是普通同学，再加上对方不受什么伤的话，可能不会被记大过，就不了了之了。但董啸是班长，这样的行为是非常恶劣的，那就不仅仅是记大过了，可能他将面临的至少是留校察看一年，甚至是直接劝退或开除学籍。而这两个结果，他都不能承受。

幸好，他忍住了，这一切都没有发生。

可也就在那时，就在萧慧和桑洁帮他捡照片的时候，董啸也想好了一个处理这件事的念头，既能够不失面子，又能够挽回张鹤和杨娟的重新配合和支持。一直到下午上课之前，这个念头越加稳固起来了。

相对于他的年龄来说，董啸这个想法和作法，也许是太有心机了。下午上课之前，董啸终于决定干这件事情了，一件在心里边酝酿了一些时候的事情。这天下午，也算他的运气是出奇得好，离下午两点半上课还有一个多小时，班里的同学们竟然已经全部在自己的座位上了，这在中等师范学校是很难得的事情。这里的学生往往是在离上课铃声响起还有十几秒钟的时候，匆匆地跑向教室门口，把等在教室门口的老师吓一跳，老师被吓得多了，也就习惯了。中等师范学校的老师，虽然不大管理学生，但上课非常认真，往往是离上课还有十分钟，就等在教室门口。上课铃声一响，就立刻进教室开课，一秒不误。

这天，天下着雨，雾蒙蒙的，就像傍晚，这也许就是同学们早到的原因吧。

董啸轻松地走上了讲台，昂着头，他在准备解决什么问题时总会有这样的表情，带着一些趾高气昂的神气。他用一贯深沉而抑扬顿挫的声调说道，那声音的镇静自若连他自己也很惊讶："同学们，在我上中学的时候，我亲眼见过、亲耳听过这样一件事情：我们班有一位女同学，考试每次总是倒数，可以说，她几乎把倒数第一至五名的其中一个位置包定了，不管其他四位怎么变化，她却总是其中之一。可她并不气馁，总是努力地学，并忍受着旁人的嘲笑与讥讽。

"其实，我也想不通，一个学生，不管学习多么差，就算科科分类是个位数，但他努力学习了，奋力刻苦了，就算学习不好考不好，那是他自己的事情，别人有什么权利嘲笑他，讥讽他？这个嘲笑和讥讽他的人，岂不是小人的作风吗？直到现在，我还是非常不理解这样的行为，我仍然觉得这种嘲笑和讥讽的行为是卑鄙者的卑鄙行径。

“虽然，她有一个全校成绩第一的表弟，可她却从来不去请教他，或者哪怕是让他帮助她。她表弟也没有主动帮过她，或者是哪怕过问一下，这个表弟现在还在内疚，后悔那个时候，没有站在她的身边，共同对抗那些嘲笑和讥讽的可恶之人。”说到这里，董啸停顿了一下，咽了一口唾液，萧慧的脸却红了。很明显，这个女生，基本上就是她了。

“有一次，班里又照例开班会了，大家都在等着班长首先发言，可这次班长却奇怪了——没有来。这时，那个同学，那个倒数的同学站了起来，她说道，‘同学们，我可以说两句吗？’说完，不等大家回答，就继续说了下去，‘其实，我们差生也并不愿让自己的成绩差，每次我都期望着自己能考得好一些，再好一些。差生的求知欲与上进心其实要比那些所谓的优等生强很多，那就是因为他差。’那个同学望望大家，大家都愣愣地望着她，不说话，她又继续说下去，‘记得有一次，我好不容易考了一个自己比较满意的分数。当我拿去给朋友们看时，他们很诧异，纷纷怀疑我是抄来的，就连老师也这么说。我平时的努力，老师和朋友们根本不放在眼里，他们把所有的热情全给了他们认定的优等生们。其实，我们差生，这个你们冠以我们称号的群体的实际想法谁会了解，谁又想去了解呢！你们，你们在座的每一个人，给到我们差生的，除了嘲笑和讥讽，还是嘲笑和讥讽，你们捂着胸口自己想想，我们差生哪里对不起你们，该你们的还是欠你们的了？’

“她的话音落下后，整个班级都沉默了，没有人说话，也没有人敢说什么，大家就愣愣的。这个时候，班长和班主任推门走了进来，随后班里响起了阵阵掌声。之后，班级的面貌发生了很大的变化，麻木不仁从班里消失了，这种消失一直持续到升学考试结束后。而那位同学的成绩此后便日渐上升。在 1996 年，这个考省立第四中等师范学校还需要很高很高分数的年份，也就是今年的 6 月份，她顺利考入了中等师范学校。也许你们有一些奇怪，那位班长正是她的表弟。”

董啸望着班里的所有同学，就像初中时候一样，大家愣愣的不说话，或沉浸在自己的心思中，或者沉浸在董啸营造的话语环境当中。“同学们，有什么心事说不开，大家只要说明了，把事情讲明白了，一切就都会好起来的。为什么要让环境生生地把我们改变，而我们不去主动改变环境呢?”董啸把话说完，就郑重并适时地为自己之前的行为向张鹤、杨娟认真地道了歉，张鹤和杨娟分别站了起来，很不好意思地扭捏着，也各自向班长董啸道了一下歉，说自己不应该说那么刻薄难听的话。

两个人道完歉后，班里响起了不息的掌声。所不同的是，这个时候班主任董老师并没有走进来。其实，说穿了，能够上中等师范学校的人，大家已经把你当作是成年人了。三年后毕业，他们就要走上工作岗位，开始教书育人了。跟普通高中不同，再多紧和严的管理，已经不再适用了。

自从那个下午上课前一小时的“临时班会”后，桑洁知道了萧慧其实就是那个成绩倒数的女同学，而董啸就是那个全校第一的班长表弟。自此，桑洁又明白了许多：亲情、信任、友情、关心、交心……她所不明白的是，对于她来讲，轻而易举就能考上的中等师范学校，在萧慧来讲却是数年的煎熬和努力。

她不知道在农村这个大环境，以及千年的积习下，完全是“笑贫不笑娼”的。萧慧自小特殊的家庭遭遇，成为那个环境下最弱最贫的那个，也成了小伙伴们集体嘲笑的对象，从学前班一直到小学五年级，萧慧都生活在这种被嘲笑侮辱和极端自卑的状态下。说句不好听点的话，但凡萧慧心窄一点儿，或者说性子烈一点儿，那后果不是她伤害别人，就是伤害自己。可她理智地承受下来了，用冷漠和生硬面对了这一切。并且，她成功地在上中学后的一次班会上，逆袭了一把，摆脱了自己被嘲笑和讥讽的身份。当然，这个逆袭，是跟班主任韩老师和表弟班长董啸一起合谋的。

这个合谋，却是一件事情促成的。有一次放学回家的时候，董啸看到一群女生围住了表姐萧慧，其中一个长得最壮最黑的女生大声喊着：“哭！哭！给老娘哭出来，不然看老娘打你。”

萧慧在这样的高压下，紧紧地抿着嘴，一言不发，面无表情。在这样的僵持下，那个黑壮女生倒也没有动手，几分钟过去后，她们觉得无趣，都离开了。

一旁的董啸，因为都是同乡，并且这群女生也没做什么过分的事情，只是在言语上说了几句，他也不便去争去吵，可他这时又分明看到，这群女生离开后表姐的眼睛湿润了。

可这竟然还不是结束。

又一群男生围住了她，十一二岁的孩子，虽然已经有了一点儿性别意识，但男生女生间相互欺负打架吵嘴，也是司空见惯的。

同样，那个最高最壮但不是太黑的男生，说了刚才那个黑壮女生说过的话："哭！哭！给老子哭出来，不然看老子打你。"旁边围观的一群同龄男生，都纷纷哈哈大笑了起来。

这些人全是萧慧和董啸的同班同学，都是年龄一样的孩子们。萧慧同样紧紧抿着嘴，一言不发，瞪视着这群男同学，尤其是那个领头的高胖男生。

几分钟后，他们觉得十分无趣，都离开了。

董啸慢慢地踱到了表姐萧慧的面前，静静地看着她。这个时候的萧慧，再也忍受不住了，眼泪像断了线的珠子，紧迫地纷纷地从萧慧的眼眶"砸"向了地面，溅成一朵朵伤心的水花。

董啸冲上去抱住了表姐，姐弟两个号啕大哭了一场，寂静的校园内，这个时候已经空无一人。

后来，董啸带着萧慧找到班主任韩老师，静静地说明了这一切。于是，就有了董啸在这次"临时班会"上讲的那个温暖故事。

第八章

都是善良的性情男女

窗外的雪，还是没有停，纷纷扬扬的，抬头就迷人的眼。

今天是周六的上午，宿舍已经空空荡荡，董啸似乎是宿舍唯一没回家的人。身上的雪开始化了，他下意识地从床上站了起来，跺了几下脚，拍了拍身上和头上的雪，扭头，床上有了一块儿湿湿的地方，跟他的屁股大小正好吻合。

看到此情此景，他愣了一下，笑了。但一个微笑改变不了什么，心情还是没来由地不好。是因为那次心结，也是因为桑洁牵头的那个舞蹈排练中发生的一段插曲。

中等师范学校的课程和日常学习生活很紧张，除了周六日放假外，周一到周五，基本上没有什么改变。早上 6 点起床，在 10 分钟内带队集合，然后全年级绕着大操场跑约 8 分钟左右，再做一套广播体操，大概 5 分钟，最后是升国旗的 5 分钟。

6 点半到 7 点 10 分左右，是晨读时间，这半个多小时，除特殊情况外，学生必须到教室学习看书。很多班级会按学号轮流晨读，每天早晨这个时候由一名同学在讲台上阅读一篇2000字左右的短篇小说或散文作品，三年不间断，贵在坚持。老班曾对211班学生说过，这个晨读，好处太多：第一个，帮助每个人练好普通话，如果你读得太烂，明显要受到全班的诟病，自己就要多下苦功提高发音能力；第二个，欣赏了非常多的漂亮文章，提高文学修养和见识；第三个，提高当众演讲的能力，以后要参加工作当老师，非常需要这个能力。简直是一举三得。

7点到7点10分，除准备打扫卫生的同学外，各班同学陆续撤离；7点10分到7点半，打扫卫生区和教室的同学必须全部打扫完毕，这样，他们只有半个小时的时间吃饭了。8点，整个学校开始上课。一个班级一般有五十人左右，于是，打扫卫生就分成了五个组，每个组固定负责一天。不仅早上7点到7点半得打扫。下午6点下课后到6点半，还得打扫一遍。

在很多中等师范学校学生的记忆中最深刻的，莫过于这打扫卫生了。而且，早上7点半和下午6点半这两个时间段后半个小时内，学生会的同学，还会挨个检查打扫完的教室和卫生区（卫生区指操场和教学楼、宿舍楼、办公楼等周边空白地块）的情况，每天评名次，并且肯定会在8点上课前，用粉笔在教学楼一进门的一块儿大黑板上写好名次。如果你们做得好，相当于当天就有表扬，如果做得差，马马虎虎，立刻让你丢脸。

当时所有学生都不理解学生会的同学，而且对他们颇有微词。其实，他们最辛苦。因为他们也是学生，如果当天正好轮到他打扫卫生加检查卫生那就是说，早上7点到7点半，他得打扫卫生；打扫完卫生，又得用半个小时检查全校卫生；检查完，他没办法吃早餐，就得到教室上课了。而提前吃早餐，是不太可能的，因为起床后，到上课前，时间都排得紧紧的。

为啥打扫卫生这么重要呢？那是因为全年级每学期综合排名，卫生情况占的比值也不小。比如说这第一次排名，董啸的班，总体学习成绩其实是第二，比学习成绩第一的班低了一点儿。但那个学习成绩最好的班，卫生情况却是倒数，因此才让211 班轻松拿走了总排名第一。

中等师范学校实行大课，一堂课是 90 分钟，中间会休息个几分钟。上午 8 点到 12 点，下午 2 点到 6 点是上课时间。中午 12 点到 2 点两个小时，一般的学生会选择饭后午休一下，一点半左右休息毕，准备去上课。下午课毕后，6 点到 7 点是晚饭时间，7 点到 9 点是晚自习时间。晚自习前一个小时很紧张，要完成当天的所有作业，以备第二天老师检查，并且在这一个小时中，年级学生会会派人来检查自习情况，核对每一个学生在不在，如果连续三次查出不在，如果不是请假等特殊情况，将直接被学校记大过，甚至开除学籍。但后一个小时，就没什么事情了，作业写完了，检查结束了，就成了学生们聊天大侃的时间。但照例是不能回宿舍的，得继续在教室里待到 9 点。

在这样的严酷情况下，赶上学校活动节目紧，又要照顾同学们双休回家与家人们团聚。那练习舞蹈的时间，就只能在中午 12:30到 13:30，晚上 9 点到 10:30 这段时间了。学校规定，晚上 10:30 后，如果哪个班教室还有人在，那直接扣当事人考勤分和班级总体考勤分，并且扣的分值很大。学校的想法是保证学生的休息和安全。十六、七岁的少男少女，既是长身体的时候，也是最容易冲动出些事故的时候。

萧慧是11月的最后一天才决定加入班级舞蹈队的。在这之前，参加舞蹈表演的五个女生，只有桑洁有一定基础，其他四个，除了身体容貌条件不错、身体灵活性还可以外，那真是几乎没有跟舞蹈沾过边。桑洁非常着急，平常中午一小时晚上一小时的排练根本不够，她们需要更多的排练时间。

桑洁找董啸商量，能不能每天晚上9点下自习后，一直排练到11点半。董啸毫不客气地拒绝了。如果一旦被学校抓住了，后果很严重，先不要说班级学期综合排名，每个同学记大过、被批评，怎么办？不能够为了一个节目，毁了一群人的前程啊！

董啸扔下一句话："就算这个节目练不好，上不了，那也没关系，我们准备别的节目。但绝对不能大半夜了还在教室里边练习。"

11月28号是个周二，因为一二·九歌舞纪念会越来越近了，除了桑洁外，其他的四个人，还是跳得半生不熟的，董啸也有些着急。晚自习后，董啸就陪着他们在教室里排练。五个人，确实也都能连贯地跳下来了，但除桑洁外的人，还是别别扭扭，并且一停下来，就接不上去了，导致四个人在跳，一个人停着不动。那叫让人一个着急啊。

但时间已经到了10点半了。只好解散，等明天中午再学再排练。大家都有点丧气，董啸倒不觉得，鼓励大家说："离一二·九彩排，还有十多天呢，大家加油，这几天，一定能跳熟练了。”

这五个女生，特别是桑洁，抱怨起来总的意思就是，要是有更多排练时间就好了，哪怕每天多练习一个小时就好。

出了教学楼大门，桑洁突然问：“班长，要不我们回去，再在教室练一个小时。反正现在看教学楼门的，有一个是我们班的同学。”

桑洁说的也有道理，10 点半到 11 点半，保卫室的人在宿舍区巡察，没一个小时过不来。另外，教学楼的门房，是选了两个靠谱的学生住在里边，这两个学生一到 10 点半就分头一个教室一个教室清人，然后锁了楼门休息睡觉，早上六点整他们打开大门，放开校园广播，“叫”老师学生起床开始新一天的学习生活。其中一个学生就是 211 班的一位男同学。

董啸听后，也只是一瞬间觉得“要不，试一试”，但这个念头也就是一闪而过。他立刻否了，道：“不行！桑洁，不能跟学校规定对着干。都回去休息吧，再跳一小时，明天瞌睡一整天，反而影响学习和明天的排练。”

桑洁她们也没坚持，就回去了。

十分钟后，董啸去热水房打水洗脚，突然看到张鹤从小卖部出来，拿着一些零食往教学楼方向走去。董啸急忙放下脸盆，冲过去抓住了张鹤，那时董啸和张鹤还没有发生后来的冲突，更没有后来的道歉谅解呢。

“张鹤，这么晚了，你到哪里去?”董啸边握住张鹤的右手，边问道。

“到教室给杨娟、桑洁他们送一点儿吃的喝的。”张鹤边回答边转过了身，当他看到是董啸时吃了一惊。如果他能想到这是董啸，肯定不会这样回答的。

杨娟和桑洁明明让他一定要瞒着董啸的。可就是不凑巧，他往教学楼走的时候，谁知道正好遇上董啸去水房打水。他一愣神，谎话没准备好，只把大实话给说出来了。

这一下就被拆穿了。

董啸跟着张鹤来到了教学楼，开门的同班同学余庆云吃了一惊，他连一个字都没说呢，就被董啸狠狠地说了一顿。到了教室，董啸一句话也不说，张鹤把东西分发给五个女生，她们静静地吃着。

就在她们吃下最后一口面包，喝下最后一口水的时候，董啸发火了：“桑洁，你们五个怎么这样任性。如果被保卫科抓住了，那最轻的处分也是记大过。我们毕业后是要当老师的，五个记大过的人，背在档案袋的记录里，你觉得很好看，是吧?”

董啸说完这一句，不等其他人答话，马上又说：“现在，马上离开教室。咱们到我的宿舍里再说一下。”

桑洁等六个人，就跟着董啸来到了董啸的宿舍。这个宿舍的男生只有一个不是211班的，所以不会影响别班同学。也是算他们幸运，他们离开教室的时间，是11点20分左右，回到宿舍的时间是11点半。这也是保卫科巡夜保卫人员交换班并且到教学楼办公楼巡视的时间，他们正好在这个时间段回到了宿舍，确实好险。否则，七个记过是没得说了。

余庆云没来，等到回到宿舍的时候，除了桑洁、杨娟五个跳舞的，张鹤在，团委书记肖冰也在，体育委员李凯飞跟董啸同宿舍，还有张鹤、肖冰宿舍的其他同学，总之，都是211班的人。

董啸这个时候，开始要真正的发飙了："桑洁，你怎么回事？咱先不说被保卫科抓住了记大过扣分的事情。这么晚了，你们在教室多跳一个小时，有意义吗？就能够马上跳熟悉吗？"大家都咬着嘴唇不说话。董啸又继续说："也不是我说你们，都跳了十几天了，一天两个小时，除了桑洁，你们四个，怎么连这样一套五分钟的舞蹈都学不下来？用点心，行不行？"

在火气头上，董啸说话也不知道轻重了。他的最后一句话惹了众怒。

桑洁首先开口了："董啸，你怎么这样说话啊？"

紧接着是杨娟："我们自己愿意跳的啊？还不是为了班里有节目上。"

其他三个女生也很委屈地说："我们在努力地学了，不是越跳越熟练越好吗？我们又不是舞蹈专业的。你这么骂我们干吗？"

平常不多说话的李凯飞也说话了："董啸，过分了啊，大家都是为了班集体啊，再说，不是没被保卫科抓着吗？"

董啸一看，除了肖冰和张鹤没说话外，自己成了众矢之的，就开口辩解道："不能因为侥幸没被抓着，就这样干啊！怎么？你们还觉得这个行为是好的，光荣的了。"

张鹤听了这话，更来气了："董大班长，就算我们五个被抓了，被扣分记大过了，跟您有什么关系？这几分，也不影响您这个学期争班级综合第一吧！"

肖冰也说话了："董啸，你批评的太过分了啊！"

这时候，其他人的话也纷纷涌入了董啸的耳朵。

"凭什么这么凶地批评我们啊？"

"我们五个容易吗？就算是一天两个小时，但这两个小时，别人中午晚上休息聊天，我们得辛苦排练。"

"仗着班主任对他好，看狂成了什么样子？"

……

董啸听着这些，头越来越大，他大声地喊了一声，"好了！别说了！都是我的错，我董啸一个人的错！你们都没错！都有大大的功劳！"

他边说边冲出了宿舍，在一股狠劲的引领下，迅速冲过了整个校园，抓住学校大门口的铁栅栏门，爬了上去，然后就跳出了学校大门，再紧接着冲过那200米的校外大道，就转入了丹阳市城区的范围内。

董啸的举动，大大出乎了在场所有人的意料。大家还没从最初的震惊中回过神来，董啸已经冲出了学校，消失不见了。

肖冰很是紧张，董啸一走，剩下负责的就是团委书记了。她马上慌做一团，还是桑洁反应比较快一点儿。

"这件事情，除咱们现在这个宿舍的外，谁也不准说出去，如果学校知道了，那麻烦就大了。我们六个女生，现在就在董啸宿舍守着，或许他一会儿就回来了。你们宿舍八个男的，再加上张鹤，现在悄悄出校门，分成两组，找董啸去吧。希望能把他赶快找回来。"桑洁虽然这样有条理地吩咐着大家，但心情却非常紧张，生怕会出什么事情。

1996 年的时候，固定电话都少，手机在丹阳市还属于非常稀罕和贵重之极的物品，起码在丹阳中等师范学校里是没有的。董啸一失踪，找起他来，那是非常困难的。

先说董啸，董啸狂奔了一阵后，那种迷惘无助和愤怒的情绪已经渐渐平息了。他在离开校门口那条 200 米左右的宽柏油路后，转入了左边，径自走着穿过了师范路，在师范路与径南路的交接处，转向了径南路。

又走了 20 分钟以后，他清醒了过来。但现在再返回宿舍，不仅有些少年人特有的羞涩，而且也百感交集，还是不回去的好。他定了定神，思路全部回来了。这样在大街上溜达一夜，也不是一个事情，除了不安全、休息不好，第二天还影响上课和节目排练。

于是，无奈之下，他选了路边一家叫径南旅馆的小旅馆住下来。旅馆管理员狐疑而生硬地要他的证件，幸好，他的学生证在上衣口袋里。他交给了旅馆管理员，旅馆管理员又很生硬地问："你一个学生，怎么半夜出来住宿，而且还是一个人！"

董啸本想撒个谎，遮掩过去得了。但一时又想不到好的办法，便直接说道："跟同学们吵嘴了，被骂得气不过，又不敢打架，怕被学校记过，就憋着怒气跑出学校了，在外边住一夜，消消气就回去。"

这确实是实话，但实际上，不是不敢打架，是不能打，一来是一群女生，二来一个人也打不过一群人啊。

管理员听了，看董啸垂头丧气的样子，也不再问什么，给他开了二楼楼梯边的一间房。

董啸关上门，下意识地要插上门，结果门竟然没插销，也没有任何锁。他本来想找管理员换一间，但不想再麻烦了，直接搬了椅子堵在门口，就躺在床上逐渐睡去了。一夜无事。

再来说找董啸的张鹤、李凯飞等八人。八个人找人倒是实实在在，虽然不服董啸的责骂，但毕竟是同学，同学情深，眼看着董啸跑了，那个着急和担心，那是一点儿错也没有的。

八个人，分成了四组，一组两人，出校门口那200米长的宽柏油路后，向右是野地，一组就行了；向左再走1000米，是一个三岔路口，需三组人。大家约定一个小时后校门口集合，就各自出发去找人。

张鹤和李凯飞是向左转，然后直行的路线。他们一路喊着："董啸！董啸！你在哪里？"一路向前找，遇到黑暗和有遮挡物的地方，还要过去看看。

天气已经很冷了。两个人翻找遮挡物的时候，竟然有拾荒者睁着一双惊讶的眼睛望着他们，好像被惊醒一样。

李凯飞认为：董啸吃穿用度玩耍，在学生中算最奢侈的了，他不可能躲在这种地方，在那种狂怒的状态下，应该会一路往前狂冲，最后摔倒在地上。那种状态下，体力维持不了多久。

于是，两个人就没有往前猛冲。另外三组的人，心思跟他们正好一样。他们没有想到，董啸冲了一阵就去住旅馆了。

不是一个小时，是三个小时后，算上在宿舍里的争执时间，现在已经是第二天的凌晨三点多，八个人才极其失望地回到了学校门口。不用再问了，他们没找到董啸。

几个人翻门进入学校，轻手轻脚地跑向自己的宿舍。李凯飞推了一下门，黑暗中，桑洁问了一句："谁?"话音里带着紧张和焦急。

"是我们!"张鹤回答道，只听到宿舍里的人长出了一口气。这三个小时，真不知道她们是怎么熬过来的。

肖冰这时点燃了一根蜡烛，因为这个时候的宿舍早就断电熄灯了。

大家这时才看清，萧慧也在宿舍里，肯定是桑洁叫她过来的。看上去，她反而是所有同学里最冷静的。

这个时候，大家都还不知道萧慧是董啸的表姐。但萧慧清楚，自己这个表弟，肯定不会做什么傻事，只是一时气愤就冲出去了，在外边找个旅店，消了气，自然就回来了。

"找到了吗?"肖冰先开口了。

"哪儿找到了啊? 四个方向，一个方向都没有!"张鹤失望地说。

"那怎么办? 那怎么办?"这样说着，肖冰和桑洁，竟然哭了起来。

萧慧不知道怎么，突然心就猛地一动，想起了表弟在两群孩子王欺负完自己后，姐弟俩抱头大哭的场景。她开口说道："大家不要担心。我和董啸是同乡同村，董啸肯定不会出任何事情的，他不是那种冲动的人。他只是一时气愤，就跑出去了。他家在丹阳有房子，而且周围这么多旅店，他在外边住一夜，消消气也就回来了。大家就不要担心了，还是各自回宿舍休息吧！”

大家一听董啸的老乡萧慧这样说，也就安定下情绪来了。萧慧又说道：“不过，今天的事情，大家就当没有发生过。董啸回来后，在场的各位，包括教学楼的两个管理员同学，也需要团支书肖洋专门去说一下。否则，如果有人再提，以董啸的性格，可能就是直接转学走人，不上这个中等师范学校了。”

这一点，大家倒是没有想到，但大家也感觉出来了。说实在话，上中等师范学校的学生绝大多数家庭比较贫困，都是来自农村地区。家长们盼望着，孩子三年毕业后就能走上教师这个稳定而又有社会地位的工作岗位，赚钱补贴家用。而董啸却处处让人感觉是那种有钱人家的孩子。并且，他们刚才一听到说，董啸家竟然在丹阳市有房子，这个惊讶更是不小。1996 年在丹阳市买房子，对于当时月收入 800 元人民币就算非常高的人来说，这辈子买房子，都是梦想。

大家一致同意不再提这件事情，就当它没有发生过。肖冰也答应，明天一早六点起床跑步做操的时候，就跟教学楼的两个管理员学生强调一下，保证让他们答应不再提此事。

说完这个后，大家各自分头回宿舍睡觉了。至于明天早上的早操，如果董啸仍然不到，李凯飞会对体育老师说，他有点不舒服，在宿舍休息。

董啸在上午 8 点上课前 5 分钟，直接回到了教室。头发依旧光鲜，皮鞋依旧明亮，西服和衬衫依旧整洁，就像他从来没有出去过一样。

大家，其实就是相关事件的十五个人，都像没事人一样看着他。只是表姐萧慧有些关切地看着他，眼神中有一点儿焦急。显然，董啸这不是第一次跑出去，萧慧虽然了解他的性格，但未必会完全猜中。幸好，他没事。

董啸却像明白了一切一样，把嘴巴放在表姐萧慧的耳旁，说了句："谢谢姐姐。"直把萧慧的脸和耳根都说红了。

这时，桑洁却伸了一个懒腰，看了董啸一眼，说道："该死的董啸，都怪你，人家都没睡醒。讨厌死了。"

董啸只是一笑，还没有作答，整个教室就哄堂大笑了起来。十五六岁的少男少女，谁说就什么也不明白呢?

桑洁这时也知道自己说了特别尴尬的话，羞得一脸通红，把头埋到课桌里，再也抬不起来。要不是《阅读与文选》老师这时候挟着教案进门来了，估计桑洁还得再尴尬半天。

少年人的性情事，有这样一个愤怒的开始、一个冲动的过程和奇怪的结尾。幸好，它是美好而甜蜜的。

第九章

不择手段的“胜利”

那天，李若玉一走进教学楼的楼道，就有些不舒服的感觉，脊梁上有些发凉似的，216 班的学生们都用惊诧的目光看着她上来。

216 班可是若玉除自己的 211 班外最爱去的一个班了，因为有几个老乡的缘故，若玉和那个班的同学们大多数都很熟悉，个人关系搞得挺不错。可奇怪的是，以前基本上天天去一次 216 班的，这几天她却一次也没有去过，想去，却在心理和行动上，怎么也迈不开腿。

李若玉对 216 班，再也没有了原先的那种亲切，甚至是那几个老乡，她也许久不再跟她们联系，哪怕说一会儿话了。一场比赛，让李凯飞受伤流鼻血不止，让张鹤脚崴了半个多月还没好，而且，只要是 216 班跟别的班的比赛，别班就有人受伤倒地的下场，而受伤的必然是别班的主力投手。虽然不能百分之百说就是 216 班的蓄意行为，但司马昭之心，路人皆知啊。

只因为那场校年级篮球赛，李若玉的小小关系圈就发生了这样大的改变。而这种改变，在董啸那里，在211班，甚至整个中等师范学校一年级来讲，却来得更让人印象深刻、更让人吃惊。

若玉边想着这些，边迎上那些怪怪的目光，不禁又想起了因那场篮球赛所发生的一连串事情来……

年级篮球赛，说穿了也就是各年级各比各的，三个年级，三个冠亚季军，这样一来，虽然尽量做到了公平公正，可比赛场次却也够多的了，一个年级就十八个班，一场小组赛下来，没有一个多月不行。

11月7日那天下午，211班，也即是李若玉的班级和216班展开了一场篮球争夺战，因是活动课时间（中等师范学校的活动课，其实就是小班会，在师范，有大中小三种班会，大班会一般一年只开两次，即开学和学期末，班主任老师会参加；中班会，班长主持，基本上每周五下午开一次，开完就过双休了；小班会，即是活动课时间，说穿了就是长达两节课90分钟的课间休息，这个小班会，基本上每个班都是一样的时间），几乎全校师生都来观战了。

这也是一场绝对特别的决赛。一方——216班是幸运女神青睐的对象，连赛三场都以罚球得分险胜，从而有点带有侥幸地闯入了最终决赛。而另一方——211班则是纯粹的实力派，实打实地进入决赛的。观战的师生们众口不一，有说机遇和运气会起到关键作用的，也有说实力才是最要紧的，前一种说法也是有根据的，刚刚升入中等师范学校不到一年的初中学生们，大多数是农村来的娃娃，实力也是相对的实力，相差不到哪里去，211 班和 216 班实力本在伯仲之间，所不同的是，211 更能拼一点儿而已。但无论如何，人们都对这场比赛拭目以待，急切地等待这场特别比赛的开始。

决赛的哨声吹响了，人们才呼出了一口痛快的气，准备投入到激烈的比赛当中。这也是第一场年级决赛，一年级已进入篮球赛的决赛，二三年级各十八个班，还在进行着小组循环赛。

场上 211 班的体育委员李凯飞一马当先，争到了球，迅速传到一旁的董啸手中，然后猛地朝自家方向篮筐底跑去，董啸伸手接过来球，带球只跑几步，就将球传到篮筐下的李凯飞手中，凯飞用手一托——好！球就进了，场上一片喝彩声。似乎只在转眼间，211 班已连续进了三个球，而 216 班的得分却还一动不动，连球都没有传进过自己班的场地中，更别谈进球了。观众席中出现了一阵骚动，这阵骚动来自于 216 班观战的同学们，再这样下去，216 班会输得很惨。毫不客气地说，如果 216 班组织不了真正的进攻，那他们完全有可能被打一个零分。

正在这紧张的时刻，应该说是 216 班的同学极度紧张的时刻，只见场上篮球迎面飞来，李凯飞和 216 班的王遇一起飞身抢球，冷不丁王遇挥拳打球，人们还没看清楚是怎么回事，李凯飞早已捂着鼻子晕晕晃晃地从地上爬了起来，血溅满了胸口，211 班的同学们急忙围了上去，比赛暂时被迫终止了。

经过十分钟的喧闹之后，决赛的教师评委们评定出了结果：意外伤人，罚王遇犯规一次，211 班罚球两次。场上顿时一片嘘声。大家很明显对这种结果表示不满，这很明显是一次故意伤害或者说有预谋的伤害。

最终的结果是，李凯飞因止不住鼻血无法上场，送校医务室治疗去了，而王遇却没有被罚下，只是算犯规一次，比赛照常进行下去。李凯飞和王遇，分别是211 班和216 班的主投球手，可以这么说吧，几场小组赛下来，两个班进的球，绝大多数都是这两个人投的，其他的队员也就是一传手二传手三传手和防守的作用了。李凯飞的“伤重”下场，让比赛形势和最终的比赛结果，有了非常大的悬念。幸运女神，现在明显倾向了216 班。本来，上半场的巨大分差，211 班获冠军是十拿九稳了，但现在216 班完全有了反超的可能。

也许是为了表示对裁判的严重不满，观战的师生们直接走了四成，很显然，他们觉得看这场比赛已经没有任何意义了，无论结果是什么。现场传来种种嘘声，不管裁判怎么制止，就是没有人听他的。

比赛继续没多久，另一件事情发生了，在抢篮板时，不知对方谁把腿放在张鹤下落的位置上，绊了张鹤（有意和无意只有天和那个人知道了，1996 年的比赛，而且还是一个地方城市的中学里，哪儿有录像，全靠现场裁判的眼。）一下，张鹤一下子摔倒了，惊出一身冷汗，差点把左腿折在身下了。可就算没真折断了腿，也够他受得了，张鹤的脚彻底扭了，几天甚至更长时间内，张鹤别想好好走路。

这样，211 班的投手第二名，还能偶然进几个球的第二主力投球队员张鹤，也因伤下场了。而211 班剩下的三名队员，包括董啸在内，以及后补的几名队员，那投球水平，实在是不敢恭维。就算没有人阻拦他们，给他们一个球，站在2分线处投，也很难投进去几个。这种情况，在每个班级都是如此，只有两三名队员投球还是不错的，其他队员投球都很差，而且是极差。这也能从双方分值比上看得出来，这么多场比赛下来了，一方能够拿到20分以上的都非常少。也就是说，40分钟的比赛，双方一共能进二十个球就很不错了（罚进的球也算）。

这次张鹤受伤更让人觉得过分，裁判没有任何表示，只示意比赛继续进行下去，连个违规也没有吹。那会儿，场上的董啸一言不发，只闷闷地站着，比赛继续因替补队员的上场而继续进行着。结果也在大多数人现在的料想中了：211班:216班＝26分:28分——具备极强实力的211班败下阵来。因罚球之差，216班赢了比赛。双方的实际得分，基本一致（中间211班罚进了两个）。216班，成了当之无愧的罚球冠军。决赛的分值很高，均超过20分了，说明双方拼了老劲了，而且，这个老劲是在211班两名投球手均受伤缺阵、216班投球手正常上场的情况下，后来加时5分钟战满，战成了24:24平。但最后的罚点球，每队投5个球，211班因缺乏投手，只进了2个，216班进了4个，以2分之差夺冠。

很有意思，也就是在主裁判公布比赛结果的那一刻，认识并了解董啸的人看见他来中等师范学校后第一次有了不自然的表情，他的眼眶中噙满了泪光，这个高傲的人第一次忍不住哭泣了。这是伤心的泪，是发泄的泪，却又是无奈的泪……在裁判让双方队长王遇和董啸（代受伤的李凯飞行使队长职责）站在篮球场中间，准备宣布结果的时候，董啸甩脱了裁判抓住他的手，大声喊了一句：“我不相信，李凯飞和张鹤的受伤都是偶然，这是蓄意的阴谋！裁判是黑裁判！”

说完了这句，董啸头也不回地走了，扔下满操场尴尬的六七百师生（在比赛出现明显的不公时，已经有400多师生离开了比赛现场，一年级共计1100多人。）

后来，董啸拒绝就此次事件道歉，因为他觉得216班做得过分，这个冠军得来的太不光彩，觉得裁判实在是太偏向了。学校也考虑大事化小、小事化了，不再追究他的无理和不尊重老师的行为。

那一夜，全体211班的同学无声，班里的所有同学都只是默默地坐在那灯光通明的教室里，晚自习成为真正的自习。所有人都黯然而又不得不去接受了那个26:28。可董啸接受不了，他的心在沸腾、在呐喊，他总觉得该去做点什么、说点什么……他独自一人站在教学主楼的过道里，听着216班全体同学那震楼的欢喜声，他也笑了一声，那是一种不怀好意的笑声。

你的欢乐建立在别人的痛苦上，建立在让别人“受伤”的基础上，那你这个欢乐就是可耻的，就该终止和受到教训。

董啸现在一想到王遇那咧开嘴大笑的表情，想到216班全班同学共庆欢乐的时刻，想到他们班那个漂亮女班主任把一群十五六岁的学生夸上天的语言，就气愤难平。难道以恶意的手段“误”伤对方两个主投手得来的胜利，而且是裁判明显偏袒的胜利，不是可耻的胜利吗？得到可耻的胜利后，庆祝就是对其他人的侮辱。

接下来，董啸做了一个决定。他觉得，这场决赛对他和他的班级，是赤裸裸的侮辱和挑衅，他要迎战这个侮辱和挑衅，他要反击。

他叩响了除216班外的十五个班级里每一个班的门（体侧班不参加比赛，比赛颁奖结束后，会安排冠军班跟体侧班举办一场友谊表演赛。），叫出了每一个班的班长，凭着董啸与班长们平时良好的关系，凭着几场比赛下来216班让对手班“损兵折将”的巨大伤害所积累的过多负能量和怨言怒气，他对每一个班长说了同样的一句话：看到216班今天晚上的样子了吧！身为班长，身为校一年级学生会的一分子，你们敢管不敢管。

班长们沉默了，但稍瞬就坚定地点了点头。这场比赛从开始举办，到小组赛，到决赛，两个多月打下来，各班的主力球员实际上都有了很深厚的球友情。虽然败胜都没个什么，但凡是跟216班对决的班级，主力投球手都受了或轻或重的伤，这种伤倒不至于给身体造成什么实质性的伤害，但却能导致受伤者直接退出比赛。

这样的恶劣行径，不管它是有意无意，首先216班就犯了众怒，采取近乎卑鄙的小手段，折伤了对手班的主投手；其次在大家都因为各种原因失落叹息比赛失意之时，216班举行了大家都能听得到的欢庆，这是在大家的伤口上撒盐。如果这个胜利毫无侥幸可言，是实打实打下来的，也就罢了。在众所周知的公然诡计下，竟然还搞这么声势浩大、声音响彻整个教学楼三层和四层教室区的庆祝班会。这就太过分了！

在216班欢乐祥和的庆祝班会上空，一场巨大的“暴风雨”正在汇聚，它将以迅雷不及掩耳的速度，砸在216班的头上，尤其是216班全体男生的头上。

第十章

师出有名的兴众问“罪”

沉默只是短短的一瞬，就像暴风雨来临前的宁静一样，短短的几分钟宁静，没有让我们感觉适意，却有莫名的压抑。在这几分钟的时间内，除了216班所在的区域，整个教学楼的三层和四层，几乎再也听不到任何声音。这与中等师范学校晚自习一般情况的状态相比，是极其不正常的。

同样是几分钟后，董啸他们一众叩响了216班的教室门。就在董啸叩门的时候，他的身后站了好一些人，也有各班的班长及其他班干部，也有不是班干部的，但确实是清一色的男生。216班班长——一个高大的男孩出来了，他的脸上显然掠过了一丝明显的惊讶。但他强力压制住这种惊讶，忙向董啸问到：“大家……大家怎么了这是?”

董啸用那镇静而高傲的口吻说道：“你自己说怎么啦？现在是7点45分，晚自习的时间！身为班长，你明不明白？你们班现在的‘火热’行为，已经让整个教学楼无法安宁！”

高个子班长神色极不自然，他显然也看到了董啸身后楼道里的一群人：“好……好！我去叫……叫他们安静下来。”说完就急忙闪身进了自己班的大门。

董啸转过身来，他的脸上有一丝不安的笑，大家都看得出来。他说：“大家，各位，都准备回教室吧！”说完摆了一下手。

大家迷惑不解，一个显然最是愤怒，却又不知道该如何对待这愤怒的人问道：“董啸，干什么呀！怎么又要回去啊？”

一众人对董啸的举动不理解，我们是来干什么的啊？是来216班找茬的，要教训一下216班全体男生的，怎么就这样就要回去了？说好的打架呢？

董啸的脸绷得紧紧的，高声说道：“不回去，打架呀？你没看到人家都回去劝人了？”

那人又说：“打就打，他们班的人什么东西，活该打！”两个人似乎一唱一和起来。

董啸一乐，笑道：“你们什么东西！”大家一愣，强压住火气。董啸又说：“要是真正打起来，你们当中有几个当真上的，不是说你们不行……”

没等他说完，一片声音淹没了他：

“什么不上！”

“看着吧！”

“孙子不上！”

“等小子出来！”

这时，谁也没有发现，一缕神秘的笑被董啸隐藏了起来……

董啸使了最常见的激将法，他带着人到了216班门口，如果一会儿真冲突起来，没人为他说话，没人为他打架，那他绝对就是来找骂找打和找死的。说实话，直到现在，除216班之外的其他班男生，才真正站到了统一战线上来。

而这个统一战线的爆发，还需要一个引爆点，这个引爆点，就是216班的男生们。216班的男生们，会愚蠢到去当这个引爆点吗？那个高个子男生，也就是他们的班长，肯定不会是，但其他人不好说。

教学主楼灯火通明的教学主区，楼道上的人越来越多，似乎整个楼道都放不下了，从211班到228班的学生都有，其中唯独没有216班的学生。喧闹的声音越来越大，应该说凡是216班的人，都能够听到班外楼道的喧闹，而且，这种喧闹是明确指向216班的。毫无疑问。

似乎是突然，216班的门开了，一个长相粗壮的男生刚伸出愤怒的头来，喊了一句“妈的！……”然后就被216班门内的其他几个人拉了回去。

这时，董啸又不知说了一句什么，其实，他真的不需要说什么，说什么也多余。只要有216班那个冲出来的人和那一个“妈的”，就完全足够了。

这就是一场由一句“妈的”引发的打架事件。

猛地，门外的人突然冲开了216班的教室门，像一阵汹涌的潮水一样，一伙男生就冲了进去，包括董啸在内，一场极其严重的打架斗殴似乎要不可避免地发生了。

可奇怪的是，保卫室的人并没有像往常那样，总是等事情结束了，学生吵完了嘴打完了架，才来到现场，或许是年根儿快要到了，他们昏睡的神经比平常清醒了一些。更奇怪的是，副校长和教务主任竟然也来了，还有其中九个班的班主任。紧接着，已经产生肢体动作，但尚未造成任何伤害结果的一群男生，就像什么也没有发生过一样，人全都自然地散掉了，只有参与事情的主要九个班的班长被带到了政教处。

后来，大家寻思，肯定是有班级的班干部，趁那段“没事”的时间把事情偷偷告到了政教处。毕竟，一年级十八个班，身在事中的班级，带上216班，也只有十个，剩下的八个班没参与这事情，但不能排除告密的嫌疑，更有可能是，数个班的班长都报告了政教处。怕事的人，往往是一个大数目。

从接到班长们的告密，到教务处最终来到现场，需要一个过程，再加上，如果这件事情不发生，董啸不鼓动班长和学生们到216班找事，那教务处的老师们就没必要上来。

少年人其实就是这样，激情上来了，就一拥而上。但如果因为某个因素冷静下来，那也就瞬间清醒了。

董啸坐在政教处一个最显眼的位置——也就是平时一年级学生会开会时他常坐的那个位置，一声不哼，只皱着脸，他没有像其他八个人一样有些或多或少的慌张，因为他已经想好了怎么说，怎么跟那些人——副校长、主任，班主任老师们交代，怎么去应付这个看起来比较繁杂，似乎要给他们处分，甚至记大过、留校察看一年的场面。他坐在那里，静静地一动不动，听着副校长那些无聊而且总是慢半拍的大道理。他在思虑着以后如何再去向216班的学生和班主任沟通，他自己也无法明白，来了中等师范学校后，他怎么会形成了这样一种或者说是一套为人处世的思想。

一起来的九个班长，看上去每个都很慌张，或者说是激动，甚至有两个班长脸色几乎刷白刷白的。1996 年的时候，如果被老师叫到政教处去训话，那是很恐怖的事情，哪怕是去接受表扬，也是非常紧张的。但现在的董啸，却完全没有这种紧张的感觉。

这是不是就是传说中的长大?

董啸也曾想过，自己这样对待 216 班的同学，算不算是在寻衅滋事，可这想法只是匆匆地从脑海中一闪而过，然后就消失不见了。年少轻狂的他，脑海里只想到，你这样使阴谋诡计，我非得报复你，让你在整个学校面前尴尬丢脸不可。

令校方比较无奈的是，几乎一年级一半以上的男生、甚至有些女生也卷入到了这件事情里边。更尴尬的是，事后几乎所有学生都没有哼声，老师们根本无从知道这件事情是怎么发生的？它为什么会发生？到底发生到什么程度了？甚至连 216 班的同学们也不说话，他们对这件事情也是三缄其口。而且，最大的事实是，现场既没有玻璃被砸碎，也没有课桌椅被打坏，更没有任何人因为这个事情受了哪怕是一点点能看得到的伤口。

最后，校方对参与这件事情的班干部和部分学生做出了口头警告的处分，并不记入学生档案。法不责众，这算是学校最轻的惩罚了。

一张白纸黑字画着红钩、盖着政教处大章的大字报，在学校宣传公告栏贴了整整一个星期，才被打扫卫生的同学们揭了下来。上边写着参与事件的双方（9 个班对 1 个班）的所有班干部和其中几个冒尖的同学。好在当时还没来得及发生严重事件，老师和领导们就赶到了，学校无法以打架处分。否则，打架最轻的处罚是留校察看一年。一年中，除非无任何违纪事件，才能继续正常上学，要是在未来一年中，哪怕有一点儿违纪的行为，都是直接开除，不留余地。

董啸——这个实际上的背后“红衣主教”，事后长出了一口气，离开了自己的位置，准备出政教处的门。这时，只听到主任说了一声：“211 到 228 班，除 216 班班长外，其余班长都请到语文组办公室。”

董啸猛一回头——正在跟政教处主任耳语的是 216 班的班主任——一个看上去温文尔雅的女老师，她同时也是学校一年级语文组的组长，肯定是她要求主任把这些班长叫到语文组的。216 班的班主任想跟班长们沟通一下。董啸看着她，不禁微微笑了一下——笑意挂在脸上。他出了政教处，就径自向一年级语文组办公室走去。

“既然你们大家都来了，我就不拐弯抹角了，直接开门见山地说，这也是你们所喜欢的方式吧！”这女老师说话有些沉着，微微笑着，温文尔雅用在她身上最贴切了。

“听我们班同学们说，好像你们几个班要打我们班的人了。大家成天在一起，同学情跟朋友情，何必这样争吵呢？听说还是董啸带的头吧？”216 班班主任的脸上又绽开了一朵微笑，大家都一声不哼，董啸没有低头，眼睛盯着对面墙上挂的一幅中国地图。

在中国很多中专或者大专学校的教师办公室里，中国地图和世界地图似乎成了必不可少的装饰品，但往往都比较脏，一看就是落满灰尘的。忙碌的老师们，除了备课桌那属于自己的一隅能够保持干净外，其他地方往往难以顾及了。教师的办公室，往往是每个月叫几个学生打扫一下，但常常还是忘记擦地图，等到想起擦一擦的时候，本来崭新的地图，却再也擦洗不干净了。

见大家都不说话，216 班的女班主任又继续开炮："你们这种行为，纯粹是欺负我们班，是不是趁我不在，发泄你们输球的余愤啊！"这老师脸上的微笑，在说完这句话后，就突然荡然无存了。或许，是这老师太年轻了，又或许是从来没有碰到过类似的事件，她的脸猛然就因激动而红了起来，她丝毫也不像刚开始时那样能良好地控制自己。显然，一开场的那两段话，以及她在政教处和刚才的表扬，都是在强压着自己的怒火。

1996 年以前的学生，那可是老师说什么就是什么，在老师面前，连句大声话也不敢说。女班主任在想，这些不成器的孩子，怎么成了这个样子。但实际上，这个样子才是真正的人和真正的学生。矛盾和气愤，忍下来是最差的解决办法，真正的解决办法是通过沟通，哪怕是用大声争吵的沟通方式解决掉它。

现在的状况是面对一个发怒的老师。这也是董啸所料想到的，他想，反正这件事情已经盖棺定论了，再说了，她是 216 班的班主任，又不是我们班的。于是，他动了一下衣袖，轻轻地说："申老师，我可以说几句吗？"

"好，你有什么可说的？"申老师显然是余怒未消。

董啸也不去理会她，他不想做这些无谓的争执。他就是这样的性格，想去打架的时候，恨不得马上去大打一场。但事情过后，他却又能够最快最迅速地冷静下来，面对一切可能的结果。

“申老师，你们班赢了球，这大家都知道，你们是冠军了，庆祝也是应该的。”董啸顿了一下，申老师没有打断董啸，说实话，这句话没什么可打断的。

“可关键的问题是，现在是上晚自习的时间，第一是太闹会影响到其他班级的正常学习；第二是就算我们几个班不在意，我们都不学习，都是孬学生，可万一政教处查自习，你们班自然会记纪律不合格。我们各班班长，身为一年级学生会的成员，我又是一年级学生会的负责人，怎么能够不管这件事情呢！我怎么又能不带头管这个事情呢？”

董啸顿了一下，见申老师没有说话，又继续道，“申老师，退一万步讲，这些咱们都不讲，可你要想想，再说了，这次赢球大家有目共睹，本不是一个什么光荣光彩的胜利，又何必太过于喜形于色呢！216 班这九场比赛怎么下来的，比赛中我们这些班级多少人受伤卧床了，相信一年级里每个同学都心知肚明。”

说到这里，申老师脸上流露出一丝难堪的笑容，她没有想到在班长们中间还有这么个人，而且，这个人才十六岁。在中国北方内陆很多地区，十五六七岁的少男少女的一个显著特征，就是腼腆，不说话，尤其是在公开场合，说几句完整的话，都很难得。而董啸，这时却在侃侃而谈。

申老师虽然年轻，但也带了几届学生了。她只记得，刚刚从初中升入中等师范学校的学生，应该是不善言谈，更别说侃侃而谈了，应该是羞涩的不说话的，应该是见了老师就畏惧的，可惜，她的以为都错了。这个时代已经发生了翻天覆地的变化，何况是身处这个时代的学生们呢?

董啸没等申老师插话和发问，继续说了下去："申老师，您刚才说我们几个班要打你们班的人，这不是在说我们九个班在打一个班吧？而且还全都是校学生会的干部们，这可能吗？我们是听到楼道里太过喧哗，本来是要去制止这种违反学校规定的喧闹行为的，想不到你们班竟然有部分男生要冲出来打我们，对我们大加责骂，连娘都骂上了。"

听到这里，申老师的脸更红了，加上她原本白皙的肤色，那真叫一个白里透红，红里透白。"这个……"申老师刚出声就被董啸再一次打断了。"要不是因为这部分同学，现在恐怕我们还在教室里安静地写作业呢！你们说是不是？您说呢，申老师?"

董啸说完，笑意盈盈地看了一下其他几个班的班长，他们从进来就一直这样，一声不哼，脸色和表情，那叫一个整齐划一。董啸又看了他们一眼，他们的脸上都接着有了冻僵的笑意，他们不知道是该笑呢，还是该继续保持僵硬，于是，这个笑就那样停留在了脸上。

申老师明显地有了一些不自然，她完全没有料到这一点。她本来是想把班长们集中起来，批评一顿，然后就谈话结束，大家各自回各自教室，但她没想到，最终的结果成了这个样子。

她托辞说下去一定要查一下，并狠狠批评那个骂娘的本班同学。说完了这些，她便叫董啸他们回各自教室继续上自习去。临出语文组的办公室时，217 班的班长对董啸说："你胆子也太大了啊!”董啸只笑了一下，没有出声，笑声中却又有一丝丝的无奈。人为刀俎，我为鱼肉，你不胆大，能行吗？反正都是一个受骂，不如胆大一点儿，兴许就不用受批了。

果然，他成功了。

但显然的，不管怎么说，董啸相对于申老师，甚至整个211班同学相对于申老师，都是弱势群体。

董啸的事情，萧慧总是很关心，因为她是董啸唯一的表姐。在董啸那次班会的“真情表白”后，像桑洁、杨娟、张鹤、李若玉这些心思活络的学生，早已猜到了，萧慧是董啸的亲表姐，只是差没有实际验证而已。

萧慧不禁为这个表弟担起了心，连同宿舍的桑洁和若玉也被她这种情绪影响了。三个人虽然说不清，但却隐隐约约觉得，申老师一定会在以后找一个机会，甚至找一个“借口”，狠狠地整一下董啸和211班。学生和老师对抗，那显然不在一个级别上。

这种担心，虽然有点阴暗，但害人之心不可有，防人之心不可无。萧慧她们把这个担心告诉了董啸，但董啸不以为然。他的想法也很简单，水来土掩，兵来将挡。只要自己不作恶不贪心，别人怎么给你穿小鞋都没用。

想到这里，再加上今天李若玉一上教学楼的楼道，就觉得有些不舒服，脊梁上有些发凉似的，216班的学生们都用惊诧的目光看着她上来。

于是，若玉紧赶了几步，上了自己班教室所在的楼梯。她心底在想着，是不是董啸又搞起了什么事。她紧跑几步，急忙推开了自己班的教室门，不好，有个老师在里边。其实，隔着门上方装的透明玻璃，她在推门前，已经看到了一个老师站在自己班讲台上。

若玉紧张起来了，心想：会不会是“老班”（班主任）呢？他可不喜欢等人，他非常厌恶班里边正常上课或自习时间无由地缺一两个人。并且，老班最讨厌的是，离上课还差1分钟时间，有人匆匆地往教室跑。

想到这里，若玉在推开门的同时，急忙喊了声“报告”，没等答复就直接推开门向里边走。一束目光迎上了她，但那个老师，既不是老班，也不是将要上课的老师，而是申老师——216班的女班主任。

第十一章

落在若玉身上的“冤屈”

“就是她！就是这个女同学！”申老师一见到李若玉推门进来，就赶忙用手指着若玉，近乎有点尖叫地对董啸这样说道。

顺着申老师的手指，董啸有点茫然地看着若玉，好像不认识她似的。他见若玉呆立在门口不动，就对发呆的若玉说了一句：“你，先到自己位子上坐好。”

若玉听到董啸此话，如逢大赦，赶忙跑到自己的位子上坐了下来，心里一阵忐忑，不知道到底发生了什么事情。这个事情貌似跟自己很有关。

申老师继续有些歇斯底里地说道：“你们怎么可以这样做？你们就没有一丝一毫的道德感？还中等师范学校的学生呢！将来准备为人师表的你们，学的《师德常识》（中等师范学校的一门课程，必修课）到哪里去了？你们这种行为，也实在太不像话了。”

申老师惯有的温文尔雅显然已经压不住自己的火气，她还想说些什么补充一下刚才的愤怒，教室里突然就响起了一片“啪啪啪”的收拾书本的声音，淹没了她的话语，同学们显然已经被她这种凶狠的指责和只凭几句话的证据撩拨起了愤怒的情绪。

董啸定定地看着她，班里的每个人都憋了一肚子的火气。董啸在等待，先给申老师一个发泄的机会，如果这个发泄是错的，那申老师将无地自容。如果申老师就是靠自己班几个学生的“口供”，就来任意指责和责骂 211 班和李若玉，那申老师对自己班同学的道德品质也太自信了，如果这种自信错了，她就要付出相应的巨大的代价。

本来，董啸就预料到申老师会为“216 班门前聚集事件”受的侮辱，找机会进一步采取行动和报复的，但他没有想到这个行动和报复来得这样快。

教室里终于短暂地安静了一下，董啸继续一声不哼，但所不同的是，他轻松地站了起来，在他自己的座位上，昂着头，这是他惯有的自信且有点骄傲的态度，也是他准备发言的一个出场习惯。

他做了一个手势，一个不知道是怎么的手势，总之这个手势让申老师特别觉得厌恶和无礼，他继续一声不哼地走向了申老师，大家逐渐静了下来，都吃惊地看着自己的班长。大家不知道董啸要做些什么，都心底里既希望他做点出格的事情出来，又希望他不要冲动，总之就是特别矛盾。

“申老师，请原谅，我无能为力，有什么事情需要交涉的，请你直接找我们班主任董老师说去。我相信，他会给你一个满意的答复。我对你，只有一句话告诉你，你们班教室的玻璃不是李若玉打碎的，也不可能是 211 班里任何一个人打碎的，我相信他们，也请你相信他们。就像你相信你们班的那些好学生们!”董啸说完就坐到了自己的座位上，静静地看着申老师，不再发一言。

大家悬着的心终于松了一口气。

申老师显然对董啸这个回答不满意，说道：“我一定会找到证据的。等到这个礼拜结束，如果你们班没有主动来找我承认错误并道歉，咱们就到政教处（似乎这个机构是中学类学校的最高权力机关了，只要是学生，肯定不会忘记这个名称，而且它在学生中间绝对有足够的威慑力和影响力）解决。我也不想毁坏你们班的名誉，你们自己好好冷静地想一想吧！”申老师说完，正要气呼呼地走。

董啸补了一长句：“申老师，我相信你查无实据。我不相信你们班同学的一面之辞，我也相信，我和董老师会采取行动的。你今天站在这里训话，已经毫无来由，如果你错了，你别说站在这里，你就是站在这个教学楼里，出现在这个学校里，都会很尴尬。身为老师，你自己懂的，不用我多说什么。”

申老师狠狠看了董啸一眼，没理他，走了。显然，申老师非常自信，她信自己，也相信自己的学生不会骗自己。

可惜，她太自信了。

“这简直是恫吓，莫名其妙！”张鹤大叫了一声。

大家都觉得似乎有些无话可说，申老师突然莫名其妙的训话，算是怎么一回事呢？等到平静下来，大家细细议论和思考后，才总算知道了这是怎么一回事。

原来，216 班教室的前门玻璃窗不知被谁打碎了，联想到这几天以来的种种情况，216 班的同学们都怀疑到了 211 班的头上。

由于若玉在女生当中是比较激烈的一个，那天晚上董啸带着一伙人到216班前“寻事”时，她就是为数不多在场的女生之一，而且是211班唯一在场的女生。216班的大多数同学，好像都觉得男生肯定不屑去干这种事情，如果要干，那也是把216班教室所有玻璃全砸了，而不是只砸一块儿。于是，216班所有学生就将怀疑的矛头一致对准了若玉，申老师这段时间本来就有点窝火，听了本班学生的告状和说辞，也不加细问和调查，甚至都没问有没有目击证人，就径自跑到211班来兴师问罪了。

明白了整个事情的经过后，大家都觉得莫名其妙。可这玻璃到底是谁打碎的呢？又是谁第一时间就怀疑到211班头上的呢？查清了谁发现玻璃被打碎的没有意义，但要查清了，是谁指认李若玉的，那这个事情基本上就水落石出了，真凶就抓到了。李若玉，也能借此证明清白。

好像是突然间，211班教室里嘈杂的议论声停止了，因为班主任董老师来到了教室里——在中等师范学校见班主任是很难的，因为班主任一般一个礼拜只来教室两次，一次是开班会，一次是上政治课（董老师带董啸他们班政治课）。而班里的事务，除了非得班主任出马的事情之外，剩余的大多数都交给了班干部，尤其是班长。

但神奇的是，只要是需要董老师出现的时候，他必然会出现在大家面前。校园里，绝对不会有闭塞的信息。

董老师那张令人望而生敬的脸丝毫没有改变，似乎连皱纹都没有任何改变。他审视了一遍全班同学，就开口说道（他已经迅速地知道了事情的始末）：“同学们，先不管玻璃是谁打碎的，我在这事上只一句话。不管别人说几千遍是你打的，而你并没有打，你就只有两个字可说——不是！”同学们静静地听着，“我同时也告诉你们，如果我查出了做这件事的人，我也一定会查出来的。最终，如果这件事，是你们中间某某某或者是某某打的，告诉你，三年中等师范学校生活——其他更严厉的不说，你政治课首先就别想过关！”

他停顿了一下气息，继续说道：“我相信，你们既然没有和216班打架斗殴，那你们也一定不会去把他们前教室门那块一尺大小的玻璃给砸了。既然申老师说，有一个学生确定无疑地看到是我们班李若玉同学砸的，那我就叫上申老师，和这个同学三方对质一下。如果对质完了，是李若玉干的，那李若玉会受到留校察看一年的处分，并给216班和211班两个班同学当面道歉，深刻书面检查，并且自己赔玻璃去。但如果不是，那我会建议政教处，开除了这个红口白牙说是李若玉砸玻璃的同学，这种没有人德师德的事情，怎么能做出来？”

董老师提到李若玉的时候，李若玉表情看上去很是惊讶，似乎像是快要哭出声了，她心里也特别委屈，根本自己连想都没有去想的事情，怎么就变成和干坏事的可能性五五开了呢？她想站起来说话，但被萧慧和桑洁拉住了。

董老师没再说一句多余的话，又询问了一下班内其他一些事情，就离开了——因为马上就要开始上课了，董老师要带九个班的政治课，每天上课压力之大，可想而知。幸好，每个班的课都一样，否则，备课也备死了。董啸还是董老师刚进来时的姿势——轻轻地靠在后排上，静静地望着前方。他见董老师走了，叹了一句：“这才是真正的班主任啊！”

后来，大家才知道，董老师的话在216班又重新讲了一次，只不过在语言上有了一些小小的出入。

董老师走后，李若玉小声哭了起来，董啸有点尴尬地走到她面前："这有什么好哭的？事情都还没确定，你哭，你就是坏人了。"

"怎么没确定？不是说三方对质，要留校察看我吗？对什么质啊？要是211班的人死咬住就是看到我砸了？那不就一定是我了吗？"若玉边哭边说。

董啸笑了："你他娘的到底是砸了，还是没砸？"

"没砸！没砸！没砸！"若玉大声叫了三次，全班同学都被她叫得笑了。但大家仍是一脸凝重。

"那没事，放心吧！撒谎的人，总归是心虚的。你没砸就是没砸，别说三方对质，就是十方对质也不怕。不要哭了。"董啸大声地对若玉说，其实，他最讨厌女生哭，看到女生哭就烦得要命。

"别哭了！"李若玉被他吓得止住了哭声。董啸又补了一句："放心吧！这个事情，这两天就能水落石出，别再哭了！"他没忘记再大声补上一句。

其实，大家跟他心里想的一样，在董老师有策略、恩威并施的言语下，那个撒谎的人逃脱不了了。董啸他们，毕竟都只是十五六岁的少年而已。

若玉还在偶尔抽泣几下，但已经不再哭了。毕竟，受了这么大的委屈，哭几声平缓一下情绪，是可以理解的。

第十二章

改变人生际遇的一晚

那一夜，1996 年 12 月 27 日那天的夜里，时间已经很晚，早就到了该晚息的时限了。或许是元旦快要到来的缘故，各班级忙着排练新年晚会，保卫科对休息的时间有了放松。

天空的星星越发地亮了，一闪一闪地迷人的眼。董啸没有去睡，他坐在了宿舍近旁操场那昏暗的灯光下。

这个地方，晚上来的人是比较少的。在操场晚跑锻炼的同学，能够在操场两旁茂密粗壮的树荫下，偶尔遇到些情窦初开的少男少女在走着，聊着，笑着。

董啸在叹息，不仅为自己——为自己的孤寂，现在除了表姐萧慧之外，再也找不到一个能说说心里话的人了，可表姐却又是那么的“成熟”或者说是“冷酷”；他也为别人叹息——为一些同学的用尽心机，216 班玻璃被打碎的事情他心里其实早就有一个谱了。任凭你再精明，这世上没有不透风的墙。

班主任董老师说过那一番话后，大家基本上将这个打碎玻璃的人，定格在了那个说“是我亲眼看到若玉打碎了咱们班玻璃的”的人身上。

董啸就那么一直坐着，坐在球场边的草地上，一动不动。这草地并不是足球场上的草坪，而是操场的边角上长的荒草。阵阵的北风，黄绿相间的草，操场中部完全是黄色的土和沙的混合物，只有一圈的跑道，约两米的宽度上铺了一层塑胶，跑在上边，坚实而有力，特别是起跑时往后蹬的那两下子，特别给力。

董啸不担心被查宿舍的老师或者保安抓住，因为他心底知道，真实的查一次宿舍在中等师范学校是很难得的事情，更别谈让谁给遇到了。只要你不出事情，一切都好商量。如果你出了事情，那所有的制度都将成为最严厉的法则。

坐累了，看星星看得眼花，董啸轻轻地动了一下身子，突然觉得背后有人走过来。他急忙回头，看不清楚是谁，星光灿烂，夜却是浓黑浓黑的。虽然他不担心保安把自己抓到保卫科去，但如果遇上了给训一顿，却也是相当尴尬的。

来人的脚步声越来越近，却还是看不清。董啸却自己暗自感叹，来了中等师范学校半年多，竟然也快变成近视眼了。董啸不禁想起了教室里那块看似完好无损，但实质上却已是反光反得无法看清任何东西的烂玻璃黑板，董啸的近视，它的功劳是首位啊。正这样想着，突然就听到那个人笑了起来：“看来该给你特配一副眼镜了，省得你平时看人眼高。”总算听了出来，是李若玉。董啸轻笑了一下，从“草地”上站了起来。

“董大班长，一个人呆坐着干什么？想什么心事呀？”李若玉说话总是笑意吟吟的，这种笑意通过语气就传了过来：“不介意我坐这儿吧?”说完，若玉就坐了下来，董啸只是淡笑了一下。似乎，若玉本来就不打算征求董啸的意见。

于是，董啸和李若玉，两个人就比较随意地坐在了冬意凉凉的草地上。幸好，这天风不大，幸好，草地上也没有想象中的那么冷。

“其实，我是在想今天的事情，也不全是吧!”董啸摆了一下手，这是他特有的动作，“也许是想升入中等师范学校以来这些日子的事与人吧。今天看着申老师在讲台上吵闹时，就突然觉得自己有些太孤独无聊了！想找个人谈谈心说说话，可却没有找到啊。”董啸说完，觉得自己似乎说的多了一点儿，就苦笑了一下，夜浓了，他的苦只有自己知道。或许，身为一个男生和班长，他觉得自己不应该说这样的话，而且，还是对自己班一个十五岁的小女生李若玉说。

听完董啸的话，若玉倒也没有直接来嘲笑，也淡淡笑了一下，操场四角的路灯在黑暗中开始闪出晕晕黄黄的光影。若玉沉默了一会儿，说道：“你还会孤寂？整天看上去一副唯我独尊、高傲的样子，别人还以为你不需要朋友呢!”

董啸愣愣的，没有说话，其实，自己怎么能不需要朋友，或者只是因为对朋友的要求太苛刻了吧?

“班长，也许你对同学们，特别是女同学也太‘冷’了吧?怎么平时见着了连个招呼也不打啊？还是就懒得打？活在自我的世界里?”若玉的话，真是一语中的。

“我……习惯了吧?”董啸极不自然地搓了搓手，黑夜遮住了他的羞赧，“我也说不清楚啊……”他这时倒格外像是一个涉世之初的中学生了，与平时的他实在是大相径庭。他在平时的生活、学习当中，很少表现出这种少年人的羞涩，可今天晚上的这次沟通，却把他拉回了一个十六岁少年应有的样子。

“也许你的昨天太优越了吧！”若玉从与萧慧平时的闲谈中知道了一些董啸的情况：家境优越、成绩优秀、教师喜欢、学生拥护、从无坎坷，而且还长得蛮帅，再一看他平时大大咧咧的样子，若玉不由得就发出了这样一声感叹。

“不是！”听到若玉的叹息声，董啸急急地否认着。可这分明又是事实，生活的磨难与挫折他未曾领受过一点儿，却先天地占有了别人所奢求的各种优越。

“你有没有想过……”若玉没有看见董啸那不自然的表情，黑夜掩住了这一切，除张鹤和杨娟外，若玉就算是班内平时跟董啸唱对台戏最多的人了。或许，别人都会同意董啸的安排或者决定，一些人确实是出于信服，但大多数是出于懒得管班里的事情，懒得去想去说去做去争去抢。但若玉就是不买董啸那蛮横高傲的账，命令对她不起任何作用，她看不惯董啸的也正是这一点。

但比较好的是，若玉的这种唱对台戏，是想把班内工作向好的方向推，让班里五十多个同学更相亲相爱。张鹤与杨娟很多时候则相反，就是想搞点事情出来，让董啸难堪一下，根本不会考虑其他同学的感受。

“你有没有想过，你平时那高傲的表情，命令式的处事方式，对人行事、说话时的傲气，其实也许是正在伤人侮辱人，或许是正在把事情搞砸搞坏呢！”若玉顿了一下，“董啸，你这个班长，是老班任命的，大家服老班，所以现在暂时服你。但你有没有想过，你这样专横，下学期选举，是不是你就下来了？这样对你的打击会很大吧！”

“我没有觉得自己专横啊！”董啸着急地否认，这也是他一贯遇到事情的态度，先否认，然后把过错往别人身上推，之后再找原因找法子解决。总之，先把坏事跟自己撇清再说。

但他一下子想起了那天与张鹤、杨娟的争吵，这个能言善辩的人突然就一句话也没有了。如果他不专横，就不会有杨娟和张鹤这样的事情发生。

“也许你真该改一下啦！先听一听大家的想法，大家的意见，然后再决定班里一件事情怎么弄！那样的班长，才会十全九美呢！”李若玉半开玩笑地说道。

董啸叹了一口气，再次从荒草地上站了起来，他在思考着李若玉的话，他也在琢磨着自己。他心底里，其实已经完全被李若玉说服了，但由于男生的矜持和浮夸的尊严，他还是没有松口，仍旧坚持着。

“是的，该改一改了。”他望了若玉一眼，想到她比自己还要小几个月呢，可她竟然把为人处世想得这样周到与细致！看来，每一个人都有自己独特的长处。这是没错的。

“谢……谢谢你啊，若玉！”

在董啸的生命里，或许除对表姐萧慧外，他从来没有对别人说过“谢谢你”这三个字呢，甚至包括他的父母亲戚儿时密友。这破天荒的三个字，他咬牙切齿说得够生硬的，若玉只是笑，笑意从空气中传过来，感染了董啸。

这是一个单纯而固执的女孩，她，在某些事情上，彻底地改变了董啸；或者说是挽救了董啸的迷惘和苦愁。让今后的董啸，能够更多一些快乐和单纯。

“你知道吗？若玉。”董啸临回宿舍时对李若玉说，“你是来中等师范学校后，第一个主动给我提宝贵意见的人啊。呵呵，我都实在不知说什么好了。如果我有你这样一个妹妹该有多好啊！那样，我在中等师范学校这三年，起码很多不该犯的错误，就能避免了。”

独生子女们总是会有这样的感觉，虽然他们更坚强更受关爱，但有时却也更孤独，董啸也是独生子。一种天生就有的孤独和缺失伴随着他。特别是在他们这种人寂寞地待着，寂寞地望着的时候。

若玉淡淡一笑：“为什么不可以呢？只要你有资格当一个好哥哥！”

“我一定会有资格的！”董啸坚定地说道。

“那就拿实际行动出来吧！我现在很看好你哦，只要你肯听听别人说什么想什么，然后再下决心下命令。”若玉笑着跑回了自己的宿舍。

“我当然一定行的！”董啸对自己说，这一刻他十分高兴，因为他不仅有表姐萧慧，而且从今夜起又有了一个若玉这样的好妹妹了。这样精彩而温馨的中等师范学校生活，在他的想象和生活中，是从来所没有想到和遇到的。

而今夜，他遇到了。毫不夸张地说，这是一个可以改变他一生的夜晚。至少，是改变他性格和际遇的一晚。

第十三章

突如其来的朦胧好感

1996 年 12 月 28 日，这一天该是 211 班全体学生最为高兴的一天，也是他们中等师范学校生活不可忘记的一天。因为，就在今天，216 班前门玻璃被打破事件的制造者终于被查出来了，李若玉所受的冤屈和 211 班之前所受的责骂，终于一雪前耻了。

令大家大跌眼镜的是，玻璃竟然是 216 班的班长自己动手打碎的。原来，那天晚上 216 班门口聚集事件中，出来的高个子男生并不是班长，而是副班长；而在篮球场上“重伤”数人的王遇才是 216 班的正牌班长。这家伙，对外留了一手。

可是，这个结果并没有使董啸高兴起来，因为他在想着另外一件事：211 班与 216 班两个班级的关系，那绝对是史无前例地差了，全是 216 班的错，两个班同学间相互的厌恶已经到了一个极点，即便一件极小的事情，都可能造成极大的矛盾和冲突，除非两个班老死不相往来，但同在一个学校里，这是不可能的事情。

虽然事情有了一个明确的结果，但 211 班与 216 班的梁子却毫无疑问地结下来，而且这个梁子还不小。即便仅仅是因为不好意思的关系，216 班的学生与 211 班学生的交往，那也有点不太可能了，两个班级将会在今后的学校生活中，成为相互躲避的班级。这样的情况，却是董啸所不想看到的。

李若玉倒是高兴得满教室乱喊乱叫，她可算是一雪“耻辱”啊，若玉用一个中等师范学校的女学生所能使用的最恶毒的话把 216 班班长王遇大骂了一顿，别说 216 班了，就是整个楼层的学生恐怕都能听得见，但却没有人来理会她，她尽管去骂吧。

王遇既然做下了这样的龌龊事情，身为一个男人，让小女生李若玉大骂一场，那也是他应该得到的惩罚，当然，针对王遇的惩罚，可能不止这些。这件事情，让申老师大跌眼镜大伤面子，接下来一段时间几乎都在学校抬不起头来，她显然会重重地处罚自己的学生；但这事却让董老师赚足了面子，还是 211 班的学生最好了，最诚实。而诚实，无疑是师德里最重要的。

董啸看着若玉欢喜的样子，只是看着她笑了一下：“这个可爱的小妹妹啊!”董啸也确实整整比若玉大了好几个月。一岁一个代沟，几个月就至少是半个代沟了，这还是不计出生日期的算法呢!

班主任董老师的到来让教室里突然安静了许多，但他却也无法阻挡同学们的交头接耳声。

几分钟过后，大家才从董老师口中知道了这整个事情的缘由和来龙去脉。

原来，董老师虽然来班里不多，但毕竟也是担任班主任一职近十年的老教师了，不像 216 班那个毛头女班主任一样新官上任，毫无处理棘手事件的任何经验，一遇到事情就火气四冒、不调查清楚就去忙着责备和问责。还是毛主席说的对，没有调查就没有发言权。实事求是才是解决问题的唯一法门。

董老师听说这件事情后，虽然没有任何表态，但却自己在心底里留心，并逐渐胸有成竹，只是暂时无法证实。董老师需要去证实一下，去找216班指证李若玉的那几个学生聊一下。

他那天在216班上政治课的时候，对216班的学生说玻璃打碎事件的时候格外留意了一下，发现王遇（216班班长）的脸色极其不自然。一个少年，就算再老成，心虚也会有忐忑，老到的董老师仅凭这一点儿就更加相信了自己的“成见”，第一，基本上都是十五六岁的学生，最大的也仅仅才十七、八岁，做了坏事，自己心里这一关过不去，脸色就有明显体现；第二，毕竟他还是更相信自己班里的学生是不会做出如此出格的事情的。而且，以董啸、张鹤、李若玉、桑洁等为代表的一干人，那几乎就是毫无城府的，讨厌就是讨厌，喜欢就是喜欢，背地里绝不会下黑手。其他的人，对这类事情则根本不屑也不会去关心关注，更谈不上去做了。

身为年长学生十几岁的教师，站在公正立场上时，总会有一双明察秋毫的眼睛。董老师毫无偏袒自己班里同学的意思，平等对待与细心观察让他得到了答案；面对错误与被怀疑的事情，即使你没有做，一般人也会觉得特别不好意思，表现出急促与脸红，何况确实做了的人。这些，在王遇身上体现出来了。那是在撒谎后的一种无助的慌张。而且，他还要用更多谎言去弥补第一个谎言，直接导致漏洞百出。

很多学生，特别是那些后来为人师表的学生，当他们站在讲台上的时候，才发现无论学生在下边是眼神传语、说悄悄话、传纸条、做小动作、看课外小说，还是考试打小抄、交头接耳，讲台上的老师都是看得一清二楚的。这时候，他们才明白，绝大多数时候，老师都放了“我们”一马。如果你不是太过分，老师考虑到少男少女的学生的尊严，终究会睁一只眼闭一只眼，装作没有看到。

幸好大多数学生，都领会并懂得了老师的这种“放过”，而没有再进一步。再进一步，他们的人生可能就毁了。

董老师下课后把王遇叫到了自己办公室，对他说每个班的同学都有嫌疑，这个事件由于涉及的事情比较多，可以说是一个全校性的事件，大多数班级都有怀疑，让他下去在自己班查一下到底打碎玻璃是怎么回事？谁先发现的？发现时怎么样？除了第一个发现的人还有谁在场？如果有学生私下承认错误，一定不进行追究，不然……则如何如何……

于是，效果出现了。王遇这个大男孩就这样在董老师面前大红着脸承认了自己的错误和栽赃情况，承认玻璃是自己打碎的，并且当时就留下了后悔的眼泪。还特别承诺：由于这次事件对211班的不利影响，他将亲自到211班来，向211班全体同学当面道歉，还说也许他们“老班”也会来。虽然，他们“老班”已经好几天不在学校露面了。

接着，王遇向董老师澄清了整个事情的经过。原来，董啸召集九个班（包括211班在内就是十个班）在216班教室门口聚集，并且差点把216班砸了打了的事件发生后，不管班内同学，还是王遇，都对211班恨之入骨，他们一直在寻找“报复”的机会，可211班平时良好的卫生、纪律、活动和学习几乎找不到什么可乘之机。除了这些，单纯的少男少女们，也想不到什么“龌龊”的报复办法。

25号一大早，轮到王遇那组打扫卫生。王遇在用干净拖把擦教室前门玻璃的时候，又想起了这件事情，怒火不禁升了上来，力气一大，竟然把前门玻璃用拖把戳了个粉碎。在最初的害怕和震惊过去后，王遇冷静了下来。恰好这个时候，打扫完卫生刚刚走下楼道的李若玉进入王遇眼中。想到李若玉平常大大咧咧又凶狠的样子，王遇不禁想到，要把这件事情“栽赃”到她身上。

接着，王遇又说服了一起打扫教室卫生的三个同学，共同指证。这三个同学对董啸的“欺侮”行为也是满腔怒火，几个人一拍即合。于是，就有了王遇向自己班主任申老师的告密、指证以及其他三个同学的旁证。毕竟是四个同学联合举报，异口同声亲见，申老师就一丝都不疑虑，径自在上课前15分钟，冲到了211班，进行了一场“疯狂批评”，激怒了整个211班，也激怒了董老师，并且现场就引来了董啸的反唇相讥。

董老师答应了王遇，只要王遇在211班和216班两个班当场道歉，并且赔偿了玻璃损失就好。他也决定不再追究另外三个旁证同学的责任，也不会再向申老师语出讥讽。

少年人的心思就是这样的奇妙。同学们不曾想到，王遇竟然会栽赃李若玉，也不曾想到王遇会自己承认了错误，并要公开道歉。这就是传说中的“浪子回头金不换”吧，这样的浪子，也往往是少年浪子。

中等师范学校在某些方面的学生管理，甚至比高级中学有过之而无不及，晚自习查自习就是一种，胆敢晚自习迟到或者是旷自习的学生，是要付出很大代价的，首先就是德育严重不过关，进而影响到老师对他的印象，考试成绩也会下滑得不得了。德育不过关的同学，学习成绩也不能轻易过关。先有德，而后有智。

查自习当然是年级学生会的任务，而年级学生会，主要由各班班长、团支书和其他班干部组成。今天轮到董啸查晚自习了，学生会的成员无论高低，都得执行一次或者两次查晚自习的工作，十八个班分成三组，每组查六个班，每组两个人。六个班，要核对人数，人数总数对上了，就一切 OK。如果总数对不上，就得一一核实姓名，或者是该班当前最高职位班干部报上不在教室的几个人来。

董啸照例拿着工作笔记查晚自习去了。一切照旧，只是在查 213 时，他发现他的舍友（董啸宿舍后来又被调配进两个 213 班的同学），以及很多 213 班那种见面点头微笑而认识的人在看他时带着一种不怀好意的笑。舍友张楚在董啸临出门时还一拍他的肩膀，冷不丁的说了一句："来看'嫂子'了啊?"

这句话说得董啸一阵莫名其妙，背后一阵发凉。惹得一整排的人都笑了起来，一种喜悦和幸灾乐祸相交的笑，其他人也跟着莫名其妙地傻笑，还忙问旁边的人发生什么了。什么也不懂，就跟着笑，笑在这里成为了一种集体无意识的行为了，但少年人，却有这种其他人群所没有的欢乐。快乐，就是这样的单纯。

董啸轻笑了一声，不理他，依旧照常出了 213 班教室门。他也没法理，因为他根本不知道发生了什么事情，也不知道张楚那句话究竟是什么意思。

这时的董啸，完全是一片茫然和不知所措。

核实完总人数无误，就在他刚刚迈出 213 班教室门的时候，心底不知不觉地想起了一件事和一个人，似乎有些远了，但却渐渐在心头清晰了起来，那是上个礼拜五的事情了……

不知怎么地，那个礼拜回家的人特别多，寂静的校园里，董啸只是那少数不回家学生中的一个，他坐在有些空荡荡的宿舍里觉得很是无聊，就跑到了宿舍楼的过道里，与张楚（一个相当机灵、白净的男孩）聊起了天。

“张楚，你哪儿像一个丹朱人（丹阳市附近一地名，古也称丹朱，为尧帝长子名称）啊！一点儿稳重样儿都撑不起来。”董啸显然是在逗他，因为他骨子里很看不惯那种过于稳重干练的人。

“哟！谁能像你董大班长啊！要是我那么稳重，这 213 班班长也可就是我张楚的了。”董啸反被他笑了一顿，两个人开始在楼道上开心地大笑了起来。

“什么事这么可笑啊?”几个女生的到来打断了他们俩的笑声，董啸用一副平时严肃认真兼具的模样替换了刚才的面孔，那几个女生被他们逗得不禁集体笑了起来。

董啸仔细一看，那几个女生全是熟人，只有一个不认识，就是中间那个红了脸，但没有笑出声的。董啸也觉得有些好笑，可愣是没有笑出来，因为不知一丝什么样的感觉涌上了他的心头。这种感觉说不清道不明，却挥之不去。

过完了这个元旦，再过了春节，董啸就十七岁了。

而中等师范学校的大多数学生，都十七岁或更大一些。十七岁了，就再也不能回头了。

张楚那张逗秀异常的嘴此时此刻也说不上话来了，为了摆脱这种尴尬的局面。张楚忙说：“要不我们去溜旱冰吧！”反正闲着也是无聊，众女生当即说好，董啸有点儿不想去，可经大家一撺掇（丹阳地方语，怂恿的意思），也连声说好，就算去陪衬一下，打发一下时间吧！

一众人里，只是刚才脸红的那个女生忙着推辞，说一点儿也不会。那伙女生不依，拖住了她，一指董啸说：“他们会教会你的，放心吧！不会摔跤。”董啸一愣，脸没有红，但他那时却感觉脸红了许多。

就这样，董啸认识了田若南，就是那个脸红的女生。

那夜，董啸绝对是一个很好、很称职的老师。

他带着田若南慢慢地在喧嚣异常的旱冰场地内滑着，仔细保护着若南，并不断告诉她应该怎么样来迈脚，怎么来转弯，怎么样停止，怎么闪避周围人的冲撞。他围着若南轻轻地滑，看她快滑倒了就忙跑去温柔地扶一把，并纠正她的错误动作。那一夜，董啸很高兴，因为到后来若南竟然能慢慢地滑了，这是若南第一次滑旱冰。

他们也许是太高兴了，只顾着自己滑，两个人手拉着手，在偌大的旱冰场里转圈。董啸握着若南的手，心头就涌上了一种满足喜悦的感觉，好想就这样一直握着她的手，再也不放开。两个人都没有注意到周围的情况，把同来的同学们全撂到一边儿去了。

等董啸和若南两个开开心心地滑了几圈过去，董啸突然感觉到场地里好安静好安静，似乎就像只剩下他们两个了似的。他猛一抬头，偌大场子里，竟然真只有他和若南两个人在滑，其他的人都在看着他俩，这些“其他人”基本上也都是中等师范学校的学生们。董啸停了下来，仔细一看，全是认识的人，而且熟人也不在少数。在这样的情景下，两人便有些不好意思了。想不到，董啸和若南，在过去的十几分钟里，为一群人表演了一次小舞台剧。两个人的默契和兴奋喜悦，被一众人看在了眼里，记在了心上。

你说，这不是典型的秀恩爱，还能是什么呢?

看着现场有些尴尬，董啸和若南不再溜冰，就近找了一处地方坐了下来。虽然有这些当时感觉尴尬现在却觉得浪漫异常的小插曲，但那一夜过得终究还是十分快活的。也就是在那一夜，董啸思想里开始有了一种原本不属于他的东西，他用笔在当天的日记本上写下了这样一段：

思潮汹涌，思念倍加，也不知自己在思念些什么，总之抹不去心头那一点点头绪。是想家吗？不是，上个星期不是刚回过家吗？是思念亲朋好友吗？不是，我们不都在通信吗？何况表姐也在身旁。那是在想什么呢？我搞不清。我抚摸我的心，它会急促地跳动。我拼命地压制自己，拼命管束那朦胧却又十分清晰的思维，却又挥之不去。在忙碌的时候它好像消失了，在安静时它却又如火一般炽热了起来。我已懂，它在疯狂地生长，它已在我的心中、我的思维、我的生命中占据了一个位置。经历了无数事情后却从来没有过这种感觉。我的直觉、我的经验都在传递着同一个答案：它是真心实意的，它是客观必然的。我又忧又喜，忧自己该怎么办，喜自己又长大了一些，又懂得了一些不曾懂的事情。

1996年12月23日午夜

其实，董啸这句话加在一起，就表达了一个意思：他爱上田若南了，他可能已经在懵懂中开始恋爱了。但这一切，却又是这样的不可捉摸和突如其来。甚至，连他自己都不知道，他已经爱上田若南了，只是有一种朦胧的感觉。这感觉，很可能继续深入发展下去，也很可能，被一些别的事情和人所打断，偏离甚至背离了原先该有的正常轨道。

而且，最重要的是，董啸只有一种朦胧的感觉。他并不知道自己喜欢上田若南了。或许，他再长大些，就会懂得，但时间从来不给恋人们机会。

没有人知道，未来会发生什么。

今天晚上查晚自习，董啸来到了213班，又回想起了这些，他急忙下意识地四下看了一眼，没人，楼道里传来学生们写作业时的阵阵沙沙声。他拉了一下自己的衣袖，收拾好工作笔记，急忙向自己的教室里走来。他似乎已经知道，张楚那些话是什么意思了，但他的内心却什么也确定不了，他也不知道自己喜欢不喜欢田若南，他现在无法做出任何判断。

但那些事情已经发生了，不可逆转。这种急遽而来的事情，是否会严重影响人的判断力和决定呢？没人知道。

第十四章

越深越远越繁华越寂寥

董啸走到自己班教室门口时，迎面遇到了表姐萧慧和桑洁，她们正在教室门侧的窗台旁站着聊天。说实话，虽然中等师范学校查自习很严格，但严格仅限于这个人在教室，包括在教室门外的走廊里也可以，至于同学们是学习还是聊天，一概不管。

他抱歉地向她们两个笑了一下，因为最近几个星期以来，他们三个还没真正的有机会好好谈过一次话呢！彼此之间都感觉到有些生疏了。人，需要经常来往，或者经常聊一聊，才能够保证关系的亲密。不管是朋友，还是亲人、恋人。

董啸也靠着窗户站了过去。他不担心上晚自习的事情，在中等师范学校等年级学生会查过自习之后，自习就变得松散而漫长了起来。而这个时候，聊天侃大山成为了学生们唯一最热衷的事情。他们甚至宁愿花早上和下午课前的各半个小时，或者中午午睡的时间来加班加点完成各种作业，也不愿意用写作业来浪费上晚自习聊天的快乐时光。这个每天晚上 7 点半到 10 点整的聊天时间，几乎说完了他们一辈子要说的话的五分之一，甚至更多。而那样的快乐和相互的理解，可能是今后一辈子也不会再拥有的。

曾有哲人说：少年须努力学习，不虚度光阴。更有甚者说：一寸光阴一寸金。其实，这是唬人的大话。真正的少年，是需要这样频繁而深刻的聊天和沟通的。每个人的儿童和少年成长时光，都是伴随着大量的废话和纯粹的聊天而来的。如果你缺失了这样所谓浪费时间的“一环”，你的人生，可能在回忆时就少了许多美好和幸福。你的未来生活，可能也就没有那样有意义了。少年时光的欢乐，大抵就是如此。

站在211班教室对侧的窗口，可以一直望到市区的最深处，路灯发出清亮幽幽的光，也映红了半边天，越往深处看，越显出丹阳市的繁华，丹阳中等师范学校南校区（也叫一年级校区），是这个城市的最边缘，出了中等师范学校，就是大片大片的农田了。

清爽而微冷的风从开着的窗户里吹进来，叫人不禁精神一振。

“表姐！你们在谈什么呢？”董啸显然是在找话，说着还用手摆弄了一下已经很是整齐的头发。虽然好久都没有聊一下了，但萧慧毕竟是董啸的表姐，这种血缘关系的亲昵，是永恒不变的。

“随便谈一谈了，都是一些扯淡事儿。不过我要问你一个问题，你可要实话告诉我呀！”萧慧显然知道表弟有乱侃加善意谎言的可能性，一开口就指出这个问题，好让董啸无“谎”可撒。

“好！没有问题。”董啸笑着说道。桑洁也被姐弟俩搞得笑了起来，不过她只是淡淡地笑了一下，笑得有些忧郁。这样的忧郁，也已经有很长一段时间了，甚至连桑洁自己也适应了。

“我问你，来中等师范学校这么长时间了，怎么就没见你烦恼过啊？每天都是快快乐乐、忙忙碌碌，大大咧咧的。你究竟是怎么做到这一点的呢？”萧慧眨着眼睛，好像在说：别跟姐说谎话啊！

当时有一种观念，好像上中等师范学校的人只有三种可能：第一是家里特别贫穷，不能承受上普通高中、再上大学的花费，只好来中等师范学校，虽然暂时比普通高中多花了一些钱，但中等师范学校三年学习结束后，就可以毕业就业，被分配到乡镇和各县城当老师了。周期短，见效快，所以很多穷人家的孩子，虽然品学兼优，但却错失了上大学的机会，来中等师范学校了。第二类就是成绩太差了，家庭优越的学生，自知不可能考上大学了，就来中等师范学校镀镀金吧，中等师范学校也是一种不错的选择。不过，这第二类的学生很少，别看有十八个班，这样的学生可能都不到二十个。第三类情愿来中等师范学校的也有，比如学习不错，而且家里条件虽然不算富有，但上普通高中供大学是完全可以的，但却还是来中等师范学校了。但这种，也不是太多，像田若南、李若玉、杨娟、张鹤等都应该算是这种不是太多的第三种类型吧。

但不管是哪一种可能，每一个可能都有自己烦恼的十足原因。这个情况的直接表现，就是大多数的师范生在独处的时候，都是忧愁而烦恼的，尽管原因各不相同。

董啸听了表姐的话，心头一动：自己何尝没有烦恼，只不过每每都是装着很快乐的样子罢了！他又想起了若玉的话：你有一颗高傲的心。是的！也许是这颗高傲的心才得以能使自己隐藏烦恼吧！如果把高傲去掉，烦恼也会接踵而来的。董啸使劲跺了一下脚，楼道里的声控灯重新亮了起来。他看到桑洁也在看着他。他长长地叹了一口气……

“表姐，我说我是一直在装着！装成快乐高兴豁达的样子！你相信吗？”董啸在一声长叹后冷不丁说出这样一句话，这让萧慧和桑洁都很吃惊。见她们愣着没有反应，董啸又继续说下去：“我有时也会问自己，到底这样顽固地封锁起自己来对不对？这样生活得累不累？自己哪里做得不对了？这样装着快乐无烦恼而又冷酷有什么用？为什么我连找一个交心的朋友都这么难？当我想敞开心扉真诚待人时，为什么每个人都又变得那么冷漠，变得不可捉摸，甚至是充满着责难！高傲，或许是对付冷漠最有效的武器。”

董啸没有接着说下去，他把手重重地放在了窗台上。

萧慧还是没有说话，只是定定地看着表弟，她没有想到表弟会这样说，她却有着不同的感受。这一个学期以来，也许是她变化得太快了。萧慧总觉得身旁的每个人都很好，她开始变得“好动”了，那颗原先冷漠而冰冷的心，几乎已完全融化，变成了丝丝温柔。她扭转了头，微笑着看着桑洁，不说话。

“世界本来就是冷漠的，何况是这个世界的人。中等师范学校，更是这个世界中的世界。”

董啸吃惊地盯着桑洁，他不会相信一个活泼开朗的女孩会说出这样的话，可这句话还是从桑洁口里说了出来。可他不懂亦不知道，这已经不是当初刚刚入学的那个桑洁了，虽然仅仅是半年时间，但桑洁已经变了太多太多，也许是世界对她有一些不公平，也许是她周围的有些人太“偏冷”了，也许是她自己的心结，桑洁不知不觉也发现自己变化得太快，变得对人冷淡甚至冷漠了。可她却无法控制自己，她一点点向“自我”的深渊里滑去。可桑洁不知道，她对别人冷漠时，别人同样也用冷漠回报了她。

往往是你觉得人情是什么，它就会是什么。冷漠也是这样。

桑洁的变化，看似是经过一个学期的时间，非常快，但这种快，却是几个月以来，一天天的时间和一件件的事情，一点一滴累积起来的，这样看来，这个时间就很长，也很慢。慢到甚至跟她最亲密的萧慧都没有察觉，可能只认为桑洁这几天心情不好，至于董啸，那更是一无所知了。

萧慧每天看桑洁一个人独来独往，教室——宿舍——食堂——三点一线。如果算上双休和假期回家，那就是四点一线。她也不明白，为什么现在的她们，两个人的性格和派头正好完全调转了过来，冷漠的萧慧变得热情，热情的桑洁变得冷漠。

董啸没有移开那诧异的目光，继续紧盯着桑洁，但他再也找不到那个热情活泼而好动的女孩了，一个学期的时间，让她这样的“成熟”和“现实”了起来。但这种成熟和现实，却又是那样的奇怪和不合节拍。

“社会本来就是一个大染缸，要想不被染黑，那就只有别踏入社会。”

董啸没有听完桑洁后面的话，窗外寒冷的北风呼呼地刮了起来，那风声带着那些话，好像很远，又好像很近。董啸有些茫然地望着她们两个，是的，有时人是很容易被处境或者说是环境改变的。

桑洁却是一个极端的特例。不管在董啸看来，还是萧慧看来，桑洁遭遇的，无非是每一个社会人都可能碰到的问题。

身为文娱委员，组织舞蹈节目，被个别同学嘲笑假积极，瞎积极，这是少数无恶意促狭或者别有用心人的讥讽。

组织了一批人来学舞蹈，有的害羞，有的学得快，有的学得慢，有的动作老是不过关，惹来大家的抱怨，这是做事时应有的磨合和坎坷。

节目落选了，心情很差，那些少数无恶意促狭和别有用心人的讥讽又来了，“看吧，早知道她不行，果然就落选了!”“不行就别弄，逞什么能呢?”这是落井下石的讥讽，也是当年鲁迅先生深恶痛绝，并终其一生都大加批评甚至咒骂的。这是做事应该承受的。

可能在桑洁十五岁的年龄中，她还承受不了一个正常社会人应该承受的压力，再加上董啸和萧慧他们又不知道怎么安慰她，理解她，她又向大家封闭了自己的心扉，这导致桑洁看上去越来越冷漠和现实，其实，这是一种少年人不成熟的自以为有道理。

世界在少年人的脚下，但却不是少年人的。

董啸想对桑洁说些什么，但只张口说了一句：“桑洁……”之后，就不知道该怎么说下去了。

反倒是萧慧开了口：“桑洁，我知道你很委屈。但你有没有想过，你这种委屈，只是自己想不开。别的我不说，光说节目落选的事情，学校一共只要25个节目，可你想过没有，每个班都得准备2～3个节目，按照2.5个算，18个班，那至少也是45个节目，那落选的节目，就得有20个，甚至更多。你的节目落选了，这能算是多大的事情啊？至于你这样伤心想不开吗？”

如果是董啸，或者是张鹤他们，听了萧慧这样一个之前特别理性，现在特别热情的人的理性分析，早就想明白了。但萧慧的苦口婆心，只是换来桑洁一声长叹：“哎——”不知道桑洁到底听进去了几分。

董啸想不到的是，表姐的想法，已经大大超越了和自己同龄的少男少女了，那些落选节目的人，绝大多数不会这样安慰自己，只是沉醉于自己的伤心失望罢了。而桑洁无疑是沉浸时间最长的那个。

有的男男女女，一旦失恋了，就长期陷入爱情的痛苦，一个人孤苦伶仃。大家都觉得很奇怪，可是每个人的身旁，都会有这样的男男女女，有的长达几年，甚至有的一辈子都无法从这种初恋而又失恋中解脱。

相比这种痛苦，桑洁的不如意顶多算是小失意。

“桑洁，我知道班里有那么几个同学，对你总是讥讽，出言不逊。但你想过没有，这几个人，是不是对萧慧，对我董啸，甚至他们相互之间，也是以取笑对方为能事，而这些事情，却是不大不小，大也大不到你要跟他们吵架，小也小不到你不会生气。这些事情，咱们这个年龄里，也太正常了吧！”董啸继续顺着萧慧表姐的思路往下说，“你总不能是十全十美，让每一个人都喜欢你，听你的话吧？你要明白，每个人都有跟自己想法不一样的人，每个人都有自己的想法，不管这种想法是对是错。你要学会适应，适应少数人总是反对你，甚至取笑你。不然，不管是你，还是我和萧慧，都没法生活了。”

“是，我确实不是十全十美的。”桑洁回了董啸一句。

这句话让董啸很是失望，他终于明白，其实桑洁根本没有专心听萧慧和董啸说什么。她甚至还断章取义把董啸这句话摘了出来重复一下。

董啸摇了摇头，萧慧是用自己的胳膊把桑洁的肩膀拢住了。或许，这个亲密的动作，能够给她带来暂时的安慰。

果然，桑洁没有拒绝，她静静地靠在了萧慧的臂弯里，眼神静静地望向窗外，望向窗外那个越深越远越繁华越寂寥的丹阳市深处。

第十五章

十五六岁的干脆勇气

丹阳市今天干冷干冷的，太阳模模糊糊的黄，却是一点儿风也没有。这是一个很尴尬的天气，非阴非晴非雨非雪，但就是让人觉得不舒服。

直到上课铃声悠长而刺耳地响完，董啸才慢慢地踱进了教室里，他因此得以成为最后一个进教室、也是此时最受同学们目光关注的人。在中等师范学校，学生一般会在第一节上课前的15分钟赶到教室。而且，这15分钟的时间，学生们普遍为未来180分钟的上课时间做着准备，整个教室，除了课本和作业本的翻动声，几乎没有任何杂音。这个时候，也是一天中教室里最安静的时刻。

那一刻的宁静，他想了很多很多，这些思想也是之前的他从来没有过的包括：友情、人生、未来、理想、甚至那朦胧而又说不清的情感等等，可他来不及整理一下自己的思绪。门，在他身后又一次打开了——是董老师！不同的是“老班”的后面还跟着一个也算高大的男孩——是216班的正班长王遇。王遇的脸全红了，几个不多的青春痘更是红得发紫。

王遇班长虽然也算高大，但比起他们班副班长李成来（也就是那晚“打架”事件中216班首先出来的高个子男生），却矮了一截，而且，李成显得更成熟、更亲切，而王遇在面目间，有一些狡猾和胆怯夹杂的因素。董啸坚决不喜欢这样的人。

王遇行走间有些局促，好像是有人在推着他，也好像是大姑娘上轿，害羞得不好意思走，很是矛盾。董啸默默地看着他，王遇表现出来的那种忐忑感觉，似乎是大家都在盯着他看造成的。

这时，董啸心头就涌上了一句话：早知今日，何必当初？

王遇没有关上教室门，因为他的后面还跟着一个些微窈窕的身影——申老师也来了。申老师显然有一些不好意思，她应该感到不好意思，一个早已成年的成年人，竟然犯这种低级错误。一丝红晕升上了她的脸颊，不过被她脸上温和的笑遮掩掉了，再说了，她平常的脸也是红桃花色的，就算脸红了，也完全看不出来。

看到申老师进来，董啸不由自主地笑了一下。那种发自肺腑的笑，一种似乎是胜利和成功后的微笑。他那天说了申老师必然会来道歉，申老师必然是冤枉了211班和李若玉，果然，这些，今天都成了事实。

所以啊，人在得意的时候，也不要忘记给对方留一条后路。

不过，董啸也挺佩服申老师的果敢，还真来道歉了，也不算是“坏人”，也是一个有担当有勇气的好老师。

王遇一直想抬起头来，想要高昂着头说几句话，好显得他虽然是错了，但毕竟还是一个爷们儿。可他终于没有抬起头来，耻辱和悔恨感更多时候比爷们儿感更强烈。他的声音有些低沉，却很清晰：“对不起……大家，211 班的同学们，我们班的玻璃是我在打扫卫生时，因为太气愤，一不小心打碎的。我……我……我在这里先向大家道个歉，向李若玉同学……同学说声对不起，我实在不该栽赃到李若玉同学身上。希望大家能够原谅我，我错了。”说完了这些，王遇不再说话了，紧咬着自己的下嘴唇。

要一个十六岁的少年，当着五十多个人的面，说出这样一番话来，并且，这五十多个人，绝大多数都是同龄的女同学，那可想而知的难堪会有多严重。

这也充分地说明：人，绝不能干坏事和出格败德的事情，否则，等待你的就是“身败名裂”，就算“浪子回头金不换”，大家原谅你了，你也曾经“身败名裂”过。

在片刻的沉默过后，董啸站了起来——就在自己的座位上，他也不知道自己为什么突然就要站起来，董啸自己也说不清楚。可他感觉自己得站起来，需要去说一点儿什么。而这个说点什么，董老师说不出来，申老师说不出来，其他同学也说不出来，只能身为 211 班班长的董啸说出来。

班长对班长，没错！董啸定了定神，董老师眼神很不温和，显然他不想让董啸再说些什么。

在董老师和申老师的想法里，王遇道完歉，董老师圆个场，这件事情就过去了，也不会驳了申老师的面子，免除了申老师直接面对的尴尬。但董啸的开口，却可能会产生变数。

而这时候，申老师的脸，明显能看出来是脸红了，甚至有一些发“黑”。她知道，董啸跟她怄上了气，万一说出什么不好听的话来，申老师的“一世英明”就付诸流水了。

可董啸终究还是开口了，这个时候，不管是申老师还是董老师，都阻止不了也不能阻止他了，他说了一长串：“王遇，我很佩服你的勇气。说句实话，如果是我，我真的就没有勇气来说出道歉这个词，更没有勇气说出我错了。我代表211班全班同学接受你的道歉，当然，我也代表李若玉，我相信，我能代表她。”说到这里，董啸朝着李若玉微笑了一下，李若玉也向他微笑了一下，并点了点头，这种微笑的情感，或许目前只有他们两个人自己知道，甚至表姐萧慧，也一无所知。她想不到董啸竟然给她认了一个“表妹”。

董啸继续说下去：“这一切，从篮球赛以来的许多事，不应该成为我们关系甚至我们两个班关系的阻碍，反而是我们两个班彼此了解信任的基础。‘不打不相识’，我相信这句话大家都听过。经历过这件事情后，我相信我们都会更了解对方，起码，我们了解了彼此的勇气，敢于抵抗他人指认的勇气，敢于承认错误的勇气，这样的勇气是我们最难得的品格。我也相信，现在有这样品格的人不多。”

小喘了一下气，做了下停顿，董啸继续说下去。而这时候，董老师和申老师眼中的那些担心，已经消失不见全换成了赞许。

“我们的班主任董老师，也和申老师在一块儿工作。沟通，也只有我们的彼此交往才能产生出沟通（董啸当时不知怎么就想到了‘沟通’这个字眼）。”董啸停顿了一下，对着王遇和董老师、申老师微微一笑，又说道，“大家说，对吗？”虽然董啸的话真有些官僚，有些生硬，但大家还是很感动，掌声代表了一切。感动大家的，完全不是因为董啸说的话，而是董啸说话的那个语气、态度和情绪。

王遇——那个本来准备接受责难与尴尬的大男孩，当场哭了起来，可他也在笑着鼓掌。通过这一次的对话，不仅是王遇和董啸、李若玉，甚至211班和216班的所有同学，都达成了谅解，他们两个班的气场，也终于融合到了一起。

几天前还剑拔弩张、恨得要死要活，甚至要打架的两个班，转眼就和好了。这，或许就是青春的魅力吧！

这样的事情，也只有在青春少年人那里，才可能发生。

“我也应该向大家道歉，昨天是我太冒失了。作为一个班主任，我考虑很不周全，也没有仔细想想事情的蹊跷处。也许是我私心太重，太考虑自己班了吧！这种心态太不正确了。希望大家也能够原谅我……”申老师竟然也说话了，而且说完后，就在讲台旁给211班所有同学鞠了一个大躬，这个令大家都很意外。

在最初的惊讶过后，211班的全体同学，包括董老师和王遇在内，都热烈地鼓起了掌。不等掌声落下，申老师又说道：“我这里，特别要向董啸和李若玉同学再郑重说声对不起，希望你们能够原谅我。”申老师显然也被这种场景感动了，同学们又用力鼓起了本来就不曾停下的掌声。掌声说明了一切，那些用语言和文字表达不出来的情感，通过鼓掌的方式表达了出来。

申老师也跟着大家用力鼓起了掌，大家分明看到，董老师和申老师的眼眶也有些湿润了。

很多时候，鼓掌是为了让大家看不到你感动的泪水，让你有机会宣泄一下。

当掌声落下时，董老师轻轻地拉开了教室门，准备送申老师和王遇回去。但他猛地一惊，教室门外——竟然全是216班的学生，一个不落，他们在静静地听着。或许，他们来的目的，不是感动，不是道歉，不是和解。但最终的结果，却是感动，道歉与和解使两个班的气场完全地融合在了一起。

于是，其他就不太重要了，重要的是现在。

有时候结果很重要，有时候过程很重要，但这次，是结果。

又是一片掌声。那一天的掌声特别地多，多得让人感觉不到苦闷，心头满是感动，心头满是喜悦。掌声或许并不能代表什么，可它却把信任和肯定给了他人，也为自己赢得了信任的肯定。

这时候，董啸想的是又完成了一次班里的工作任务，并且还很圆满，他很高兴。李若玉想，又可以到216班自由地跟老乡们玩乐了。萧慧想到的，只有高兴，因为大家都没事了。在那一瞬间，桑洁也有欢乐，也有感动，也跟着大家鼓掌，甚至眼眶湿润，但这感动，却是一时的，无法完全融化她已经结冰的心情。

冰冻三尺，非一日之寒啊。

不可否认，只有少年人，才会在认错并被原谅后，就完全没有了芥蒂。

第十六章

事出突然的表白

相比普通高级中学，中等师范学校业余活动的紧凑与繁多算是一大特色了。其中最受学生们欢迎的是：每到双休日的时候，学校就要组织全年级学生到附近的潞安剧院看电影。当然，只组织双休日不回家的同学。双休日不回家的同学，大概有全年级学生的三分之一左右，也就是九百多号人。

校方肯定也是为安全考虑，你想，九百多号学生，男男女女的，虽然分别在两个校区，但南校区（也就是董啸他们所在的校区）三百多号人，东校区（二三年级校区，中等师范学校跟普通高级中学一样，也是三个年级）六百多号人。如果你觉得几百个人待在一个地方，什么事情也不发生，都只会乖乖地待在宿舍里或者教室里学习，那你肯定想错了。人数只要是超过一百，而且都是热血少年，那是什么事情都有可能发生的。

校方也比较精明，不用控制学生的白天活动，青天白日的大校园里，有保卫室人员兢兢业业的宿舍值班，能发生什么事情？

只要控制好学生的晚上活动就 OK 了。于是，包场电影往往从晚上 7 点开始，连续演两部，中间也根本不会有十分钟休息时间，而且演的都是非常流行和火热的当前热映电影。各班周末双休时在学校的最高班干部，负责组织本班同学一起步行到影院。潞安剧院离学校有不到半个小时的路程，但如果要按时赶到，并坐上好位置，那起码得 6 点 10 分出发。等看完电影回到宿舍，大约就 11 点了，到了学生就寝的时间。

靠着这样的电影包场，校方牢牢控制了学生们的周六晚上。而周日，根本不用去理会。周日晚上是中等师范学校的班会时间，每个班的“老班同学”是要到现场的，没有学生敢不去。

为避免不必要的争吵，三个年级分在不同的剧场大厅里观看。看电影实行完全自愿原则，你想去就可，不想去就拉倒。这也算是一种相当人性化的管理了。但在那个时候里，似乎没有学生会放弃周六看电影的机会，甚至有的学生还跟着不同的年级看，一连重复看几遍都觉得意趣盎然，这意趣盎然的背后往往是美丽与浪漫的开端。中等师范学校南校区的南大门离潞安剧院只有二十多分钟的路程，就在这二十多分钟的路程里，不知道发生了多少让人一辈子都难以忘怀的浪漫记忆。

那是临放寒假前学校组织看的最后一场电影，那也同样是一个积雪初融的晚上，就像北方每一个严寒的夜晚，干冷干冷的。路上车并不多，风凉凉的，刮过人的头顶，一种憋闷的冷。一条宽敞的大道就孤孤单单地摆在面前，风呼啸而没有遮挡地冲过来冲过去，足以让每个人都“尽情”尝到严冬的滋味。

那天看的是《新上海滩》，在这一点上就要说一下了，要看什么电影，学生们在这个问题上是没有“人权”和“选择权”的，似乎学校也没有决定权，剧场想放什么就放什么，或者当时有什么就放什么。好几次竟然出现了非常之“尴尬”的影片播放，尺度比较大，跟班里一些同学辛苦找来的那种剧情片子，只有过之而无不及。虽然这种电影，基本上是无公害产品，但谈情说爱的戏还是让少年人感觉羞涩。反正就是电影院有什么电影，就播什么电影，至于看一次究竟是播放两部或者三部，那得看放映员的当天想法了。

《新上海滩》是鼎鼎大名的影音双星刘德华主演的，简单化了去说，其实就是讲一个民国年间旧上海的故事，描述上海帮会内的人物情仇，许文强与三个女人的爱情故事。似乎，那个年龄的董啸他们，只有看到一件不太可能发生的事情眼睁睁发生在身边时，才会打动他们。俗点说，这种感觉就叫不到黄河心不死，不见棺材不掉泪。而为啥非要到黄河，非要见到棺材，说不清也道不明。

当电影情节进入许文强刺死冯敬光之后冯程程不堪打击变得疯癫，董啸习惯性地把头向后一甩，或者说是把头发向后一甩，这是他表示伤痛或者说是受到感动时的动作，他决意不轻意落泪。这样一甩，似乎能够把快到眼眶的泪甩掉似的。他看了一眼坐在他旁边的孟惠琳，她用手托着淡红的腮帮——泪珠亮晶晶地反射着银幕上的悲哀。

确实，人是非常容易感动的动物。只需要看到一段恋情，或者一段坚持，甚至是一次简单的拥抱，或者热烈的亲吻，只要一个长镜头，就能被深深地打动。这种打动，是不分年龄和阶层的。

一直到出了电影院门口，董啸还在思索着，不知是为了那出动人的励志悲剧，还是孟惠琳那晶莹的泪珠。也就是在那晚，皎洁而孤单的月光下，一条孤单冷清的路上呼啸的风冲来冲去，董啸也陷入了这“泪珠”。

孟惠琳是那天晚上一同“溜旱冰”的另一个女生，相比田若南的温柔和羞涩，她是一个大方得体更有淑女感觉的女生。那一晚，同去的二十多个男男女女，董啸只对田若南和孟惠琳有好感。

因为那天大家自选“溜伴”后，只剩下了董啸和田若南两个人。董啸是因为随意随性，而田若南是因为羞涩。当然，还有一点，这种公开性的交友活动，男女肯定是等数的，男生一半女生一半。

就是这样，田若南和董啸就成了滑伴，并在后来甚至一度传出“绯闻”，董啸被213班的同学兼他的舍友张楚喊“来看嫂子啊!”

在大家的想法中，董啸和田若南今后在一起是必然的了，但董啸既没有这样想，也没有彻底否定，他拿不准。田若南是一个很好的女孩，但至于自己喜欢不喜欢她，跟不跟她在一起处对象，他真的不知道，没办法下判断。这个事情，就一度搁了起来。双方自那次亲密的溜冰之后，并没有进一步的发展，甚至见面也很少。

说穿了，就是没感觉，或者火候未到。

可在今晚，田若南的舍友，那位更淑女一些的孟惠琳，却用一种感动的亮晶晶的“泪水”，触动了董啸的神经。或许，人就容易被亮晶晶的东西打动，比如金钱、珠宝、钻石等等。眼睛，特别是流着泪珠的眼睛，肯定是最亮晶晶的了。

连董啸自己也不知道那晚为什么要说那些话，就是那些话才导致后来发生了许许多多的事情，就是那些话才使他以后一度陷入了“沉默的成熟”，尤其是他的情感，陷入了一种无法选择和停滞不前，导致一度差点错过了真正的爱情际遇。

人的情绪反应，竟能达到如此的程度，失败的初恋是令人遗憾的，却又是那样炫目和美丽。

如果董啸知道有后来，他一定义无反顾，一定会抓住真爱，不让它溜出自己的双手。可惜，他最终在人言面前退缩了。他不想让整个丹阳中等师范学校的人，都认为他是薄情寡性的“花花公子”，更恶毒地说成是“滥交”和欺骗女生的“流氓”。

“什么?”孟惠琳瞪大了眼睛，很显然，她没有丝毫的思想准备。她没有想过董啸会这样对她说话，在1996年末，对一个女孩子说出“你真漂亮”的话，就意味着向她求爱，要她做自己的女朋友。

“我是说你感动的样子，泪珠挂满了脸，亮晶晶的。”董啸的话，越说声音越小，但毫无疑问，每一个字都进了孟惠琳的耳朵。

皎洁的午夜星空下，一切都是那样敞露无疑，董啸遮掩不住自己的脸红和心虚。孟惠琳的脸也红了。但幸好，夜色掩盖了这一切。

“说我呢！你自己不是也发呆了老半天吗？”孟惠琳爽朗地笑了起来，声音很大，很清脆，让人感觉很兴奋。

而田若南却不会这样，她却只会浅浅一笑，温柔地。

董啸也不明白，他为什么一直拿孟惠琳跟田若南来比较。或许，这正是他无法选择的症结所在，那晚溜冰，他发现了两个很不错的女生，而且都比较对自己的胃口，可她们各有各的特点，这导致他无法去选择。他的溜伴儿因他没有主动去选择，而变成了田若南，而现在他去主动选择跟孟惠琳的接近，是不是对这种没有主动选择的弥补？

“不是……我……我的意思是说，我们可以成为朋友吗？”如果仔细看的话，会发现董啸已经是一脸的窘迫相，但午夜给了他机会。

“难道我们现在不是朋友吗？”孟惠琳似乎有些故作认真地望着董啸。董啸看不透孟惠琳的心，根本不知道她在想些什么。相反，田若南却是一望即知的那种女孩。

他甩了甩头，想把田若南的影子甩掉，但没有成功。他也不明白，为啥老拿孟惠琳和田若南比较来比较去。这种比较，根本没有任何实质意义。

“不是那意思，我是说，你可以做我的……”董啸好像鼓起了好大勇气似的。

“董啸！董啸……”突然，后方不远处传来一阵惊慌的喊叫，这个惊慌的叫声，很明显是桑洁的，而电影散场后，表姐萧慧，肯定是和桑洁走在一起。董啸心一紧，猛向后转身，看有人躺倒在了路旁，伴随着一阵非常刺耳的刹车声，一辆洁白的轿车停在附近。

董啸大喊了一声：“怎么了?”他扭头看了孟惠琳一眼，再也没有时间可浪费了，他必须赶到表姐他们的身旁，看看发生了什么。

“女朋友，好吗?”这几个字那么突然，就像从胸腔里蹦出来的一样，孟惠琳一愣，董啸早跑了出去，孟惠琳脸上挂着一个意味深长的笑。不知是兴奋还是怎么了，脸也突然变红了。

董啸似乎忘记了，他昨天是怎么邀请孟惠琳一块儿来看电影的，如果年少轻狂的他细细想一下那个过程，那么，他的中等师范学校生活也就会少了一些遗憾和失误，而多了一些美满。

“溜冰”回来后，他的脑海里，就被田若南和孟惠琳两个人占据了。这就要说到那句著名的老话了，“吃着碗里的，想着锅里的”。或许跟董啸自己的性格有关，相比田若南的温柔羞涩，他更喜欢孟惠琳的大方爽朗。虽然因为其他同伴的选择，把董啸和田若南推在了一起。但他们却并没有真的在一起。只是，董啸和田若南都是认真而略有点刻板的人，既然作了溜冰的同伴，那就应该认真地溜，认真地学，何况田若南真的从来没有溜过冰，也一点儿也不会，需要董啸认真地教。

而反观其他同来的男男女女，来溜冰场溜冰是假，借机谈情说爱倒是真的。结果，他们心不在焉，跑到边上去说话喝饮料去了。半个操场大小的溜冰场里，就剩下董啸和田若南一对在溜着，结果搞了他们一个大脸红，所有人都在传他们好了，在一起了。

可真实的情况是，不管田若南怎么想，董啸暂时还没有这样的想法。反而，虽然身边有田若南陪伴着，他自己却更多的想着孟惠琳。这就是典型的吃着碗里的想着锅里的。

或许，在这个时候，如果田若南主动一点儿，董啸就不会再去想孟惠琳了。一个人的想法，特别是少年人的情感想法，那真是说不清，因为一件小事或一句话，就能完全改变。

但田若南没有半点主动，虽然后来的事实证明她非常爱董啸。

看电影的前一个日子，各班班长已经把电影票发放到周末留校且报名要看电影的同学手中。多余的票比较多，董啸专门给自己留了两张。

他去了田若南的宿舍，因为孟惠琳和田若南是舍友。

宿舍只有孟惠琳一个人在。孟惠琳是一个很健谈的女孩，而董啸本身在南校区就是名人，再加上这次期末考试全校排名出来，董啸总成绩竟然是全年级第二，并且跟全年级第一的那名女生只差两分。这让本身就很出名的董啸，更出名了。

两个人从学校趣闻，说到时事政治，说到最近好的电影，越谈越投机，转眼就半个小时过去了。也正是在聊天的过程中，原来董啸心中那难以抉择的两个，终于完全偏向了孟惠琳，也正是在那次聊天后，他果断地决定开始追孟惠琳。不管这个决定对还是不对，他已经下定决心了。

离弦的箭，再也无法更快。

董啸拿出了两张电影票，放到了孟惠琳的手中，吸了一口气，还没有开口，孟惠琳就说话了："是要我转交给若南吗？你请她看电影吗？"

显然，董啸和田若南的事情，已经传开了。至少，211 班和 213 班的人基本上都知道了。

董啸摇了摇头："不，我是想请你看电影，请孟惠琳看电影。"

这句话，让孟惠琳有点懵了，她没有想到，董啸竟然会这样说。虽然，那次溜冰结束后，她们宿舍卧谈会的主要话题人物，变成了董啸，但她从来没有想过，董啸竟然会对她说出这样的话来。这句话相当于什么，相当于董啸要正式追求她了。

在她还处在最初的震惊状态时，董啸已经走了，而电影票还在她手中。这两张电影票告诉她，好像她已经答应董啸要去看电影了，至少她一点都没进行反对。

她依稀记得，她是不准备同意的，但董啸成功说服了她，他说得很有感染力，最主要的思想就是，两个人要试一试，看能不能在一起，遇见了并且相互有好感，非常难得，要珍惜这个缘分。

董啸发挥了他超强的说服力，就像每次活动和班会时说服大家一样。他成功地说服了孟惠琳，让惠琳答应两个人在一起试一试，看能不能成为男女朋友。

于是，就有了看电影的"亮晶晶"和看完电影回去路上董啸的表白。

董啸冲向了桑洁和表姐萧慧所在的地方，留下了愣在一边的孟惠琳。

孟惠琳有些忧伤。她不知道自己喜欢不喜欢董啸，因为她没有任何恋爱经历，从来没有一个男生，对她说过喜欢的话。说实话，她不知道该怎么办。平常跟男生很爽朗的聊天是一回事儿，但爱情降临到自己头上的时候，又是另外一回事了。

很多爱情，不是双方不相爱，也不是双方接触时间不够，更不是门不当户不对，什么原因也不是，往往就是因为双方遇到爱情来临了，不知道该怎么办，于是，一味地推迟，一味地拖着，最后，爱情就呼啸而去了。

爱情，来得快，去得也更快。人本质上，还是情绪的动物。

第十七章

萧慧出车祸了

那天晚上，寒假前的最后一场集体电影活动结束后，萧慧和桑洁在一块儿走着，或许是刘德华饰演的丁力太富有感染力了吧！虽然他的演技不是最好的，故事不是最好的，场景不是最宏大的，但华仔的每次举动，都给人们带来别样的触动。因为他抓住了一种精神，一种少年人独有的精神。人们不是冲着故事和人物去的，而是这种精神，那是一种能够深入人们心底的精神。

就像董啸解释他为什么只喜欢动画片《圣斗士星矢》一样，因为这些青铜的圣斗士永远不会被打败，永远不会被打死，他们一次次失败，却又一次次地站了起来，并且每一次站起来，都超过了原先的力量，达到一种新的强大，把眼前的敌人彻底一击而败。

这就是人们所说的那种精神。

这就是那种少年人心底永远抹不去的精神，遇到了，就必然崇敬。

一直到出了潞安剧院的电影院门口，她们两个还是一言不发，在路上各自想各自的心事，不能自拔。萧慧靠路中，桑洁靠边，两个人就这样一路“行尸走肉”般地走着，若玉形单影只，一个人在她们后边不远处走着。每个十六七岁的少女心底，都有着无穷的自我心思。

“桑洁，其实许文强也不用死的啊?”萧慧显然想打破这冷冰冰的沉默。

“是的！也许是他太执著了吧！执著的人要么是大成功，要么就是非常悲惨，而且往往就只是悲惨。在许文强看来，他的执著成功了，但其实，这不是成功，这分明就是人生的悲剧。”桑洁在想，也许人生也就是这个样子吧，有些事情没必要去强求，就算你蛮横地顽强地拥有了，但那却要比失去来得更为悲壮。人际关系更应该看情况，也许自己以前太有些强加于人了吧！

她这样想着的时候，就笑着去拉萧慧，也正在这个时候，一件出乎意料的事情发生了：“哧——哧——”一阵尖锐刺耳的刹车声夹杂着车轮打滑发出的“嚓嚓”声传来，紧接着就是一声惊慌的“哎呀”。那声“哎呀”的叫喊是若玉发出来的。

在惊慌刚开始的时候，桑洁以为是若玉被车撞了。其实，真实情况跟她想象中的完全不同。等看到萧慧已经倒在血泊中时，桑洁顿时呆住了，她下意识抬头，看到董啸正在前面，她就大喊了一声董啸的名字。

董啸踏着冰和雪“嚓嚓”地跑来了。

奇怪的是，萧慧竟然连“哼”一声都没有“哼”，她倒下后，就晕了过去，躺在自己的血泊中。

董啸已经意识到出什么事情了，肯定是有个人被车撞或者刮了一下，但他没有想到，这个人竟然是自己的表姐萧慧，而且，刚才的叫声里并没有表姐萧慧。那分明是桑洁的声音。

他一过来就看到表姐萧慧躺在血地里。“姐！”他叫出这声时，心里登时失了主意，直到看到表姐那还在流血的伤口，他猛地拉过了呆立一旁的司机：“走！马上去医院！”

这个时候，除了赶紧救人，其他的真的一点儿都不重要了。

二十分钟后，表姐被送进了急救室，就是那个闯出祸的司机送来的。一路上，他的车技非常好。相信，这次车祸绝对是一个意外。或许，车祸的巨大惊吓，把原来出车祸前昏昏欲睡的他，彻底惊醒了。

司机算是个通情达理的人，先交了 2000 块住院押金（这在 1996 年的深冬，还算是一笔大钱），又留下了他的身份证、详细家庭住址、单位名称和联系电话，之后才走了。他临走时对董啸说：“我待会就会再取钱过来，不用担心，我是开公司的，费用肯定没有问题，多少都行，只要把人救过来，治好。”

董啸倒没有在意这个，甚至司机跟他说了什么，他也没有明白过来，他只是在想着自己这个唯一的姐姐。他一刻不停地想着，怎么办，怎么办？他下意识地走到走廊里的电话旁，他不知道该不该给表姐家里打电话，因为表姐家里还有一个年过七旬的奶奶。董啸把头向后一甩，照例是他那个表示自信的动作。但他的眼中却有晶莹的亮光闪过，我可怜的表姐啊！他没有再犹豫，拔了一个号码：3565656——董啸家里的。

“爸，出事了。表姐被车撞伤了，你们快点过来吧！在市白求恩医院，别忘记带钱！”董啸急急地说道。

“什么？只来一个人？不行！你们两个都得来，一定得来，一分钟也不能耽误！”董啸拿着话筒，心里有些不是滋味，有什么事情比表姐还更重要呢？

“谈生意！谈生意！跟我没得好谈！半小时后不来，你儿子也被车撞了！你们自己看着办！”董啸狠狠地甩了话筒，电话磁卡也没抽出来，就一扭头走了。

“来！来！马上来！”话筒那边传来听不大清的声响。

爸妈知道，如果董啸发火了，那是什么事情都有可能发生的。

三十分钟后，董啸的爸妈都来到了白求恩医院，这是从董啸家来医院最快的速度了，爸爸急忙到医院各处“打点”去了。几乎是在几年之前，这种“打点”在医疗卫生系统已经成了不成文的行规，如果你不打点，就保证你会遇到点儿小麻烦，虽然出的麻烦可能无伤大雅，但却让病人和家属多受些痛苦和感到些不便。如果你打点了，虽然保证不了百分之百没问题，但医生绝对保证出了问题会百分之百尽力。老百姓们的生活里，又多了一个白衣天使的神位，除了点头哈腰这个做法，他们别无选择。就算你是大富大贵的人，对待医生，那也得毕恭毕敬。因为，一旦进入医院，人的命就在医生手里了。跟生命相比，尊严很多时候就退居其次了。只是人们不知道，这种毕恭毕敬到底是有几分诚意。

妈妈坐在董啸旁边，说长道短的，董啸一言不发，愣愣地坐在那里。

“这孩子，从小就多灾多难的。哎……”妈长叹了一口气。

“妈，千万别告诉姥姥表姐被车撞伤的事呀！”董啸望着妈妈，“她可受不了！”

“别说了，啸！”妈妈总爱这样叫董啸，“无论如何也要治好你表姐的伤，你没有兄弟姐妹，萧慧也就是你亲姐姐了。可怜她爹妈就是因为车祸……”

“妈，你别说了！”董啸用手遮了一下眼，他不想哭出来，尤其是不想在亲人面前哭出来。

终于，在半个多小时后，急诊室的绿灯亮了。董啸长出了一口气，忙着站了起来。表姐被推出来了，董啸和妈妈忙走了上去，爸爸也来了。“慧慧，没事了吧？”表姐眼睛里充满了泪水，她用力地点了一下头，她没有想到姑姑一家人全都在这里了。她顿时就有很多感动，在记忆里，姑姑和姑夫对她向来是不怎么关心的，至少是不怎么亲热。她更不知道，为了让爸妈来，董啸甚至不惜威胁他们说要伤害自己。董啸是独子，这种威胁肯定立刻生效。

董啸知道，这个时候的表姐需要这种关心，这种亲人的关心。

董啸站在表姐萧慧的病床前，拿着诊断书高兴地给表姐看：“姐！看——没事！就是一个骨折。‘伤筋动骨一百天’，你可以好好休息一段儿了啊！”

萧慧也很高兴，只是看到头部也有创伤时，她有些忧虑，用手下意识摸了一下，头上是厚厚的纱布。董啸忙着拉住了表姐的手：“别碰，没事！没事！皮外伤。”

萧慧很听董啸的话，董啸不让她碰，她就不碰了。接下来的日子，她就是耐心养伤了。幸好，不幸中也有万幸，这次事故，正好赶上寒假，起码可以少请一个月假，少耽误一个月的课程。

经过两个星期的观察，白求恩医院确认萧慧没有问题，只待静静养伤时，表姐萧慧就被转院到董啸妈妈在丹朱县县城上班的县人民医院去了。董啸妈妈说是为了更好地照顾萧慧，自己家有人的医院还是比较让人放心的。不相信医德怀疑医德，但她至少可以相信自家人和朋友们。

董啸和爸爸一起回学校为表姐先请了一个月的长假，因为快要放寒假了，可以少请一个月，虽然说伤筋动骨一百天，其实两个多月的休养，基本上就可以了。乐观地估计，表姐等春节后开学，就可以直接上学了，这是董啸的想法。毕竟，十五六岁的少年，受伤后比任何年龄的人，都要好得快。

在放春节寒假前的近一个月上课时间里，董啸不间断地去看望了表姐好几次，毕竟年龄小康复快，在这期间，表姐已经开始下地，慢慢地行走锻炼恢复了。她恢复得很好，甚至肤色也更红润了一些。或许，这种红润是表姐越来越长大，越来越成熟的缘故，而并不是因为这次车祸受伤的休养。

再过一个月，春节过后，萧慧就是一个十七岁的大姑娘了。董啸，也会从十六岁成长为十七岁。只是，按周岁来算，董啸还是十六岁，他比萧慧小几个月。

董啸更多的是写信，因为姐弟俩不是很近——丹朱县离董啸读书的丹阳市有六十多公里，而且道路状况很差（这个差是指路面不好，不是堵车），如果不是自己开车，坐公交来回需要差不多四个小时。不过，他倒觉得写信比打电话更有意义。不管是在写信时，还是读信时，都有一种异样的温馨和亲切，这种温馨和亲切，很打动人，也让人很愉悦。

可惜，现如今，这种温馨和亲切已经难找了。

第十八章

表姐表弟情意深

自从萧慧表姐住院后，董啸就一直住在学校宿舍里，连过双休日他也没有回仅仅十公里之外的家。他们家在丹阳市的房子，离丹阳中等师范学校南校区仅仅十公里左右。那次他跳出校门，如果不是午夜的话，可能就直接回在丹阳市的家了。

董啸妈妈和爸爸都在丹朱县工作、做生意，他们平常也住在丹朱县的家里。虽然丹阳市的这处住所已经装修过，但说实话，一个月也难得来住几天。幸好，细心的董啸妈妈已经安排了钟点工，每周会对住所进行一次大清洁。

这也说明，董啸随时回到丹阳的住所，都是一个干净整洁的家。所不同的是，这个家只有干净整洁，缺少亲情和欢乐。

他认为爸、妈肯定是不会在这个家的，他们都在上班。即便是双休日，爸爸也会去请生意上的伙伴儿吃饭，而妈妈就在老家丹朱县第一人民医院里值班，双休日是难得回来一次的，除非提前打电话。他实在不想一整个白天就守着空屋子发呆，偶尔有一天可以等爸爸或妈妈到晚上 9 点吃过饭回来，多数时间他们根本不回来，他更不想看到喝得浑浑噩噩的爸爸推门进来，还要装一本正经地教训自己几句。这种教训，让他彻底无语和厌烦。

对于爸爸的这种教训，董啸不以为然，但却又得耐着性子听完。父亲往往从他的经历、出身来要求董啸，而现实的情况跟父亲所在的那个圈子，又有很大的差别。董啸倒没有无所适从，就当故事听了。爸爸也是需要一个倾诉对象的。妈妈也是这样，妈妈会向董啸讲医院发生的事情，甚至包括对爸爸的抱怨和指责。反正董啸也没有什么事情，就耐心听着、听着，直到爸爸或妈妈说累了，自己去休息了。

在倾听的过程中，董啸从来不会说什么，反正爸妈也不想他说什么，只是把他当做一个倾诉和沟通的媒介。这样的一家人，就这样日复一日地过下去。

如果没有董啸，真不敢想象这个家会是什么样子。首先，吵吵闹闹是避免不了的。看来，结婚后先赶紧生一个孩子，很多时候都是好事，起码矛盾可以缓冲不少。

表姐萧慧的父亲是萧慧爷爷奶奶的独子，爷爷多年前已经去世，年迈的奶奶身体虽然还硬朗，但腿脚却已不再灵光。母亲家族方面，家里很贫困，自顾都不暇，根本指望不上。在萧慧和董啸都还很小的时候，萧慧的父母在一次车祸中双双受重伤不治去世。那时萧慧家还住在破旧的土砖老屋里，她父母的奔忙，正是为了能够尽快多赚些钱，翻修新家。

萧慧父母去世得很突然，除去农村高昂的丧葬花费外，也没有留下多少钱。

命运多舛的是，萧慧上初一的那年，她和年迈的奶奶，就经历了一次灭顶之灾，如果当时不是董啸心中灵光一现。可能，董啸今后就再也没有这个表姐，更没有表姐一家了。

记得是1995年的暑假，某天晚上9点，董啸正在家里看家庭影视。突然，窗外一声响雷“轰——啪!”地炸开了，紧接着这个响雷，炸声连绵不断，就像在打仗发炮弹一样。

说实话，这真是谁家有难事谁家自己受，别人的安慰和关心，都是暂时的，自己的伤心和难过，却是永久的，所以，一定要自己坚强起来。

舅舅和舅妈过世后，萧慧和奶奶还是住在那间土砖屋里。董啸曾强烈要求表姐萧慧一家住到自家留在村子的二层砖房去。但萧慧和奶奶都不同意。金屋银屋，不如自己的土屋，家还是自己的好。亲戚，毕竟是亲戚，不能受人家恩惠过多。

董啸爸妈没有说什么，董啸也不好再说什么，就那样维持现状了。舅舅和舅妈去世时，留下了一部分钱，虽然很少，但如果没有意外情况，也勉强足够萧慧和奶奶几年的用度。

一声声炸雷，有点心惊肉跳地刺激着董啸的神经，他突然想起了萧慧表姐。就在这个想法出现在脑海里的时候，突然，一阵很难受的感觉涌上了心头。董啸又猛然想起了萧慧家那座摇摇欲坠，但却一直没有损坏的土砖屋。

这座土砖屋是萧慧曾祖父留下的，建设于1930年前后，那时候，萧慧爷爷也就是刚记事。这种屋子建设很复杂，既又费工又费时，但却不是太坚固，尤其是时间越长，越危险。

这种土砖屋，地基是大青砖，也就是农村用土办法烧制的蓝色大砖块，大小是现在建筑用砖的四倍大小，通体瓦蓝色，虽然比起土砖来那是坚固很多，但还是很容易被砸得四分五裂。蓝砖之上就是一层层的土砖，这种土砖是用水和好泥，放入模具，经过人力敲砸，形成宽宽厚厚的土砖块，等模具干了，就做好了一块儿砖。

房子盖到2.8米高左右的时候，就会上木梁和木板结构，村里的有钱人家，会用红松木、甚至檀木，中等人家就用便宜的榆木、槐木，穷人家只好用最不值钱的杨木了。木梁和木板算是二层的地板。地板好后，就是人字结构的屋顶，顶点高一般在2～2.5米，边缘是一个35度左右的角。屋顶的两个人字形边缘，会突出房屋墙壁0.8米左右，形成一个避雨的屋檐，雨水可以顺着屋顶流到墙壁的一米以外，以保持墙壁的干燥和不受侵蚀。

至于屋顶，有钱人家会密密地铺上竹片，再刷上泥土，铺上蓝色的瓦，崭新的土屋就盖好了；穷人家会稀疏地铺上竹片，再铺上一层稻草，然后刷泥铺瓦。二层不能住人，但可以放一些不是太重的东西。

董啸和表姐小时候，自然是不敢上二层的，因为踩在二层上，就觉得整个二层都在晃，非常吓人，就像屋顶要塌了一样。实际上，爷爷辈儿的人，经常把一年收成的近一半都放在二层上，也没见谁家因为这个塌过。

后来总结了，孙辈这一辈的人就是胆小。

董啸想到表姐和那座土屋的时候，雨“哗”地一声就铺天盖地下了起来，自他出生以来，他从未听到过这样可怕的雨声。雨声让天地一下子萧瑟和恐慌起来，何况是人。

他突然大喊了起来：“爸、妈，快点下来！快点下来！……”

在他的喊叫声中，爸爸和妈妈慌张地从楼上下来了，还以为他出了什么事情。看到董啸，妈妈笑了起来：“都多大了，打个雷，下个雨，至于吓成这样啊！”

这让董啸很窘。其实，他已经好多年，应该是从上小学起，就没有再投入到爸妈的怀抱了。何况，现在都是初中生了，跟父母拥抱，那是真不太可能了。

“你想错了！妈，是表姐萧慧家，她家的老土屋。”董啸急急地说道。

猛然，三个人都想起了那座摇摇欲坠的土屋。而且，萧慧家的土屋，现在已经是村里唯一住人的土屋。其他仅存的几家土屋，都已经不住人了。

爸爸冲上楼去拿轿车钥匙，妈妈准备雨具，董啸朝门口冲去。

从丹朱县回河漳村的五公里路，几乎是寸步难行，爸爸驾驶着小汽车，几乎是比步行略快的速度。这也算幸运，如果今天董啸他们是在丹阳市的家里，那就是更糟糕的另一种情况了。

路上几乎没有任何人和任何车辆，妈妈紧张地抓着车前门的把手，董啸在后排着急地晃来晃去。爸爸一句话也不敢说，紧紧盯着前边，雨刷虽然“啪啪”地响着，但完全失去了作用。雨直接浇在车玻璃上，然后再“哗”地一声流走，这种声音，完全融到了整个雨中。

“妈，要不，我下去跑着去吧！”董啸着急地说。平常十来分钟的车程，今天半个小时过去了，他们只走了一半儿。

“不要着急，听话！车开得再慢，也比你跑得快！”妈妈打消了董啸的念头。

一个小时后，“河漳村欢迎您”几个巨大的黑体字就呈现在眼前。炸雷闪电不断，就像盆泼桶倒似的大雨中，这几个字是那样的触目惊心。

董啸他们不知道，就在这个同时，中国南方几条大的河流，都在组织新中国成立以来最浩大的抗险救灾活动，中国的大部分地区，都遭受了巨大的水患。

更让董啸他们触目惊心的是，他们经过的三座土屋，都已经倒塌了，不知道是之前倒塌的，还是刚刚在这场大雨中倒塌的。总之，是倒塌的。他们三个人的心吊了起来。

车一停，董啸就开门冲了出去，后面传来妈妈的喊声：“拿雨伞……”妈妈的声音在“哗哗哗”的大雨滂沱中，根本没传出去多远。董啸已经跑出了十米之外，雨打在他身上，砸得生疼生疼的，就跟用弹弓将石子近距离打在身上的感觉一样疼。

董啸凭着记忆往表姐家的房子冲去，大雨就像一堵巨厚无比的水墙，无边无际，阻挡了一切，包括声音、灯光。董啸艰难的冲破水墙，使劲地跑步前进。

约摸觉得离表姐家不远了，董啸大声地喊了起来：“表姐！表姐！萧慧！萧慧！奶奶！奶奶！”

董啸艰难地走，大声喊着，暴雨早就把他浑身淋透了几百次。董啸终于到了表姐家院子门口，开始“啪啪啪”地砸起了院门。

“咔”地一声，终于有人打开了门，一点晕黄的光射出了院子。表姐有点惊慌地大声问：“谁？是谁？”

“是我，表姐！”董啸大声喊着。在姐弟俩的对答声中，董啸没有停止用力地砸和晃动门，门终于耗尽了最后一丝坚挺的力气，“啪”地一声倒向了院子中，溅了董啸一身泥水，但一瞬间，这身泥水就被冲刷干净了。

雨！实在太大了。

董啸冲过去，抱住了表姐。这一抱，在堂屋门口打着雨伞的表姐，就全身湿透了。

“你，你怎么来了！”表姐还没有从惊讶中恢复过来。

“快，不要管这个了。快带上奶奶，赶紧出来！离开这个土屋子！”董啸有点上气不接下气地说。

“为什么！到底怎么了？”表姐特别惊讶，在东屋的奶奶也来到了堂屋门口。

“不要问了！村子里的土屋，全倒塌了。”随着董啸的话声落下，一声巨响，奶奶和表姐刚刚离开，东屋屋顶和二层层梁就整个倒塌下来，成了一堆烂泥。

董啸和萧慧也后怕，如果刚才奶奶没被他们吸引过来，现在他们三个人，已经天人相隔了。

接下来，不用说了，奶奶、萧慧、董啸，顺手抓起手边的物什，冲出了堂屋，来到了大雨中。

说实话，就算全身被淋湿一千遍，也比被危屋倒下来砸死强一亿倍。

这时候，董啸的爸妈也到了。

五个人，艰难地在雨中跋涉。幸好，董啸家的二层砖楼，离萧慧家只有几十米。但这几十米，也用去了他们将近 10 分钟的时间。在大雨形成的厚到无以复加的巨墙下，他们几乎是用手在拨着雨墙前进。

你可以想想，如果你的面前是一层层无穷无尽的幕布，而且幕布巨大厚重，你得拨开幕布前进，你就能理解这五个人行走得有多么艰难了。

幸好，没有任何人受伤。

第二天醒来，萧慧家的土屋，东屋西屋塌得没影了，只有堂屋剩下屋后檐的一段没塌，大家后怕死了。如果没有董啸这样的灵光一现，后果真是不敢想象。

爸妈停在萧慧家院前十米处的轿车，被暴雨中的水流冲走了一千米，在村后水汇总流入漳河口处，被几棵大树卡住了。如果不是这几棵大树，轿车直接就被河流带走了。

村子里几乎每家每户，都遭受了大大小小的损失。幸好，没有人死去或受伤。

或许，好好地活着，就是最大的资本和幸运。不管任何时候和时期。

奶奶被雨冲感冒了，暴雨结束后，休养了一个多月才好。幸好，老人家终于是好了，没有大碍。

1月2日这天，也就是放假前的一个礼拜，董啸接到了表姐的一封回信。

表弟董啸：

见信悦！（董啸不禁一笑，又是老套的格式）。

说来惭愧，这几天大家都在为这分别一个月的寒假而相互道别，我却在这时候要你帮个忙。（表姐还是那么客气，董啸又是一笑：她现在也会求人了！）

其实我做这个决定，也是考虑了很久的，因为我知道只有你才能帮这个忙。（董啸急忙向下看去）

或许现在你已经猜出我要求你做什么事了，对！就是关于桑洁的问题。（董啸皱了一下眉头）

为了能彻底解决桑洁思想上的矛盾和问题，12月30日——也就是看电影前的那个礼拜，我随同她一起去了她家里。令我吃惊的是，回到家里的桑洁还是原先那么活泼好动、能说能唱，干什么事情也非常利索，一点儿都不犹犹豫豫的，与现在在学校的她简直判若两人、完全不搭调。她自己也对我说过，她在其他地方都很正常，可一进咱们班、咱们学校，就显得特别紧张了，因而也就疏远了同学们。我认为她现在这种状态，主要是环境问题造成的。咱们班能够帮助她的人实在是太少了。的确，她现在每天都是闷着头做题，别人也很难跟她接触到，更谈不上什么帮助了。

但是，我认为你作为一班之长，特别是除我之外能够跟桑洁说上几句话的人，也只有你了。这个时候，你应该去主动帮帮桑洁，她现在最希望得到的是班里同学的理解和热心帮助，而不是冷嘲热讽，更不是疏远。

至于她现在这么消沉，你应该理解，她整天一言不发，闷头学习，这不也是一种痛苦吗？因此你应该首先去帮助她，从而使她改变这种消极的观念，你更应该担负起改变班内气氛的任务，让她在“环境”中再次成为原来的她——那个活泼好动、乐观向上的她。

（表姐的话写得很官僚和书面，但却是直截了当。董啸把手放在了前额上，他呆呆地看着宿舍门，一言不发，继之又低下了头）

说点别的吧！谢谢表弟对我的关心，代我向姑姑姑夫问好，我现在很好，头上的伤口早就好了，只可惜有了一个小伤疤。（董啸的眉头舒展开了）只是，腿还是那样，现在还是不能转身，转身就疼。下地更是得借助双拐。（董啸轻轻一笑：表姐太性急了，才住院几天呀！）

问同学们好，谢谢若玉他们那天到医院看我，告诉桑洁我会给她写信的。我真想快点好起来！好了，我得停笔了，护士来催我吃药了，下次再聊！

表姐：萧慧

12月30日下午

董啸合上了信纸，他用力地对折了几下，把表姐的信连同信封装到了牛仔裤的后口袋里。

紧接着，他站了起来，拍打了一下衣服上并不存在的灰尘，向教学主楼走去。

第十九章

爱情绝不能凭着心情

董啸径自向自己班教室走来，推开了门，桑洁还没有来。董啸发现，其实不管在心底，还是在实际的行动上，他都不知道该跟桑洁说些什么好，实在没有什么好说的。在董啸心里，一些很简单、很浅白的东西被桑洁复杂化了，比如旁边有人说悄悄话，董啸会毫不在意，但桑洁却会认为人们是在说她，笑话她。他觉得，桑洁已经到了风声鹤唳的地步了。

他走到桑洁的座位处，将表姐的信掏了出来，夹在了桑洁铺在桌子上的书里。他也说不清自己为什么要这么做，可他觉得他应该这样做，心底里似乎有一个声音在指引着他，桑洁应该看一看这封信，看看就足够了。这甚至比董啸苦口婆心的转诉和进一步说服引导要有用得多。

做完了这一切，董啸长出了一口气，四下里望了一下，没有人注意到他，教室里来自习的人不多，大家都在各自忙各自的事情。董啸推门出了教室，往宿舍区的方向走去，今天他还有一件事情要办，这件事情一定要办。结束了桑洁的事情，他的心就开始了狂跳。他在期待一个回应，一个或令他幸福到天上，或令他低沉到地狱的回应。

在路上时，董啸下意识伸手摸了一下口袋——里面有两张电影票，今天上午刚买的，是下午的票。他没有回自己的宿舍，一直朝419号宿舍走来，这是女生第二住宿区。那时候，校方还没有想到在外边挂一个男士止步的牌子。419既是田若南的宿舍，也是孟惠琳的宿舍。

也许，是那晚的电影太过无聊了吧！董啸不安地坐在自己的位置上，不时看一眼盯着银幕的孟惠琳，似乎孟惠琳被剧情吸引了。这也正常，女性本来就比男性容易动情，特别是在一点儿小事情，一些小细节上。

在那次表姐萧慧出车祸前的集体观影活动中，董啸有时也静静地看着电影里的悲欢离合，可他却什么也没有看，什么也没有听，那是远远在生活之上的一些飘渺的事物，他的心里眼里只有孟惠琳，跟孟惠琳在一起才是真实的。他在想：我怎么会这么喜欢她？我怎么就偏偏在没有任何交集的情况下，只是因一面之缘和短暂的相处，就喜欢上了她？

他在直截了当地问自己。他觉得已经无法左右自己的思想，就像脑袋被掏空了一样。就像他对孟惠琳说的：你问我喜欢你什么，我无法回答，因为我的语言、我的思想，甚至我的心全都被你抓住了，你的一笑一言轻而易举地征服了我。如果真要说一个为什么，因为你的气质，这种气质，这种风格的女子，就是我心中想要的、喜欢的那种女子。

这个回答是董啸当时内心真实的想法，当然，真实最有感染力。孟惠琳被打动了。

而现在，孟惠琳就坐在董啸的身旁，他已经成为了她的男友，一切都是那样的顺利简单，简直顺利得让人目瞪口呆，董啸是不相信命运和缘分的人，可现在却面对这命运迷惑起来，不知道自己该如何想、如何做。一种完全无法把握的感觉涌上了心头，就像是一个双目刚刚失明的人，只能依靠他人的牵引来行动，至于要行动到哪些地方，心里却没有一点点底。董啸不知道自己在担心些什么，他无法把自己稳定下来。他总觉得孟惠琳有什么没有告诉他；他也总觉得两人男女朋友关系的确定，以及现在的恩爱，都是表面上的，表面之下是什么，他说不出来，也预感不出来，或者是风平浪静，又或许是波涛汹涌？

目前，只有走一步算一步。至少，现在的两个人，董啸和孟惠琳，是相爱的。

看完电影，在回去学校的路上，董啸对孟惠琳说：“知道吗？看电影的时候，我偷偷看了你好几眼！”

“看我干什么啊？……”孟惠琳微笑着瞪大了眼睛。

“你的眼睛好漂亮啊！有没有发现它们就像月牙一样。”董啸抬头看着孟惠琳，其实他想说：你怎么有些不对劲啊？

“哈哈……你是嫌我眼睛小吗？”孟惠琳边开心地说，边轻轻打着董啸。

“绝对没有！我对天发誓，绝对没有！”路上传来两个人欢快的打闹声。

后来，董啸没有再说什么，两个人就这样一直走回了学校。

董啸并不是419宿舍唯一的男生客人，当他们两个回到419宿舍时，也有几个男生正在里边坐着，桌上还有两瓶酒，而且是白酒。董啸全认识他们，但不是太熟悉，只是知道名字，见过几面而已。他们见了董啸，都突然有些拘谨起来，但聊了一会儿也就好了，也就开朗和熟悉了。

也就是在那晚，董啸和孟惠琳单独看电影的那一晚，孟惠琳不顾董啸的劝阻喝酒了，孟惠琳一口一口喝干一杯一杯白酒时，一点儿也没有犹豫，就像一个酗酒的男人一样。

两瓶酒见底后，一群人不欢而散。似乎董啸就是一片阴云罩在大家头上，只要董啸在419宿舍，所有人——宿舍的六个女生加六个男生（不包括董啸在内的其他六个男生客人），都没有办法敞开心怀说话和欢乐。

孟惠琳也是这样，自从她一回到宿舍，看到那六个男生之后，就是这样了。董啸那时感觉自己就是压在众人心上的一块儿大石头，沉甸甸的。

这毫无来由的事情啊。

董啸想起，有一个不知道是眼睛里有泪还是眼睛本身就是亮亮的男生说："董啸，对于我们来说，你就是一座巨大无比的大山。你学习超好，简直比学习最好的女生还好；你长得帅又个子高，简直帅到秀气；你能力强，是班长，是年级学生会负责人；你还能说会道，会来事；而且你家还很有钱、很有钱，这些钱，我们这一辈子也不可能赚到。这座可怕的大山压在我们身上，我们什么也干不了。你为什么要来上中等师范学校啊？我们只能把自己最心爱的东西，都让给你了。”

说完，他们六个男生，就全部离开了419宿舍。

董啸实在不明白他这段话的意思，尤其是最后一句话，“我们只能把自己最心爱的东西，都让给你了。”

可是，等到他明白了以后，一切都晚了。他明白了才知道，他破坏了至少六对本来可以有的良缘，包括他自己的。他在一个爱情初萌的季节，让十二个少男少女的情窦初开，从伤心开始了，又从遗憾结尾。

他本来就该明白的，中等师范学校的学生，绝大多数（除极个别继续就读大学深造的）毕业后就直接走上社会，过上社会的、成人的生活。

所有人都走光了，董啸看着孟惠琳，孟惠琳还在桌旁呆呆地坐着。

董啸说她不应该喝酒：“你怎么会想起要喝酒的，醉了吧？这不是受活罪吗？”

“醉了好，好！晕晕的，什么都不记得了，什么都想不起来了，就可以什么都不用管了，什么都不用想了！”孟惠琳没有再说下去，就趴在桌子上睡着了。

董啸也不理解孟惠琳这些话到底是什么意思。

外面下起了淋漓的小雨，董啸站了起来，时间已经很晚了，该准备回宿舍睡觉了。

正愣神间，听到有人对他说话：“啸！很晚了，该睡觉了，咱们把孟惠琳弄上床吧!”董啸又一愣，转过头来，是田若南，她是孟惠琳她们宿舍年龄最小的一个女孩，也是董啸教了一晚上溜冰的女孩，同样，也是被张楚说是“来看嫂子”所指的那个女孩，那个所谓的“嫂子”。

可是，董啸自从溜冰回来后，再也没有看过她。就算刚才一直在宿舍里，董啸也没有正儿八经瞧过她一眼。田若南猛然说起话来，倒把董啸吓了一大跳。

客观地说，田若南要比孟惠琳漂亮，而且个头只是矮一点点，也算是女生中的高个子了。她的眼睛很大，肤色很白，她那种温柔和羞涩，正是绝大多数男生喜欢的类型。可董啸同学，却一直没有仔细地注意过若南。这个时候，两个人相对望着说话，他才注意到这一切。可他此时的心底，仍全部是孟惠琳。

田若南的眼圈有些红红湿湿的，董啸问她：“若南，怎么了?不舒服吗?”

“没，没有，没有不舒服啊!”田若南淡淡地勉强笑了一声，不再说话。

董啸又看了一眼趴在桌上熟睡的孟惠琳一眼，也许这一切都是不应该开始的，或许是一开始就错了。对的人，错的时间；又或者是对的时间，错的人。

“董啸，你知道吗？我已经好久好久没听到你对我说过哪怕一句话了！就算这句话是一个字。”听到这个声音，准备出门的董啸猛地一愣神，他下意识地以为是孟惠琳。但他立刻就明白了，这话是田若南说的。

他的心，瞬间就苦涩了，也明白了：若南！若南是爱他的，深深地爱他！他的眼睛，也变得亮晶晶的了。可他什么也没有说，他推开了门，一阵猛烈的寒风吹了进来，他一连打了几个寒颤，可他顾不上这些就冲出了门。

夜，太凉了；冬，太冷了。人心，也太难以让人明白了。

如果不是同舍的李凯飞叫醒了他，董啸今天早上是绝对醒不过来的，恐怕等他醒来，日不是上三杆，而是上七八杆了。体育委员李凯飞好像天生比别人睡得要少一些，而且也见不得同舍兄弟狂睡懒觉。

董啸一翻身坐了起来，立刻就惊叫道："妈呀！都 8 点半了。"

曾几何时，早起在他们是理所当然的事情，7 点起床，已经算很晚了。而 8 点半，食堂肯定没有任何吃的了，只能在小卖部买点零食对付一顿。可现在呢，伴着午后的慵懒阳光起床时，人们却还有一颗闲适的心去冲一杯苦甜相伴的咖啡，再去想别的事情。

"爹也不行！何况是妈！看，我们全都吃过饭了。"李凯飞逗他道，大家全笑了起来。在舍友的哄笑声中，董啸忙提了脸盆打水洗脸去了。虽然很饿了，但在一直开放式的住宿区，整洁干净是首先得保证的。否则，别说中等师范学校三年，就是十三年，也不会有女孩子看上你。

今天的天气很冷，在放寒假前的最后一个礼拜天，老天爷也不让学生们好好去玩一玩，竟下起了一场大雪。大雪铺天盖地的，雪已经停了一天多了，但整个世界仍旧白茫茫的。雪一点儿也没有要融化的意思，但阳光却莫名的灿烂无比。

雪实在太大了。董啸站在那天同表姐、桑洁谈话的那个窗户旁。他向玻璃窗吹了一口气，气马上变成了小冰粒，沾在了玻璃窗上。天气确实是太冷了！呵气成冰啊！

董啸回了一下头，风就直钻进了后脖领子里，他刚缩了一下头，就听到有人叫了他一声："哥!"是他的"好妹妹"李若玉。

"哥，表姐来信了也不告诉我一声啊!"说着若玉就晃动了一下手中的信纸。董啸笑了一声，有些尴尬的味道。显然桑洁是看过信，并又把信给了若玉。

"哥今天心情不好，忘记告诉你信的事了。对了，表姐还提到了你这个'小东西'呢!"董啸心情略微好了一些，就开始逗若玉。

在亲密的人面前，人们总会收起自己的伤心和难过，换一副可亲可爱的模样，因为不想让他们担心。

"表姐比你有'心肝'呢!"若玉笑嘻嘻地看起了信。看完之后，她也像董啸一样沉默了。不过，董啸的沉默并不是全都为了桑洁的事情，不仅不是全部，甚至可以说是一点儿也没有。

爱情，永远是最能困扰人心的。

沉默过了一会儿，若玉走开去找桑洁玩儿去了。若玉知道，董啸担不起这个责任，本质上也不想担，他还没有细腻到能够给一个小女生做知心姐姐的程度。桑洁只能靠自我调节了，否则，他也不会把信塞到桑洁书里。董啸不情不愿，那只有若玉上了。董啸对此也心知肚明。

董啸扭转了头，看向窗外，风又吹大了一些，雪花在空中摇曳着，天地间一片刺眼的白，晃人的眼睛，什么也看不清，满目里有得一片雪白……

正恍惚间，又有人在后面叫董啸。董啸猛地转过了身，不是若玉，是419号宿舍的人，是那个在他初次见孟惠琳她们时被他教滑旱冰的那位女孩。没错，正是田若南，昨晚跟他一块儿把孟惠琳抬到了床铺上的田若南，也是那个被213班学生认为是董啸“夫人”的田若南。

董啸显然吃了一惊。

“若南，你怎么来这里了？雪这么大！”董啸显然有些惊慌。自从知道了田若南喜欢自己，董啸看到甚至想到田若南的时候，就有些心慌和不知所措。

这种心慌似乎在告诉他自己，当初选择孟惠琳，可能是错误的。

田若南望了望窗外那一片茫茫然的白，一时没有说什么。她的眼神中交织着失望与丝丝兴奋，田若南时而感到悲伤，时而又感到心底有一种说不出的释然。

董啸的脑海里顿时飞过了无数的念头，那些念头都是围绕着孟惠琳的，不过，这种种念头最后都归结为了一种直觉。他呆呆地挤出了一句：“是……是不是孟惠琳反悔了？”

田若南张了张嘴，愣了一下，说道：“啸，你已经知道了？”田若南显然比董啸更加吃惊于这件事，其实田若南今天来找董啸，也主要是为传递这个消息。让她来的人就是孟惠琳。在419宿舍里，田若南是跟孟惠琳最合得来的人了。

董啸没有再说什么，他用力地向后甩了一下头发，用手在上

第二十章

一场奇妙爱情的开始

雪是在中午停的，太阳竟奇迹般地出来了。一片过于耀眼的金色，让你都分不清哪里是太阳，哪里是大地了，一切都是晶莹的耀眼的金色，冰冷的雪把最美丽的一面毫无保留地展现在人们面前。阳光笑吟吟地照着大地，给雪白镀上一层明亮的金黄。

董啸很清楚地记着那个日子——1997 年的 1 月 3 日，放寒假前的最后一个礼拜六。他从有些昏暗的铺位上起来，推开了宿舍的窗户，一阵清新的空气吹了进来，灌到他昏沉的脑袋里，他猛地一个激灵，然后就清晰了起来。董啸向太阳望了一望，那种刺眼有点让人感动，确切地说是晃眼，让望着它的人有一种久违的想落泪的冲动。

很多时候，人们望向灿烂阳光，鼻头都会涌上一种感动的酸酸的感觉，甚至还要打几个喷嚏。

这就是人们常说的那种无来由的最真实的感动。

透过窗子，董啸看到桑洁刚从教学主楼上下来，她和若玉在一块儿。他慢慢地出了宿舍，他想迎着她们走过去。

走出宿舍门没几米远的时候，他碰到了田若南，说不清为了一些什么原因，董啸冲田若南笑了一下，低头往前疾走，准备就这样混过去。

“啸，你等一下！不要跑!”田若南叫住了他，“还好，你没有哭……”

董啸笑着摆了摆手，田若南叫他“啸”的时候，董啸一直有一种奇怪的感觉，那感觉非常亲切却又非常陌生。

看到董啸止住了脚步，田若南就继续说下去：“孟惠琳本来是想自己找你谈的，可一看到你这几天的高兴样子，她不想那样说出口……她没办法自己告诉你，却又骗不了自己……”田若南没有再说下去，沉默着。

“什么，不想我不高兴！我当然不会高兴了，我高兴得起来吗？因为我表姐被车撞了，现在还躺在医院养伤，我高兴得起来吗?”董啸用手遮住了眼，他又用力向后甩了一下头发。他说不清现在自己在回避什么？难道这一切与表姐有任何的关系吗？他在借表姐的事情，掩饰田若南跟他说的事情。

“啸……”田若南掏出了用一张素白素白的信笺折成的一棵“常青树”，“你有什么让我带去吗？啸。”田若南把它交给董啸时显然很小心地问道。

很显然，这封信是孟惠琳写的，不会有其他人。现在的田若南，脸上的表情阴晴不定。

来送这封信给董啸，她显然是下了巨大的决心。看着自己心爱和心疼的人，追着同一个宿舍的自己的闺蜜，然后还成功了，两个人在一起了。又因为一些微妙的原因，两个人要闹分手了。

严格地说，是孟惠琳觉得自己没有办法跟董啸在一起，她没有办法面对董啸的强势和优秀，觉得两个人不合适，再加上其他的一些因素，于是决定分开。这个分开的讯息和分手信，却由她田若南来送。她确实很不高兴，不仅很不高兴，她都有理由去恨。

不过，除了孟惠琳觉得跟董啸在一起不合适外，那晚和孟惠琳喝酒的六个男生，也是重要因素。因为其中的三个人，在竞争的状态中，已经明着暗着追求了孟惠琳两个多月，但孟惠琳却不为任何人所动。可奇怪的是，董啸根本连跟孟惠琳熟悉都没有熟悉，就直接去表白并且成功了。

少年们的爱情，是不是本来就是这样，单纯而又毫无来由。

可这巨大的反差和快速的成功，必然有它严重的后遗症和反弹。等到孟惠琳冷静下来，设身处地想过后，她的心思和想法，就有了微妙的变化。董啸迅速成为了过去式，而那三个追求她的男生的好，就不断涌现了出来。或许，这里边有田若南喜欢董啸的因素，又或许没有。

一段不算短的时间沉默后，董啸开口说话了。

“我想没有吧！若南。你看，我妹妹若玉她们要走过来了。”董啸用手指了一下前边，就在田若南回头看时，一滴泪融化了董啸脚下那洁白的落雪……

谁说董啸没有伤心？谁说董啸没有流泪？伤心和流泪，往往只有少年们自己知道，快乐和阳光，才是别人看到的。

就在田若南离开后，董啸猛地跑回了宿舍，“嘭”的一声关上了门，信就握在他的手中，他的手心有些汗湿了。

不管如何，他都会一字一字地把这封信读完。这里边，几乎是他整个初恋。

董啸我知道你现在不好：

（那是一种隽秀的笔体，用蓝色的钢笔写的，我们现在已经很少见到有人使用这种钢笔，甚至很少看到有人使用钢笔了。）

可我实在没有勇气向你说声对不起，我知道一千个、一万个对不起也无法抹去你心里的伤痛。

（董啸把手放在眼上一抹，又马上看下去，抓信笺的地方被手抹湿了一片。）

也许我一开始就做错了，而且是大错特错，我知道你是一个特别优秀的人，在没认识你以前，也就是上星期五以前（也就是溜冰的那天晚上了），根本没有想到211班的班长、全校的第二名会喜欢上自己，现在我真的怀疑，怀疑自己到底是不是孟惠琳。

每当你在我面前时，我总不敢看你的眼睛，你的眼睛太亮了，我心里总是慌慌的，看到你诚实亲切的目光，我就十分害怕，夜里老是做噩梦。上课时，好几次听见后门有人在叫“孟惠琳”，猛一回头却什么也没有，也许这是老天在惩罚我。我以前一直认为我所做的一切都是对的，直到今天才发现自己是多么傻，现在也不顾虑什么了，一切都告诉你，其实我一直没有喜欢过你。只是我对你有好感，答应你只是因为你那天的话打动了我，让我觉得你太需要别人的关心了，而你认为这种关心只有我才能给你，我不想让你永远地生活在不快乐中，这对你太不公平了，因为你太优秀了，所以我“答应你”……

（读到这里，董啸已经泪流满面了，她是为关心我，为我的优秀而答应我，而不是因为爱我而答应我。她不爱我！她不爱我！）

董啸静静地放下尚未读完的信笺，他无法欺骗自己，他因她伤心了，也许这件事情本就不该发生，他自己也不明白，为什么要坚决地去追孟惠琳。孟惠琳明明是别人的溜冰伴儿，而他的伴儿，明明是田若南，可事实上，董啸直到现在都没有想过要去追田若南。或许，爱情就是这样的盲目吧。

他又拿起了信，也许是想看完吧，可他却把目光转向了窗外，天是青白青白的，没有一丝云；太阳是淡白淡白的，只是有一点昏黄，今天是一个好天气，而且难得的是，空气里连一丝风都没有。这样的天气，在 1 月份的丹阳市，确实是很难得的。

正是在那个夜晚——表姐出事后第三天的那个夜晚，才产生了这生命记忆中永远无法抹去的浪漫灰色。这个浪漫灰色，起始于 1997 年 1 月 1 日。

那晚，是在 419 宿舍，既是孟惠琳的宿舍，又是田若南的宿舍。董啸的心情相当不好——为表姐的事情。孟惠琳瞪大了眼，双手托着腮在静静地听着董啸的倾诉。

或许，那晚田若南不在现场，或许，那晚田若南也在现场，只是她对董啸的故事所产生的反应，没有孟惠琳那样的大，没有孟惠琳那样让董啸感觉到关心。若南本身就是温柔羞涩的女子。

“你不会相信的，我从小是跟姥姥一块儿生活的，我姥姥也就是萧慧表姐的奶奶。”孟惠琳眨了一下明亮的眼睛，好像在对董啸说：“你说吧！我完全相信你！”又好像在鼓励董啸要相信她，她会理解他、鼓励他的。这种眼神，非常动人。

“我有一个非常幸福的童年，那时——我、表姐，还有姥姥三个人住在两间小屋里。我从来没有见过我的舅舅和舅母，表姐对他们也没有印象了。等到我长大了一些才知道，在表姐出生的那一年，他们就出车祸了，在过年回舅母老家的路上。

“舅舅驾车（萧慧父亲是出租车司机），舅妈抱着表姐萧慧在后排，表姐是被舅妈甩出车外才捡回来一条命。后来，一说到这件事情，表姐就会非常伤心，非常难过。她的这种难过，又不表现在脸上，而是藏在心里。我知道，这样的痛，才是最深切的痛。一生都无法忘怀的深痛。”

董啸眼里噙满了泪，他用手遮了一下眼睛，其实他的眼睛是很好看的。他放下了手，长睫毛上挂满了泪水，他又笑了。

“可这丝毫没有影响到我们的童年，我们那里有广阔的田野，有高大的山和清澈的河水……”董啸眼里闪现出幸福的光芒，“还有姥姥对我们的呵护，爸妈也会时常来看我们，每次都带好多好多的东西。我那时的快乐全寄托在了那几间小屋子上，那是我童年时最好的家。在那以后，我再也没有拥有过那样好的家。就算是爸爸妈妈为我在丹阳买的大房子，也抵不上那几间小土屋的百万分之一。”

董啸停了一下，只是一瞬，又突然说了下去：“可是，在我九岁那年，爸妈来接我回家了，他们在外面赚够了钱，也在县城里买了属于自己的房子。我当时是被哄上爸爸的汽车的，我还天真地以为，表姐和姥姥明天就会来找我的。我不曾想到，我生命中的第一次旅行，第一次坐汽车的经历，竟然是别离——跟姥姥、表姐的别离。也从那次开始，快乐也就逐渐成为了过去。我回到家后不久就上了寄宿学校。爸妈说，那是为了让我更好地成长，更早地融入这个社会。其实是他们根本没有时间来照顾我。”

“后来我又回到了我童年生长的地方，那几间小土屋已经荡然无存了，我记得在一场暴雨中，这个叫河漳村的村子里，所有住人和不住人的老旧土屋全部崩塌。当然，也包括印记了我童年的那几间。代替它的是红砖青瓦的五间砖房，表姐那时也已上了初中。那天，我第一次扑到姥姥的怀里哭了起来，我问她那几间土屋哪里去了？这五间砖房在这里干什么？虽然我明知那些土屋是怎么倒塌的，可我心里就是过不去那个坎，就是忘记不了那个家。我懂得，当时或者说一直到现在，那都是我生命中快乐来源的寄托。姥姥什么也没有说，只抚摸着我的头，问起我上学的事情。从这以后，我就再也没有真正地快乐过，再也没有真正尝过家的滋味。我爸总是很晚才下班回家，妈妈只有等到‘双休’的时候才在家陪我一会儿。我的家里，永远只有孤独的我和孤独的房子。”

董啸的眼眶已充满了泪水，他接着说下去：“从我十四岁那年，我就想，我一定要早日工作，我要创造一个真正属于我自己的家。也就是在那年，我决定了不去上高中，虽然爸妈强烈反对我这么做，但最终，一年后我还是报考了中等师范学校，我只是想早点工作。我要早点找回我心中的‘那几间小土屋’。”

说完了这些，董啸没有再言语，他定定地看着孟惠琳，孟惠琳睁大明亮的眼睛，看着董啸，虽然她什么也没有说，但一切都在她的眼睛和表情里了。或许，这就是女孩子对少年的魔力。

外面寒风吹过，阵阵扑人面，让人直打寒颤。看！冬季的夜多么清亮，星星仿佛全被擦亮了，这个清亮的夜晚见证了一场奇妙爱情的开始。

这个爱情，那时是属于董啸和孟惠琳的。

第二十一章

失恋以及痛的领悟

董啸从清亮的夜空里移回了目光，那隽秀的笔迹又从眼前掠过……

那时我相信自己能做到，可这些天来，我一直让自己喜欢你，去爱你，时时想着你，可我总是做不到，我也没脸去做，因为我觉得欺骗了你的感情，伤你太深了。我真恨我自己，恨死我了。

这些话本想当面对你说，可在你面前，我连看你一眼的勇气也没有，更没有勇气说这些话了。我觉得我现在要发疯了，心里脑袋里乱哄哄的，好多话想告诉你。可话到嘴边，总语无伦次讲不出来。我现在吃不下饭、睡不着觉、听不进课，写不成作业，什么也不想做，只想喝酒，因为醉了的感觉太好了，就像几何老师今天骂我的一样“是不是脑袋有问题了”，我发觉可能是。

我现在什么也不想，只想着干脆回家，马上见到我的家人。因为每当我不高兴时就会想我的家人，为什么没有别的人呢？如果有该多好啊！

一个伤你太深的人

看最后一句时，董啸怔了一下，可却什么也没有想……

董啸心里只有一个念头：“她不爱我！她不爱我！她一点儿也不爱我！”

董啸用力地抓着信笺，他有一股想撕裂它的冲动，可信只在他手中飘落了下来。他有想写什么的冲动，可他脑袋也一片乱槽槽的，他无法思想，也找不到笔和纸……

他又想去看一些什么，泪无声地滑落下来，滴湿了一大块蓝色的床单……他找到了他的摘抄本，想把它撕裂了，可浑浑噩噩中又翻开了它：《男儿有泪》——他的眼又模糊起来，他继续向后翻。后面接续着也有几篇，却不是摘抄，而是一个少男恋爱的小小故事。董啸又翻到了第一页，也许这篇就是我的初恋吧！他对自己说：“是的，今年我十六岁。”最后，他的目光定格在了那一页《男儿有泪》上，也许董啸并不是在看，为何他的目光是这样的呆滞与木讷。《男儿有泪》早已像钉子一样印入了他的思想。

生存不易，做人不易，男子汉大丈夫流泪又何妨呢？

因为泪水并不只是脆弱的标志，就像坚强不应该仅仅是男人的外衣一样。

其实，每个人都有自己的经历和遭遇，这世界既让我们感动，又让我们伤心。

也许，流了一次泪，你就对生活、对人生，多了一层认识，多了一份理解。

也许，流了一次泪，你的灵魂就得到了一次升华，你的心胸就进一步开阔、博大，你的生命里程又意味着一次崭新的开始。

男儿有泪，它是心灵的催熟剂。

董啸合上了摘抄本，他的心顿时安静了许多，他在想……想什么他也不清楚，可心底里却似乎透进了明镜似的一道光，照彻了心海。他知道，他忘不掉孟惠琳，哪怕仅仅是几天的爱恋也忘不了，但这样转移注意力，起码可以让他宁静下来，让他不去痛苦和伤心。在孟惠琳看完电影回来，跟那六个男生喝酒，及至喝醉，说出“晕了好，晕了就可以什么都不用想，什么都不用管”的话开始，他心里就隐隐觉得不对劲，觉得相爱并不是那么容易和简单。

果然，他的这些担心，都应验了。孟惠琳不爱他，至于他爱不爱孟惠琳，这个真说不上来。可现实是董啸去追的孟惠琳，董啸向孟惠琳示爱的，不管爱与不爱，他起码喜欢她，对她有好感。

可他们终于还是分开了，都不到一个星期的短暂恋爱。

他把信笺收拾好夹进了摘抄本，用毛巾擦了一下眼睛，他站在了窗口边上，风吹了过来，有一丝凉凉爽爽的意味，董啸的眼被满目的雪晃了一下，他急忙用手一遮，关上了窗户。

他还记得，就在孟惠琳喝醉酒的第二天早上。他起床后第一件事情就是去看她，看看她好了没，还有没有难受。419 宿舍只有孟惠琳一个人，她正在用毛巾擦着眼，她的眼红红的肿肿的，细成了一条缝。说实话，孟惠琳的眼睛本身就不大，但是像弯月般的迷人。

看董啸进来，孟惠琳说：“不要看我！不要看我！现在我很难看！”

董啸大笑着说：“不管你多难看，我都喜欢。你已经是我的女朋友了，就算变成一个丑八怪，现在也是我的女朋友！”

说着，他用力掰开孟惠琳的手，其实也没用什么力，然后仔细看着孟惠琳，她的脸上，宛然还有泪痕。董啸一激灵，就把孟惠琳拥入了怀里。

孟惠琳继续哭。

这个谜一样的女子，当时就让董啸放不下，放不下许许多多。说实话，恋爱中的女子，是幸福的，也是孤独的。幸福的是有一个他关心她爱护她，经常在她身边。孤独的是，她必将承受巨大的失去，原来有许多一起欢乐的朋友，有她的闺蜜，有她的好友，有她的追求者，但随着恋爱的到来，这些欢乐，都没有了，这些人，都躲开了。这就是恋爱的孤独。因为在恋爱的世界，只有你现在是幸福的，而周围的别人，都是不幸的。承受不了这种孤独的女子，也承受不了自己的初恋。

这样的初恋注定是失败的。董啸和孟惠琳的初恋，就是一次极其失败的初恋。

宿舍门，这时不知被谁打开了，董啸没有再犹豫，门就在他的脚下了。

董啸出了宿舍门，还没来得及走多远，就在走向教学主楼的转角处遇到了若玉和桑洁。

见董啸从宿舍区过来了，她俩先是一愣，然后若玉就笑吟吟地迎了上来："哥，今儿上午你到哪里去了啊？怎么找你也找不见。"

董啸笑了一下，面庞上有些许的惆怅与无奈："我就在宿舍里待着呢，这刚停了雪，哪儿也走不了，也没有心思去玩。"确实，这时候的董啸，是最没有心思和情绪的。对于一个刚刚失恋的人，整个世界都是黑暗和阴沉的。所不同的是，董啸把这黑暗和阴沉埋藏在了心底。

这时桑洁也迎了上来。

"外面太冷了，咱们还是回宿舍里边吧！"说着若玉就拉起了桑洁，三个人回到了董啸的宿舍。

"这里也有点太冷了吧？还好，马上就要放寒假了！"若玉的话还没等别人反应过来，就常常转到了下一个话题，"对了，桑洁。今天几号了？"若玉一边把手放在暖气片上一边问道，双脚还不停地跺着地。

"1 月 3 号，还有三天就该放假回家了吧？"桑洁又疑问似地补上一句。

"对！"董啸听到这个日子时叹了一口气。若玉和桑洁想的是跟家人团聚。

董啸正伤心，因为孟惠琳。

"这日子过得可真真是快啊，才记得刚来学校的那时……对了！"若玉神秘地冲董啸一笑，"我想起一件事情来，那是一二·九时的事情了，你们还记得吗？"

"什么事？"桑洁忙问。董啸也笑了一笑。董啸这时候，算是知道毫无兴致是怎么回事了，若玉和桑洁兴致勃勃地聊着天，可董啸却一点儿精神也打不起来。只想一个人静一静。可他的角色是若玉的哥，若玉和表姐萧慧的好朋友桑洁聊天，他只能在这里听着。

“你难道忘记了董大班长那次‘出走’事件了?”说完，两个人一起哈哈大笑了起来。董啸气得去推若玉，若玉早就闪开了，桑洁却被若玉撞得差一点儿摔倒，三个人都乐了起来。董啸是被气乐的。

“咱班一二·九那次，董啸可是出了不少力啊，单是我们逃课去学跳舞这件事情，就险些被老师们给告到政教处去啊。”桑洁止住了笑。

“也不全是，不是你联系的地方吗？不然怎么能去学呢？可惜最终却是没有选上。”若玉说话全向着桑洁。她停了一下又说道：“那一次我们晚上 11 点多非得要去练舞不可，也够气人了，可董啸也是太小气了，才听了几句难听话就‘出走’了。害得大家找了整整一夜。”

若玉和桑洁，这时都笑自己当时的孩子气，而且还是除董啸外一群人的孩子气。半夜 11 点，在教室里练一个小时跳舞，有什么意义呢？大白天，什么时候抽不出来这一个小时的时间，非要这样大半夜去练啊。

董啸静静看着她俩，脸上渐渐绽出柔和的笑。那夜的事又掠过他的脑海……现在想来，是这样的亲切。

回忆，是不是永远是美好的多，落泪伤心的少？或者，人刻意选择遗忘一些，记住另一些。

那天是 12 月 6 日，学校按惯例举办纪念一二·九学生运动歌会，9 号就要进行最后的“彩排”了，可班里编排的节目，有一个女生还不很熟练，大家都显得很着急。6 号那天，大家都练习得很卖力，晚上一直排练到 10 点多。

散练以后，董啸回到宿舍后一直没有睡下，正当他准备去水房打水时，竟碰到了班里的张鹤，要到教学主楼去。董啸自然要问他去干什么，说是要到教室给练舞的女生送些水和吃的。接下来，不用说，董啸在教室里找到了若玉、桑洁她们几个排练舞蹈节目的女生。董啸看了一下表，已经 12 点了。他就忙对她们说太晚了，要她们一定回宿舍去。

同一件事竟然掀起了又一次风波。等到打完了洗脸水，董啸看到好些人在自己宿舍门口围着。他忙紧走几步到宿舍门口，有人说："班长，班长来了！"

想不到的竟全是自己班的一些同学，董啸轻轻放下了手中的水瓶。

"董啸，你怎么能不让她们练呢？"张鹤看到董啸进来，劈头就问。

"你怎么能那样向她们说话呢，看你明天怎么组织她们吧！"说话的是团支部书记，一个叫肖冰的女孩，是个挺负责任的团支书。

其他人，也纷纷指责董啸打击练舞团队的积极性。

董啸一头雾水，忙问怎么了。

原来是那几个女生回宿舍后，对肖冰说："班长不让练了！"之后便赌气似地睡下了。

"哪有的事情，我是想都快 12 点了，应该休息了，这个时候练，要让政教处的人抓住了……"

不等董啸说完，另一个眼睛大大的女生就说道："你这不是在打消她们的积极性吗？看明天怎么练吧。没人来了，你自己看着办吧！”

董啸想去争辩一下，可没有人冷静下来听他说一说……

“你困了，你可以先去睡，我去看着她们练啊！”肖冰有些生气地说道。

“他平时怎么对待同学们的，总一副盛气凌人的样子！”

“我就看不服他！”

不知哪两位同学在“小声”嘀咕。

董啸想说什么，他的头都快要炸开了，可他强忍着什么也没有说。他突然猛地朝宿舍门口走去，若玉在后面拖了他一下，可他没有管这些，他一直朝前走，很快很急地走，一直到了学校的大门口。他下意识地就爬上了大门，翻了过去，等他清醒了过来，才发现自己已经走在了回家的路上。他用力地甩了一下头，想着刚才发生了什么，什么也没有吗？夜色有一点点昏沉，天还是黑压压的。董啸又想到了家——一个温暖的让人留恋一生的地方。回家，是一个多么温馨的词语。

说实话，这是他第二次离校出走。而且两次是如此的巧合，几乎连过程和人物，以及话题冲突和指责他的那些话，都没有太大的区别。第一次的离校出走，被萧慧下了“封口令”，第二次就成了同学们不时常说的笑谈。

非常巧合，两次都是遇到张鹤，两次都是因为同样的事情，第一次是 11 月 28 号，这一次是 12 月 6 号。两次都是他遭到十几个人的围攻。不同的是，第二次，起码若玉是站在他这边的，若玉拉了他一把。但这两次，他几乎都没有做任何争辩，他知道不管是跳舞的还是练歌的人，以至围攻他的人，都有很大的压力，他们渴望班级好，渴望节目入选，甚至获奖。相比那些对班级事情不闻不问的人，他们要好上百倍。

所以，董啸选择不争辩，他选择了默默地离开。或许，这种逃避的方式很差劲。但这种方式，让他们发泄了，又能让事情缓和下来，不至于陷入僵局，大家各自去干各自的，各回各舍，各干各事。

而表姐萧慧和李若玉也让大家相信，董啸只是出去静一静，不会出事的。第一次，他随便在附近找了一个小旅馆住下，因为那次确实太痛苦。这第二次出走，董啸心情很平静，他选择了慢慢向在市区的家走去。

也不知走了多长时间，那座熟悉的小楼模模糊糊地矗立在了眼前，他不顾一切地向前猛跑了过去，路灯下一个拖长的影子在奔走。等到了跟前，董啸看见房屋锁上了，没有人在家。他无精打采地低下了头，爸、妈都没有回家。

他静静地站在门前，就像一尊雕像。

也不知多久之后，他打开门，没有开灯，就胡乱地走到了自己的屋子。那夜，他失眠了。仿佛自己就在他九岁那年睡过的那张舒适的床上，家里什么也没有变，依旧一尘不染，但事实上却变了。他什么也不再想，只是想着要睡觉，头昏沉沉的，可翻来覆去却总也睡不着。

而就在这同时，211 班的全班同学也度过了一个不眠之夜。那时候，对于绝大多数的中国中学生们来说，手机还是一个闻所未闻的东西，一进入 2003 年，似乎手机就在一夜间出现在了大家的手中，形形色色，高低贵贱。

虽然已经有了萧慧和若玉的保证，以及上次的经验。但在

1996年的这个冬天，担心董啸的同学们还在用着最原始的寻人方法寻找着自己的班长，他们三三两两分散开来，在偌大校园的角角落落寻找着董啸，男生们则纷纷翻出校门，在学校周围的大街上到处找着班长的影子。可他们什么也没有找到——当然是什么也没有找到。

大家都很着急，都聚集在了425宿舍——董啸的宿舍，商量应该怎么办。

人，为什么总是要犯同样的错误呢？第一次，他们十几个人把班长气跑了，第二天班长若无其事地回到了学校。这第二次呢，他们又犯了一模一样的错误，不知道班长第二天还会不会若无其事地再次回到学校。

“我不该太责怪班长了，其实我们也不该到三更半夜的时候再去练节目。”肖冰脸红了。

“也是我不对，我不该赌气对他那样说话。”董啸打水时遇到的张鹤同学看了肖冰一眼。

“若玉，你是董啸的妹妹。你看他会去哪里啊？”桑洁突然问道。大家都看着若玉。其实若玉这时候心里也完全没了主意，可她知道凭董啸的性格是绝对不会出事的，再加上有萧慧的保证，便对大家说道：“大家不要太担心了，我知道董啸明天一准会回来学校的。我肯定！”若玉说完便叫大家回宿舍睡觉去，时间太晚了，如果被巡视的老师撞见，是要倒大霉的，大霉就是一起被记过一次。

肖冰看着若玉，她松了一口气：“我也相信董啸！”她又看了大家一眼，“今天晚上的事情，等董啸明天回来了，请大家谁也不要再提，就当没有什么过，好吗？”大家的眼神说明了一切，似乎每一次争吵都是团结的洗礼，他们都默默地点了点头，也许同学们本来就没有想过再去说些什么。

可显然的，这次的“封口令”根本一点儿效果也没有。不然，若玉和桑洁不会再旧事重提。

又一个轮回。董啸第二次出走，也似乎是想要告诉大家：生活和生命，本来就是不断地，一次又一次地重复。包括人们过去犯过的那些错误，现在还在犯，未来也还会犯。

12 月 7 日那天，董啸起得特别地早，等他站到家门口时，看着眼前那通往学校的长长的路，都怀疑自己是不是走着来的。大约有十公里的路程呢。

他脸上挂着一丝笑，在笑昨晚上发生的事情，笑自己太鲁莽了。他总是这样的鲁莽和不顾一切。不然，也就不会有后来的追求孟惠琳，不管从哪个角度来讲，他都应该去追求田若南，可他却还是追求了孟惠琳，并品尝了初恋的苦涩。

他匆匆忙忙上了首班公共汽车，他想快些赶到学校去。

太阳升起来了，鲜艳得有些过分，新一天的学校生活又繁忙而节奏地展开了——那重复不变了十几年之久的节奏。

董啸摇头笑了一笑，为以前的自己，以前的别人而笑，虽然这个以前只不过一个月而已。

他转向了桑洁，桑洁迎面一个笑容，说：“董啸，给你信。”说完，就扔过来一张色彩淡雅的纸。董啸忙接在手里，是两封信，就问桑洁：“表姐给你来信了？”

“是的！”桑洁笑着点了点头。

“表姐还问，在她不在学校的这一个月，你有没有第三次离校出走?”若玉刚说完这一句，三个人就一起开心地笑了。

董啸的心突然好冷，至少他还有若玉、桑洁、表姐萧慧，可孟惠琳呢，那些闺蜜，那些追求她的男生，现在都远远地离开她了。她现在或许是一个人在宿舍哭泣。但这些，跟董啸已经没有任何关系了。

董啸匆匆看完了信，最后一页上附加的一段吸引了他，从笔迹上看得出来，那绝不是表姐写的。

也许，本来一切都好，只不过自己过去迷失了。当我看到，经历过许多事情的我，竟然像孩子一样无助哭泣时，这何尝不是一种领悟，让我把世界看得更清楚。蓝天是纯洁的，生命也是纯洁的，人何必要虐待生命呢?

董啸抬起了头：“对！人何必要虐待生命呢?”桑洁朝他微微一笑。董啸思索着，迈开了脚步。若玉叫他，他只应了一声：“我回宿舍一下啊!”说完，一阵“嗵嗵嗵”的脚步声——他朝宿舍区跑去了。

第二十二章

人世间最真挚的感情

董啸关上宿舍门，蜷缩在自己的床铺上，宿舍里的光线有一种亮亮的暗色，叫人捉摸不透。他拿出了开学以来就伴随自己的摘抄本，上面又多了两篇，他按捺住激动的心情，仔细看了起来。

我失败了，我被我自己打败了。我变得偏执、易怒、不顾一切，除了在学习中、思考中我能平静下来片刻，其余的时间，我都被焦虑折磨着，就像一只在热锅上狂怒的蚂蚁，却又苦于找不到出口。我会因一些小事而莫名其妙地发火、毫无顾忌地骂人，甚至动手。这完全不是我，这些都原本不是属于我的，可现在却全都扎根在了我的意念中。我苦恼、我拼命地折磨自己，可这却丝毫没有任何作用，换来的是更多的冷漠、更多的无止无休的忧虑……

董啸的心情稍微平静了一点儿，往事又掠过脑海，他拼命地克制自己不去想、不去想，他又继续看了下去……

人有安慰与自我安慰的理由与借口，于是他就心安理得地活下去。

不知何时，这种悲哀也来到了我的世界。当然，安慰是不可能的，只有自我安慰。我没有做我自己该做的事情时，我会对自己说：别人都没有这样去做。当我没有勇气的时候，我也会对自己说：以后机会还多着呢！于是，今天过了又是今天，今天过了还是今天，永远没有了梦想的明天。于是，一次次的机会全都失去了。一种懒洋洋的感觉仿佛侵占了我，甚至于对学业的态度也受到了影响。我极力挣脱着自己，我对自己说出了事实，我很现实地对自己说：一切还都是原来的，不属于自己的一切都已经过去了。我用力地摇了摇脑袋，我站了起来，走向了窗边，天阴阴低低沉沉的，压抑的云到处飘荡着，使人透不过气来。

似乎有一线光亮从忧郁的云层中射出，我定睛一看，不错，是一颗幽亮的星星，发出淡蓝色的纯洁的光，在整个蓝天上幽幽地闪着。“生命也是纯洁的，为什么要虐待生命呢？”我思索着，离开了窗台……

董啸真的走向了窗边，外面是白茫茫一片纯洁的雪，在那些至纯至净的白里，你看不到任何其他的色彩与任何一点污垢。雪白，总是与无边的寒冷相伴，如果没有这无边的寒冷，也很少有这无边的至纯至净的雪白。

他看了一眼，走向过道里大开的窗户旁，手里拿着那本摘抄。突然，他用力地撕裂了它，又把它恶狠狠地撕成了一片片的碎屑，从手指飞扬出去——空中又下起了一场雪白的但不是雪的纷纷扬扬。“人，何必要虐待自己呢?”董啸不禁大声喊了出来：“都去吧！去吧！让一切都过去吧！”宿舍旁几个路过的同学着实被他给吓了一大跳。

董啸不想活在记忆里，这本摘抄本无疑就是他的记忆，这记忆让他悲伤，也捆住了他的手脚，让他不能解脱。

而现在，去他妈的一切，撕碎这摘抄本，他解脱了。

董啸转过了身，猛然看见了若玉正在笑眯眯地看着自己，旁边还站着桑洁和田若南，田若南早已是泪流满面。他眼睛一热，叫道：“我的好妹妹!”他紧紧地握住了若玉的手，若玉的脸上红了一片，把手给挣脱开了。若玉只比董啸小几个月，已经是十六岁的大姑娘了。

眼光扫过田若南时，董啸的眼神有些愣愣地，眼眶一热，他赶忙把眼神移开了。田若南该是一个怎样的女孩啊?

“谢谢你们!”董啸来到中等师范学校后第二次说出了这几个字，他也没有再“结巴”，这是发自内心的谢谢，理解的谢谢。

他释然了，但不知道其他人有没有释然。

雪地中，四串脚印一直延伸到了教学楼前。若玉说要到教室里看一小会儿电视节目。

相比高中的严苛，中等师范学校累归累，但相对来说比较宽松些，每个教室都安装着电视。每天晚自习前的六点到七点半，电视机是可以打开的，学校要求学生必须看《新闻联播》。周五晚上到周日晚上七点前，住校的学生，可以随便在教室里看电视。甚至有时候，学校还会统一播放几场不错的 VCD 电影。

或许，友情会随着年纪的增长而逐渐成熟，就像一棵树木一样，随着年代的久远、岁月的流逝，它也会枝繁叶茂，越加茁壮起来。

高傲的董啸、孤僻的萧慧、活泼的桑洁、憨直的若玉、多嘴好事的张鹤和杨娟，他们逐渐地走到了一起。

也许，人世间最真挚的感情莫过于友情了。

可还是感觉很遗憾，董啸在失去孟惠琳获得很多友谊的时候，也失去了一段可以最真挚的爱情。

田若南，难道不是吗？在那个清亮的夏天，董啸在开始一段奇妙的爱情时，是不是也永远失去了一段最值得珍惜的真正“初恋”。

又是一场大雪之后，积雪初溶，很多很多地方的雪化成了水，水来不及流走，就又结成了冰，冰带来了更多的严寒。天却似乎明朗了一些，风也收敛了许多的寒意，那是春天里温暖的征兆，再过几个星期，就会是春天了。

春节越来越没有意思，一个多月的寒假，只有前一周非常有意思。不用上课了，不用写作业了，不用循规蹈矩了，完全回到那个自由的状态了。

可一周过后，就烦的不行，主要是无聊。确实，人人都佩服那种每天啥也不干，懒散极了的人，他那样的一天天，到底是怎么样过来的啊？

人实在闲的没事了，也闹得慌，就得有事干，哪怕是学习和写作业也好。

今天是 2 月 10 日，也就是春节过后，寒假开学的第一天。新的一年在不知不觉中就来到了。丹阳市的人们没有兴奋，也没有雀跃，这是一个静悄悄的新年。董啸倒是格外地高兴，不仅仅是因为憋了一个寒假，又要回到热闹的学校了。还有表姐萧慧的伤完全好了，虽然不能跑步和活蹦乱跳，但基本的独立生活和活动，已经没有问题了。于是，萧慧表姐也和他一块儿来上学了。

临行前，董啸执意不肯让爸、妈相送，他想自己一些、自由一些。

说实话，如果爸妈要送他的话，一路肯定无话可说，顶多是爸妈临走的时候叮嘱几句。但如果只有董啸和萧慧，那一路上可说的就太多了。这样的心情，父母是永远不会了解的。就是好像他们自己的父母，当初完全不理解他们一样。

萧慧久卧病床，这几天终于好了，可以下地自由行动了，她有点按捺不住内心的阵阵喜悦。坐在归校的公交车上，她直往车窗外看，还不住地问董啸这那的。这是多么熟悉亲切的一个城市啊！

原来觉得这个宿舍，这个学校，甚至这个城市，都是那样的让人不舒服。可一段时间的养伤过后，她却觉得一切都是那样美好和新鲜。

原来，健康地生活着，并且还有一些朋友，这就是最大的幸福和满足。

董啸笑了起来：“表姐，你住院后才几个礼拜就放假了啊！我和你一样，什么也不知道，呵呵。”他又皱了一下眉头：“表姐，别乱动啊，撞伤还没完全恢复呢！小心点！到了学校也一样，如果没有必要，绝对不要动。伤筋动骨一百天，你这还没有满日子呢！”

“知道，快别说了！看，学校到了。”萧慧用手一指。可不，那座淡褐红色的高大建筑又映入了眼帘。那是记载他们身影最多的教学主楼，每一堂课，他们都是在这里上的。

也许是隔了将近两个月没来学校了，姐弟两个嘻嘻哈哈闹着向学校门口走去，还没走到门口，董啸的眼光就有些迷离了，对面是一个熟悉的面庞：田若南。田若南的脸上有一丝淡淡的温柔，她说道：“啸！早啊。”董啸有一些发愣，拉过了表姐：“若南，这是我表姐萧慧。”不知怎么，只要遇到若南，董啸心底总要泛起一些波浪，似乎永远都无法压抑下去。

直到现在，董啸都不知道怎么面对田若南这个女孩。他总觉得对不起她，而且是深深的对不起。他本该爱上田若南的，可他没有，他却爱上了孟惠琳。等到跟孟惠琳分手后，他也实在不知道该怎么面对田若南。难道再去追田若南吗？他实在不敢想这个问题。

还是表姐开口了：“走，若南，咱们一块儿进学校吧！”但却是一路无话。无疑，三个人都很尴尬。

那天是不平静的一天，那夜是一个难眠之夜。

那晚，宿舍的灯灭得很晚。男生宿舍里一片喧闹之声，女生宿舍却有些出奇地静悄悄一片，偶尔有几缕轻轻的声音飘了出来。女生，永远要比男生收敛很多，就算是聊天，也是轻言细语的，极少有豪爽型的女汉子。

桑洁坐在了萧慧的床沿上，两人不知在嘀咕着什么。大家问萧慧好吗？萧慧一笑："我这，不在这儿好好的吗？好！早就好了，你们咒我啊？小心挨打！"大家都跟着笑了起来，笑声里有喜悦，更有轻松。毕竟，看到同舍的姐妹身体恢复了，不管关系如何，大家心底里都是高兴的。

桑洁忙说："咱们宿舍今天晚上开个晚会好不好？"

大家一片说好声，又有人傻傻地问，为什么要开宿舍晚会？要开什么样子的晚会？

桑洁顿了一下，清清嗓子："一，因为开学了，高兴；二，萧慧伤好了，大家又在一起了，又高兴。理由够充足吧？"

"那好，可主意是桑洁出的，大家让她先来表演一个节目，好不好？"一个声音甜甜的女生说道。

"好、好、太好了……"大家喧闹着叫道。萧慧都快笑出眼泪来了，集体生活更多的是快乐。

也正因为生活中有许多这样的快乐，人们才有勇气和希望，继续走下去。

"好个坏'韩蓉'，就你多嘴。"桑洁一边笑一边说。

大家笑得更欢了，韩蓉还插了一句："桑洁，小心笑岔气了！"

桑洁决定给大家唱一首歌，说道："那好，那我只好敬听君命了。”

桑洁开唱了，是她们那个落选的跳舞节目的歌曲：

人潮人海中有你有我
相遇相识相互琢磨
人潮人海中是你是我
装作正派面带笑容

清脆而强有节奏的声音又一次冒了出来。

不必在乎许多更不必难过
总究一天你会明白我

在新年的最初，这是很流行的一支曲子，这首歌的声音很快唱遍了大街小巷，如今再次听来却感觉傻傻的，纯纯的，也许，正是那个年代我们的真实写照吧！不荒唐而又喧嚣，宣示着那一代的青春年少。

随着这欢快悦耳的音符，萧慧开心地笑了——为自己，为眼前兴奋异常的桑洁，她又看到了之前的那个活泼可爱而纯净的桑洁。

青春，真是一朵永不凋谢的奇花啊！一代代盛开着。

董啸此刻站在带着春寒的清冷月光下，旁边还有一个婀娜的人影，是田若南。田若南的双眼在月光下闪闪发亮，她洁白的脸平静如水。董啸一言不发，听着田若南说话。

“啸，你知道吗？一开始你就错了。你知道吗？”若南停顿了一下。

“知道吗？当我第一次看到你到我们班里查晚自习的时候，我就偷偷地喜欢上了你！每天晚上7点40分，你都会准时到我们班来。我从7点就开始看表，就开始喜悦地等待，直到你来。我就想静静地看你一会儿，看你问别人话的样子，看你专注地在本子上记东西的样子。我也期待着有一天，你会看我一眼，问我一句话。可惜你却没有，难道你没有发现，在你查自习时，有一个女孩一直在注视着你吗？”若南轻轻地叹了一口气，“当那天晚上，你给惠琳姐送来两张电影票时，我特别高兴，我以为你要邀请的是我，让惠琳姐转给我的。可惜我以为错了，我很伤心，你爱的是惠琳姐。你始终没有注意到我。你一点儿都没有注意到我。你教我溜冰，那么细心那么体贴，却也只是细心，只是体贴……”

面对美丽的田若南，董啸默默地感叹，在自己恣意感情的时候，竟没有注意到一个美丽善良的女孩竟一直看着自己，注意着自己。自己是多么的麻木，多么缺乏细心啊。

对于真正的爱情和初恋，自己茫然无知，却拼命去追求一时的打动和喜悦。

“若南，孟惠琳与我，已成为永远的过往，所有关于我们印记的东西，我都全部撕了个粉碎。就在一场大雪飘落的那天，一切关于我们的都远去了。确切地说，我也不知道我爱不爱她，但她是确定了不爱我，只是好感而已。我绝对不会喜欢一个不爱我的人，绝对不会!”

董啸说完这些，默默地看着若南，心底涌上了一层悲伤，难道注定要与生命里的女孩一一错过吗？他叹了一口气，说：“若南，做我的妹妹好吗？我以后就是你的哥哥。”

若南轻轻地啜泣了起来，回答：“好，好，好哥哥！我值得拥有你这样优秀的哥哥吗？我值得拥有吗？”

董啸的眼眶痒痒的，泪也涌了上来，他轻轻地将若南拥在了怀里：“若南，是我不好，不要哭了，都是我不好!”

夜深了，也更静了，田若南的哭泣声和董啸轻声安慰，远远地听来就像是积雪初融的声音。

而他们之间的积雪，消融了吗？

第二十三章

恋爱是少数人的事情

这是初春以来的第一场小雨，春雨贵如油，那是形容它的实用性，北方春天的雨，一点儿都不温柔，像是一种施虐。

天色昏暗昏暗的，有一种暴风袭来的气氛，给人一种莫名其妙的烦闷感，叫人喘不过气来。北方的春天，往往会持续冬天的干冷，干燥的干，寒冷的冷。

课间操的铃声刚刚响过，冷冷的风夹着雨滴到处乱窜，“嗒嗒”地敲打着玻璃窗，这种声响让少男少女们的心也很烦躁。

董啸正望着阴晦的天空发呆，忽听到背后“啪”的一声响，好像是一个巴掌打在了谁的脸上。他猛地一回头，心下立时一惊，只见两个男生攥紧拳头，打成一片了，其中一个的鼻孔已经流出了鲜红的血，可他们还是在奋力挥舞着拳头，往对方身上、脑袋和脸部招呼着。

打架的两个男生，一个是张鹤，一个是黄晓海。

董啸只是一愣神，然后就猛地跑了过去，凭着自己高大健壮些的身材，董啸用一只手“啪”地抱住张鹤，用力向后一拖，两人登时就分开了。同时，李凯飞把黄晓海也拖开了。从两个人现在的身体情况来看，显然是黄晓海吃亏了。张鹤看上去没有任何事情，而黄晓海的鼻孔正不断向外淌着血。

董啸见架已经完全分开了，赶紧松开了手中的张鹤，他静静地望了他俩几秒钟，盯着他们那余怒未消的眼神。董啸显然发火了，可他又拼命保持着克制和冷静。不管是在普通高中，还是在中等师范学校，男生之间打架，都是最司空见惯的事情，但打架都是在暗地里，周围没其他人的时候。像张鹤和黄晓海这样公然在教室里打架，如果被校方查到了，就是留校察看一年。只要被留校察看，在未来两年内，不能通过校级荣誉（比如优秀团干部、优秀学生干部、一等奖学金）来消除，这样一来，就只能拿到结业证，拿不到中等师范学校毕业证了。

他动了一下嘴唇，话就像现在的天气一样冷冰冰地说了出来："李凯飞，你先带黄晓海去洗一下。"他平时叫人可是只叫名不带姓的，除非是两个字的名字，可这次却例外了，显然他已是很生气。

看他们出去了，董啸又转过了身，说道："张鹤，现在我不想对你说什么。你先回宿舍，课间操后再来上课！"董啸是在给自己留时间，他不想匆匆忙忙地处理这种事情。他预感到是不是有一些什么事情发生了……

当然，他也是在保护张鹤和黄晓海，他们两个现在的样子，确实不太适合让老师们看到。如果不慎让老师们看到了，那后果会很严重。

黄晓海是一个看上去文雅娴静的男生，总给人一种有点含羞的感觉，平时在同学们中间，他也是说说笑笑、挺心平气和的一个人。可这次，他为什么跟平常就比较“刺儿”的张鹤打起来了呢？而且打得这么不遗余力。董啸不禁想起了他在班里“新年联欢会”上唱的那首“歌曲大串联”。黄晓海虽然有点害羞，但却是一个很能搞笑的人，用现在的话说，就是冷幽默。

此刻，董啸的心头又涌上了一丝笑意，嘴唇也跟着动了一下。他心想：这么一个人，怎么会莫名其妙地打架呢！其中一定有什么更重要的原因吧？他低头看了一下窗户下面，不知道什么时候，地面上早已铺上了一层不太薄的雪。天又下起了一场大雪，来迎接这个春天。只是雪地上那一串殷红的血让董啸心底一惊……李凯飞用脚踢了一下那串血，血就藏到雪白里去了。这时候，董啸正看着他们从教学主楼下走过。

看来，李凯飞确实是一个心细缜密的人。

张鹤本身就是一个嘴有些快的人，遇到任何事情总是“当仁不让”，可实际上也不是有坏心眼儿的人，而是有什么说什么，不藏在心里。他俩到底为了什么事情，值得这样大打出手呢？董啸一脸的困惑。

那一天，他一直在琢磨这个问题，以至那一天后来的课上他一点儿东西也没有听进去。在楼道里遇到田若南时，面对若南的微笑，他竟然一瞬间面无表情，当看到若南转身生气要走时，他才赶上去解释：“若南，我刚才在想事情，不要生气啊？”若南破涕为笑，回说：“啸，我是故意逗你的。”

董啸就突然觉得，张鹤和黄晓海的打架斗殴，就是一场故意“逗”他的事情。而且，这个“逗”还真就逗准了。

这天的晚自习，黄晓海没有来上。董啸那天过得也是有些稀里糊涂。他把晚自习的事情简单地安排给了团支部书记肖冰——那是一个极负责的女孩，便早早地下自习了。他和黄晓海是一个宿舍的。可他没有留意，纪律委员也没来得及告诉他，还有一个人也没有来上自习，这个人并不是张鹤。

此时的董啸，无暇顾及这些事情。他沉浸在自己的心绪里。

董啸急匆匆地下楼，又忙忙地穿过教学主楼和宿舍区长长的马路，宿舍就在眼前了。他松了一口气，正要推门进去，忽听有人在说话，是女生的声音，似乎还有人在哭泣。董啸的手，就停在了门把手上。这个时候，宿舍应该只有黄晓海，那个女生是谁？

董啸屏住了气，仔细一听，竟然是李若玉。这更使他大吃一惊，他不明白这件事情跟若玉竟然有关系，可直觉告诉他，他的若玉妹妹确实是跟他一样，卷入了青春不可避免的那个漩涡。这个漩涡，人人都想被卷入，可是卷入后，辛苦总比甜蜜多。多年后回忆起来，却只剩下了甜蜜。

黄晓海的声音打断了他的思维。

“你知道吗？就是因为开学那次军训，教官让我们面对面站军姿时，我就开始注意你了，若玉。”晓海止了一下，董啸看不到晓海的表情，但可以想象那种专注与热烈，他的头一定是向后一仰，但和董啸不同的是——泪已经涌出了晓海的眼睛。泪水与鼻血齐流，那会是怎么样的场景？幸好，黄晓海的鼻血已经止住了，只是鼻子和嘴还是肿的。张鹤受伤也不轻，当时看着没有什么，但事后才发现，他的左手破了，现在肿得厉害。幸好，张鹤不是左撇子。

董啸是不会落泪的，面对自己的初恋，他都没怎么流泪，何况是别人的。

“那时，我每看你一眼，你就会有一个温和美丽的笑，那种感觉真是说不出来的亲切温馨美好。”若玉没有说话，只静静地听着晓海说话，静静地望着他。其实，不管班里哪一个同学望向若玉的时候，若玉都会报之以微笑。只是，黄晓海被这种微笑感染了。

“还有，董啸装‘班主任’骗咱们那次，让咱们报名时，我一听到‘李若玉’这三个字……”晓海自己也说不清为什么没有直接说下去，他先是吐出了一口气，好像这口气憋在心底许久似的，“我就深深地把这个名字记在了心里。你平时那活泼好动的样子，细心关心别人时的微笑，我真的觉得你特别特别好，我……”

若玉这时打断了他，董啸心里也在想着一个人，那个人和若玉一点儿都不一样，她决不会插话，只会那么专注地听，用鼓励的眼神看着你，是那么的纯情和善良，让你有勇气一直说下去。他想到的是孟惠琳，可眼前分明却浮现起田若南的样子。董啸摇摇头，把这些影像暂时从头脑中清除。

爱人，并不只是倾听者。初恋的少男少女，往往会被喜欢倾听自己的人吸引，却忽略了爱本身。

“是的，可我对谁都比较关心，对谁都是一样的呀！大家都是一个班里的，我觉得没有什么分别啊！”是若玉那略微急切的声音。

“不是……我不说这个，我是说……我……”晓海没有继续说下去，他显得有些结巴了。

“说什么，说‘喜欢我’吗？可你为了这个去跟张鹤打架！”

若玉显然有些生气了。董啸和晓海一样感到吃惊，若玉的话竟是这样的直入主题，半点余地不留。可这样的话，对于爱情来说，是不是更合适呢？当断不断，反受其乱。

“若玉，可是为什么就不能让我保持那种温馨的感觉呢？是……是不是你真的喜欢张鹤。”黄晓海又有点结巴了。

“偷听者”董啸也开始有些疑惑：“难道，若玉真的喜欢张鹤，又或者是她在张鹤和黄晓海间举棋不定，这才导致这两个男人打架，而且是公然在教室里打架？”

若玉没有再让他说下去。她站起来，大声地说道：“我谁都不喜欢。你知道我哥董啸吗？那就是一个例子，为什么我们不能做好朋友，为什么……就像我跟我哥董啸一样，我既是他妹妹，又是他的好朋友！”

董啸眼睛有些湿润了，他始终不相信男生女生之间会有好朋友这样奢侈的关系存在着。他再也不能忍受，他不想再听下去了。不知道为什么？当他听到自己妹妹这些事情，想到有一天他妹妹将要跟一个男生在一起时，心底就涌上了一种莫名的思绪，讲不清道不明，却又是真切地心伤。虽然李若玉只是他认的一个“干妹妹”，但却同样有亲人的感觉。

他转过身，走到离宿舍门口不远的地方，故意狠劲地跺了十几下。猛一转身，又回来推开了宿舍门。董啸静静地看了他们俩一阵，若玉也盯着董啸看，黄晓海低下了头。

“是的，我就是一个活生生的例子。我至今许多时候都还在为她而苦恼——即便我也骗不了自己。”董啸的声音有一些沙哑了，但他说出这句话的时候，他自己明白了，其实，他根本不必走远点去跺几下脚，他直接推开宿舍门，进来就行了。这句话，让他“此地无银三百两”了一次。

“你也知道，我现在跟从前还是一个样子吗？我自己也知道我变了，每当宿舍发生争论时，以前我总是第一个发言并近乎疯狂地参加讨论，非要跟意见不一致的人辩出一个结果不可。可现在呢？我竟然也成了一个无关的旁听者。为什么，仅仅是为了你现在跟我一样的念头吗？”他压抑了一下自己的激动，“若玉，你走了这一步，而不是对它隐藏，你将是第二个‘董啸’！你的所谓‘爱情’也将是我的复制品而已。但我很高兴看到，你走了这一步。”董啸没有再说下去，晓海很是吃惊，似乎他没有听明白董啸的话，呆呆地望着董啸。

其实，董啸自己也不懂。但他明白，这所中等师范学校的每一个少男少女，其实打心眼里都想来一次轰轰烈烈的恋爱。但实际上，真正去恋爱的人，五十个人中也没有一个，全校两千七百多学生，有五十个人谈恋爱，就已经顶天了。

为什么大家都只是想想，而没有真正去迈出那一步？因为绝大多数人都明白，什么年龄干什么事情。这中等师范学校三年，如果不好好学习，毕业后根本没有能力当老师，就算给你明白的教案，照本宣科都难。照本宣科也是需要能力和知识储备的，不要把照着读想得那么简单。

董啸定了一会儿神，起伏的心情终于平静下来了。他转身走向了门口，外边传来他“咚咚咚”的脚步声。

“哥……”后面传来若玉的叫声，董啸偏了一下头，没有理会，身影消失在了楼梯转角处。

董啸只能建议，也只有建议。他已经尝试过恋爱了，他主动追求孟惠琳，他和孟惠琳恋爱了，做男女朋友了，就算只有一个星期，那也是恋爱了。而且，他现在跟田若南的关系，也说不清道不明。在这样的状态下，他没有任何理由要求别人怎么样怎么样。

决定，还是黄晓海和李若玉自己拿吧。李若玉是一个非常有主心骨的女孩，如果她下了决心，别人很难改变她的决定。

对于自己和田若南，董啸决定顺其自然。跟孟惠琳经历了一次极其短暂的初恋后，董啸反思了自己的行为和语言，其实，打心眼里，他是喜欢田若南的。不然，一个男生会花近四个小时的时间教田若南来学溜冰？田若南也很喜欢学，并且，两个人都完全投入进去了，学完了，不仅不累，还兴高采烈。

这不是喜欢，是什么？只是，虽然是同龄，田若南知道这就是喜欢，而董啸不知道，董啸根本不知道自己的喜欢、自己的爱到底是什么？他认为他喜欢孟惠琳，他就去追孟惠琳了。可是，他认为的却不是事实，他认为的却没有任何幸福，只有苦涩。

直到痛苦地分手后，他才认识到自己错了，错得离谱。而男生的自尊，却让他觉得很对不起田若南。奇怪的是，觉得对不起就应该弥补，那就应该跟田若南在一起。可相反，他越觉得对不起一个人，越是没脸见她，更没脸跟她在一起。殊不知，这样相爱的两个人，因为一方的没脸见另一方，而残忍的分别了。这到底是爱，还是不爱？

董啸和田若南，到底是错过，还是相爱。不管结果是什么，这场爱情已经注定是错综复杂的。

第二十四章

一场真正风花雪月的爱情

董啸任凭自己在空旷而寂寥的雪地里跑着，一串凌乱而孤独的脚印在向前延伸。他想赶快回教室，去找张鹤，他觉得自己还想对他说一些话。可他又停了下来，就那么站在雪地里，风呼呼地响着，吹向董啸，钻进他的身体里，可他感觉不到冷。他的思维现在特别混乱，他不知道自己应该去说些什么，做些什么，更无法去思考。他竭力想让自己冷静下来，可却无法办到。他慢慢地向前踱着，雪“扑扑”地落在他身上，然后再滑到地上。

他很多时候也会抱怨，管好自己的事情就行了，别人打架、吵嘴、生气，就让他们去吧，这跟自己有什么关系？可是，“班长”这两个字打消了他的这个念头。因为你是班长，你就得管。这就是你当班长的代价，你获得了“权力”，当然，也得履行义务。

董啸原来绝没有体会到这种感情，这种亲情是那样的奇妙。当看到自己那活泼可爱的妹妹即将成为他人的女朋友时，心底里的失落与感伤是那样地深刻。之前他们尽情地快乐，尽情地笑和闹，可今后，这一切都只能成为回忆了。如果你的妹妹有了男朋友，那么，你们之间将也彻底地矜持起来。

也许，是董啸太颓唐了一些，但他却隐隐觉得，自己今后与若玉交往，一定要特别拘谨一些了。虽然自己是哥哥，若玉是妹妹，但这种拘谨却不可避免地汹涌而来了。

女孩子长大了，总是要嫁人的。这种心境，不管是父亲母亲，还是哥哥姐姐弟弟妹妹，都是有一些恓惶的。

正在董啸举棋不定间，背后有“簌簌”的脚步声传来，董啸一愣，拍了拍身上的雪花，想不到这么大的雪，还有人走来。近了，是一把紫蓝色的雨伞，到了董啸跟前就静静地站着不动了。然后伞就慢慢地举过了董啸的头，把两个人放在一袭幽暗昏明的紫蓝色下。

是田若南，若南用清亮的眸子静静望着董啸，有些忧郁地说：“我看到你从教室里出来了，很着急的样子，就跟了你出来。”董啸的鼻头突然有些酸，这是一个怎样细致的女孩啊。看到自己急匆匆地走出教室，如果不是偶然，那该是投入了多大的精力和热情。董啸张开口，仰一下头，将眼泪逼回眼眶里，对若南说：“若南，我以后出教室的时候，在你们班窗口告诉你一声，这样上自习你就不用一直向外看了。”说出这句话的时候，董啸眼中差点流出眼泪。

田若南用脚踢着雪地，在地下画出一道道横线：“啸，很多事情，都是我们无法控制的，要强求反而伤人伤己。我们要用一种自然的心态来看待，来接受。啸，知道吗？我看到你烦恼、心伤的时候，我就感到特别难受，特别无助，知道吗？”田若南的声音有些哽咽了，手中举的伞有些晃动，几片雪花就猛地砸在董啸的脸上，让他浑身一激灵，她是一个这样让自己心疼的女孩啊。

现在细细想来，他对孟惠琳的感觉，或许更多的是一种欣赏与舒适，喜欢和她在一起时的那种恬静与愉悦的味道，喜欢她那样大方的、活泼的、引人注意的女孩子对自己的倾听。对于表姐，那是一种敬重与血浓于水的亲情。对妹妹若玉，是一种亲切与爱怜的喜欢，若玉就是自己那时而淘气、时而任性的小妹妹。对桑洁，是一种怜悯，她很辛苦，她很努力，却得不到大家的理解，董啸希望她过得好。唯独田若南，是一个让他心疼的女孩。

若南默默地喜欢董啸，默默地为他付出，丝毫不怪董啸不懂她的心。在爱情的世界里，是不是谁爱得深，就得付出更多？而爱得浅的那个人，就一次次地错过本来的美好和幸福。

爱情，就是这样的无来由，就是这样的不公平。而往往等到我们明白过来的时候，一辈子已经就过完了。

董啸握住了若南的手，紫蓝色的伞停止了晃动，雪“扑扑”地打在伞面上，然后再沉静地滑落到大地上，轻柔而无声。董啸的嘴唇有些哆嗦，或许是因为雪天的冷，或许是一种莫名的情绪。“南，哭一哭吧，哭一哭就好了。”他说完了这一句，看到田若南脸上真的泪如雨下，若南不是不伤心，而是知道伤心没用。现在，她的心终于融化了董啸的固执，或者说是让董啸丢弃了因对不起“她”而逃避着她的可笑自尊。

董啸扔掉了雨伞，轻轻地捧起若南的脸，静静地望着，心头有疼痛的感觉，任凭雪簌簌地落在身上。他责问：为什么自己给这个女孩带来这样多的伤心与无助。

其实，董啸不懂，这种心疼才是真正的爱情。真正的爱情，从来都是疼痛多，幸福少。只有真正爱恋过的人，才会明白这一点。

他轻轻地叫着："南，不哭了，不哭了，南。"看着轻轻啜泣的田若南，董啸心头的疼痛愈加深刻起来。他忍不住用嘴唇亲吻了一下若南的眼睛，田若南浑身一激灵，闪开了。

董啸的嘴唇，感觉到咸咸的凉凉的一种温馨。那一刻，他终于下了决心，一定要好好待这个女孩，好好地去爱她、照顾她。那是怎样的一种忧伤的幸福啊。他慢慢地把若南拉向了怀里，轻轻地说："南，以后我再也不要让你伤心了。"说完，董啸静静地弯下头，吻着若南的嘴唇，若南没有躲闪，而是慢慢闭上了眼睛。雪落了下来。

董啸后来一直说：那是一场真正风花雪月的爱情。

虽然，这个爱情来得迟了些，突然了些，并且中间还有种种阴错阳差，但它终于还是来了。所以，这个爱情是幸福的。

孟惠琳在窗口看到了董啸和田若南的整个过程，她长长地吐出一口气，静静地望向远方，脸上似乎有微笑。这口长长的气，是否标志着她身上那无法解脱的重担，也解脱了。

桑洁、若玉和萧慧，在另一个窗口看到了董啸和田若南的整个过程。她们三个相视一笑。这种微笑，不言而喻。一场真正的爱情和恋爱，可以让董啸改变，变得更好，更善良，更像他自己。

这场初春的大雪，竟然是这样的温暖和惬意。这一幕，是不是标志着明天积雪消融就是春暖花开的日子。

愿每一份爱情，都能够到它本来应该能够到达的位置。不管是风花雪月的爱情，还是平淡无奇的爱情，能够正确对待它就够了。大概这就是爱情的本质。

第二十五章

青春，会找到自己的出口

又是崭新的一天，可一切依旧，一整个寒假孤寂过后的兴奋劲儿，在开学的最初几天就消耗殆尽。一切都还是昨天的一切，还是那个老太阳，懒懒散散地照着大地，不同的是，遍地的雪好像亮了一些。春意，已经在悄无声息地袭来了。

校园生活照旧进行，早早地起床，出早操，死命地打扫教室和责任区卫生（在中等师范学校的生活，打扫卫生绝对是一个重中之重，是超越一切的，甚至是完全超越学业本身的），然后是吃饭、上课，一成不变，什么也没有发生，什么也没有改变，可人们总是期待着发生一点儿什么，并兴致勃勃地好奇地等待着。

正因为有这种期待，有这种发生奇迹和兴奋事件的基础，所以，人们不会总失望。于是，在奇迹和兴奋的事情发生的时候，绝大多数人就可以安心地当一回看客了。

又到了上晚自习的时间，很多时候，我们没有注意这一天是怎么度过的，可天却准时地黑了下来。时间就这样永恒地流逝着，它不会因为谁而慢一点儿或者快一点儿，永远不会。

董啸在看物理课本，可好半天了还是那一页。他想是不是该把张鹤和黄晓海打架的事情对班主任说。他犹豫了一下，合起了书。不用，也许早就有人告诉了吧！他长叹了一口气，就那么坐着，好像在等待着一些事情的发生。其实，不管是董啸，还是董老师，他们都明白，张鹤和黄晓海打架这件事情，虽然发生了，但没有什么严重后果，两个人就是手肿了皮破了流了点鼻血，没有大的影响。这件事情，董啸和董老师，都想就这么过去。否则，一旦报到学校，那将是严重的后果。

在中等师范学校打架，是很恶劣的。特别是，人们不能容忍两个未来的老师在公众场合大打出手，而且还是为了一个女生。虽然中等师范学校的学生还不是老师，只是未来的老师，但这种看法，是没有区别的。老师和未来的老师，实质上，只是年纪的差别而已。

正这样想着的时候，教室门突然开了，董啸的神经猛地震了一下，是一个陌生的同学，教室里的人都抬头望着他，他就不好意思起来，小声说了一句："董啸，董老师叫你呢！"说完，门就关上了，可这也足够大到让全班同学都听到了。

几分钟后，董啸坐在了董老师对面那把他不知坐过几次的椅子上。刚开始坐到这个位置上的时候，面对办公桌后的董老师，董啸有一种被审讯的感觉，但坐得多了，也就习惯了，或者说是麻木了。他望着董老师那张再熟悉不过的脸，心里不知怎么，突然涌上来一种凉凉的感觉。还是董老师先开口了。

“董啸，复习得还行吧？又快要到期中考试了啊！”老师脸上挂着一丝难见的和蔼的笑。

董啸低了一下头，该怎么回答老师呢？就说因为……因为……耽搁了学习吧？他不想欺瞒董老师，但还是下意识地说道：“差不多吧！”说完笑了一下，那是一个冻僵在脸上的笑容。董老师跟着苦笑了一下，脸部肌肉艰难地牵动了一下。

董老师实在不相信，学习成绩这样好的董啸，竟然说出“差不多吧！”从他的口中应该听到的是“没有问题，一切都准备得很棒”或者诸如此类的话。所以，董老师就没有接活，他在等着董啸继续说。

“不过，我会考好的，董老师，请放心，我正在准备！”董啸不想使老师太过失望，他仰了一下头。其实，董啸只是没有准备得十全十美，但该复习的该学习的，都已经复习和学习到了，只是欠流畅。

“这就好，这就好……”笑容又爬满了董老师的脸。董啸还是第一次这么仔细地观察董老师，光亮而硬挺的头发向后梳起，线条清晰的面部，深邃的眼在一副金色镜架后闪烁着。那个严厉而生硬的董老师，在半年多的时光流逝中，渐渐地柔和了起来。

“最近班里没什么事情发生吧？我不常在，还行吧？”董老师一脸的问号。

“还可以，其他方面都很好，就是迟到多了一些。”董啸脸有些发烫，他不想骗老师，在中等师范学校打架，那是需要严肃处罚的行为，最严重的处罚可能就是退学，因为这种行为不符合师德的要求。这个师德，对于董啸他们尤其严格。因为他们这一届，市政府是要包分配的。学习最拔尖的，可以留在丹阳市区的中小学任教，学习排名靠前的，可以到丹阳市的各县区中小学任教，比如董啸的家乡丹朱县，学习中等的，也可以到各乡镇中小学任教，学习最差的，也可以分配到农村的小学校去教书。虽然地点不同，但同样是吃国家饭、领国家工资的正儿八经的有编制的老师。这个，也许是当时中等师范学校最大的吸引力。

可董老师又怎么能理解呢！董啸简单说了一些情况，无非就是一些最近迟到早退和请假比较多，但还是在正常范围内，还是可控制的。说完这些，就不再说话，他望着董老师，眼神有些恍惚。

“这个，开班会时我会再强调一下，这不是好习惯。另外，你也得对他们惩罚一下呀！董啸！让纪律委员记仔细些！”董老师严肃地说，“这个可不是好现象。一定要在期末综合考评中体现，扣分或加分。”

“好的！一定严肃执行！”董啸应到。

实质上，董啸和董老师都不用明说。这个扣分，指的就是张鹤和黄晓海打架的事情。虽然这个事情发生在211班内，算是揭过去了，但惩罚还是要进行的。毫无疑问的，张鹤和黄晓海一年级第二学期的综合考评，要各自退后不止十名了。

这个综合考评分数，对于每个学生来讲都非常重要，这是毕业分配时的几乎唯一指标。毕竟，能够拿到校三好生、优秀班干部、优秀学生干部和一等奖学金，等荣誉的学生，那是少数中的少数。

“你们快要升二年级了吧！”董老师突然问，说着把脸朝向了窗外。

“是的，还有两个月多一点儿!”

“你算得这么清。”董老师笑道。

“是，董老师!”董啸的兴趣上来了，“董老师，我有一种欲望，就想快点学，早点升级，能早些毕业参加工作。我来上中等师范学校也是这个念头驱使的。”

董老师又笑了：“跟我上大学时一个样子，可你为什么不再深造，向上爬一爬呢?”董老师长叹了一口气，“如果在大学时我再努力一点儿，或许比现在要好得多。”董老师一脸茫然，不知他在想些什么。可董啸觉得，那也是一个想法，一个愿望和梦想，只是错过了。董啸想：董老师的梦想应该要比自己的更好一些、更大一点儿。

大家都知道，董老师是南开大学的高材生，但不知道什么原因，南开大学毕业后，竟然来到丹阳市中等师范学校任教。虽然丹阳中等师范学校在丹阳市很出名，但在全国甚至在全省，丹阳市中等师范学校就没那么知名了。但董老师自己不说，也没有人敢问他是怎么回事。

董啸想，可能董老师这一生，都不会对人提起这些往事和心事。

“老师，你现在学也来得及呀!”

“不行啦，人不老脑筋先老了呀!”董老师说着就大笑了起来，“说这干什么，咱们谈点别的吧!”

“对了，董啸！这么长时间了，咱们班数你和我接触的时间长，你觉得我这人怎么样?”董老师兴致勃勃地问道。

“你吗？说话干脆、不绕弯，不像有的老师，办事拖拖拉拉的，还说自己是委婉呢！”董啸望着董老师说道。

“谁拖拖拉拉了？哪个老师？”董老师笑着问道。

“这……”董啸笑脸顿时“冻”住了。他没有想到，董老师会真的问他。这一问，他卡住了。他担心，如果他说了，董老师事后当笑话说给这些老师听，以后他董啸还怎么在中等师范学校里“混”啊。

幸好，董老师只是开玩笑：“好了，开个玩笑，不‘逼’你了！”董老师爽朗地笑了起来，但线条明显的脸部，却始终艰难地抖动着。这就是传说中的皮笑肉不笑吧？

“就是有一点，董老师。同学们说你去教室太少了！班会一次，上课两次。”见董老师高兴，董啸乘机说道。

其实，这个真不能怪董老师。怪就怪中等师范学校的师生比例实在太低，说1:50绝对不过分。就说董老师吧，除了是史地政教学组组长，还要代八个班的课，又是211班的班主任。光代课，就够连轴转了。中等师范学校的课，又是大课，一节课就是90分钟，再加作业批改、备课、考试等，那真是忙死了。一个星期，能来自己当“老班”的班三四个小时，已经很不错了。如果算上上课时间，那绝对超过十个小时了。

“那好，看来我得‘抽空偷着转’了。”董老师笑着把这件事情写在了记事本上。然后郑重地问道：“董啸，问你一件事。”他停了一下，好像需要鼓一下勇气，“咱们班有没有……那个……谈恋爱的？”面对这群普遍十七、八，最大年龄十九岁的学生，董老师最终还是提出了这个问题。这也是教师面对这个群体时的普遍疑问。

或许，今天董老师找董啸来，有没有谈恋爱的，是他唯一想问的问题。但董老师不好意思直接说出口，就进行了一系列的铺垫，最后，才转到了这个正题。董啸笑了一下，感觉自己脸红红的。董老师作了一个作罢的手势。但董啸觉得，他有必要说下去，他不说下去，就不痛快，董老师也不能释怀。

“董老师，我今天已经十七岁了，还是比大多数学生小了一岁，大多数人已经十八岁了。”董啸长长出了一口气，“在我们这个时候，谁都会有这种想法的。遇到一个心中喜欢的他（她），这真是再平常不过的想法。”他吃惊于自己的勇气。董老师静静听着，没有作声，只是默默地看着他，好像在鼓励他继续说下去。

“我赞成有这种想法，为什么不呢？因为这是必然的。可为什么很多人，特别是很多老师，却要撕破那层隔膜呢？为什么要介入，何不保存一点儿美好的想法呢？何不留恋以前那纯真的回忆呢？如果老师们没有介入，没有撕破窗户纸，那它就只是一种美好的存在。但如果老师非要介入，那真就可能发生点什么很严重的事情。”董啸显然有一点儿激动，“我不管我们班有没有这种现象，但我知道，每个人都会经过并度过这个阶段的，不论用何种方式，都会使自己解脱，而不会沉溺。我想，老师插手，只会催化它更多地出现，而不是让大家都遗忘掉它。我也相信，青春，会找到自己的出口，不用人为它担心。”

董啸又长长地出了一口气，一下子说了这么些话，觉得心情有些痛快了，不知压在心头的一些什么，突然没有了。董老师望着他，轻轻地笑出了声。

“董啸，我相信你，相信你们这一代，相信你们会处理好的。”董老师望向了窗外，似乎这又勾起了他的一些什么回忆，那么遥远而又在眼前的回忆。他突然转过了头：“董啸，我不会介入的，我相信你们！青春，会找到自己的出口，不用为它担心。”董啸笑了起来，那么轻松。两只手——一只沉重而大，一只大而白皙，紧紧地握在了一起。

青春，会找到自己的出口，不用为它担心。

这个世界上，本来就没有什么早恋之说，只是中国人发明了它，而它也变异扭曲了无数少年。爱情，是没有年龄之分的，在十六七岁花一样的季节里，不容许一个少男爱上一个少女，或者禁止一个少女爱上一个少男，就相当于不容许一个年轻漂亮的女子喜欢漂亮衣服和化妆品一样艰难和违心。

这种少男少女的爱恋，是整个人类历史中最纯净纯洁的爱。它纯到只是想一起说说话、聊聊天、上自习、做作业，最出格的也超不过一起拉着手，看一场或青春或爱情的电影。阻止这样的爱，简直就是大煞风景。

青春，会找到自己的出口，不用为它担心。

第二十六章

一些关乎心灵和时间的美好东西

又是一个礼拜到头了，那些阳光最灿烂的日子，总是时光匆匆又匆匆，总是在我们还来不及把那些美好珍藏的时候，它就急急地过去了。留下来的，只有每天的浑浑噩噩，更奇怪的是，在多年后回忆起来，我们却把这种浑浑噩噩也当成了美好。

张鹤的事情还是没有任何头绪。董啸这个双休准备回家一趟。其实，如果双休在学校没有玩伴的话，那是很孤单的。

背起背包——每个周五回家时背包总是空空如也，而当周日晚上回来的时候，背包就是沉重的、满满的。他临出门时，犹豫了一下，转过了身。他不知道这个犹豫是为什么，这可能就是传说中的第六感吧。

他转身时差点撞上了一个鼻头，一个人猛地向后躲了一下，原来是张鹤正好跟在董啸的背后，准备出门。他一笑，董啸也迎面一笑："祝你好运啊！小伙子！"董啸说完没等张鹤答话，就转身自顾自走了。

望着董啸的背影，这同样也是一个高大的大男孩啊！张鹤突然间想说些什么，可张了张嘴，却什么也没有说出来，只觉得心底忽地涌上了一种失落的感觉，这种感觉是这样的突如其来。就像一阵伤心一样，突然塞住了自己的心灵。他在想：是不是两年毕业以后（中等师范学校都是三年制的，现在一年级很快就要结束了），董啸也会这样离去，只留下一个高大的背影给自己，这辈子有可能再也不会相见。

张鹤突然就觉得鼻头有些酸楚，眼睛就像迷上了一层雾，他用力一扭头，向四周看了看，也有几个同学在收拾回家的东西。他忙低下了头，在心底默念了一遍：董啸，其实你是很不错的，你就是最合适的班长。

或许，董啸不需要再做什么，张鹤也不需要再去做什么，少年自然有少年的和解之道。这两个少年，一个十六岁，一个十七岁，就这样在心底里彻底和解了。

“什么，什么不错，张鹤?”李凯飞仰起脸问道。

“没……没什么，我说天气呢!”张鹤有些慌乱地答道。他没有意识到，他心底这样想的时候，他的口也说了出来。

李凯飞没再说话，用力一拎书包，迈出了宿舍门……

张鹤的眼又一次模糊了……他在想：真的到了离别的那一天，自己一定会最后一个离开，要把所有的同学都一一送走。他忍受不了自己先离去的痛楚与怀念的痛。更忍受不了，在一起整整三年的舍友、同学、亲密的人今后将变成远处的熟悉的陌生人。熟悉是因为在一起三年，连最微小的习惯，都彼此知道；陌生，是因为生活的忙碌而相见的机会很渺茫了。

离别，往往就是一生的最后一次离别。

董啸回到家里时还没到正午，门没有锁上，他轻轻地推开门，里间传来了说话声。

“是妈妈！”董啸差一点儿叫出声来。正准备一闯而入，他忽然想到：等等！看看他们要说我什么？他轻手轻脚，放好了书包，就坐在了客厅的沙发上。

“啸好几个礼拜没回家来了吧？”妈妈总爱这样叫他，董啸微微笑了一下。爸爸妈妈难得双休的时候在一起，而且，还在轻松地说着话。

“一个月多了吧？”爸爸答道，一种询问的语气，其实爸爸也不敢太肯定是多长时间了。他虽然非常爱董啸，但只有对生意了如指掌，对于董啸和董啸妈妈的事情，他经常遗忘了或者干脆不知道。比如董啸的生日是哪一天他总记不住。

“他在那儿习惯吧？我就不明白这孩子，为什么当初不听我的话上高中呢？为什么偏偏要去上中等师范学校呢！”妈妈叹了口气，不等爸爸答话，又开口说道：“我这次回到家里来，也不打算再回县城上班了，就在这儿工作……”董啸正偷偷地高兴，又听到妈妈说，“这一学期一结束，非让他上高中不可，现在不上本科院校，能行吗？毕业出来可能连个正常工作都稳定不下来，现在干什么都要本科学历！本科学历！”妈妈特意加重语气说了两遍“本科学历”，这让董啸突然站了起来，有些紧张。

“这怎么行？董啸的性子你又不是不知道？他决定的事情，是不会放手的。”爸爸劝妈妈道。爸爸了解董啸，知道他骨子里是非常坚定的，而且又钻牛角尖，决定了的事情，就算是错的，也要一条道走到黑。

“反正我要让他上，不然将来靠你、靠我，孩子工作、生活怎么办?”妈妈大声地说，爸爸不再吭声，默认了妈妈的话。

其实，到了1997年，每一个人都明白，拥有一个基本的本科学历是获得收入略好、略体面的工作的根本。而且，1997年入学的中等师范学校学生，国家已经不包分配了，董啸他们是最后一届包分配的。中等师范学校，属于国家为了紧急培养大量教师的一个临时性政策，到了1997年，教师已经不再缺乏，多得都安排不下了。于是，这个临时性的政策，也就取消了（就是指包分配）。而1997年入学的中等师范学校，毕业的时候，学校都推荐上丹阳师范学院，继续深造两年，获得大专文凭。

上大学，就像一场不可阻止的海啸一样袭来。原先非常吃香的中专类学校，比如丹阳中等师范学校，就立刻面临着两条路，要么3+2大专高职化，要么就是直接被别的大学或大专院校整合并购，有些学校甚至直接关门了。

国家对人才的需要，上了一个新的层次。也是从1997年开始，大学教育逐渐摆脱“精英教育”的范围，开始成为“大众教育”，越来越多的普通人，主要是农村孩子，有了上大学的机会。

“妈——”董啸终于忍不住了。

“啸，你回来了?”妈妈急忙打开了里间的门，后面站着爸爸。

董啸站着没动，他已经过了那个扑到妈妈怀里的年龄，“妈，说什么我也不会去上高中的，我还上……继续上中等师范学校，我不会离开那里的……”董啸转过了头，他的眼里噙满了泪。

丹阳中等师范学校，已不仅仅是他赌气，或者是为了早一点儿独立工作而上的一个学校，现在的丹阳中等师范学校，承载了他许许多多的东西，让他欲罢不能。而且，现在又有了田若南，要他现在离开丹阳中等师范学校，那真比登天还要难。

可人有时候，还是要登“天”的。

“先别说这个了，妈现在回家了，以后就在丹阳这里工作了，不再回老家县城了，妈妈天天可以回家了，就在丹阳市里就近照顾你。啸以后双休一定要回家里来啊!”妈妈终于还是拉过了董啸，将他抱在怀里。

没有孩子能拒绝自己的母亲，就算是一个十七岁的少年，也是不行的。

董啸只顾“嗯、嗯”地点着头。

那一天，他跟妈妈、爸爸说了很多很多，谈自己在学校的种种经历，还有那次不成熟的“爱”，那两次离“校”出走，妈妈只是温和地笑着，看着自己的儿子，满眼里都写着“理解”。爸爸拍拍儿子的肩膀，什么也没说，也谈起了自己同龄时在学校的事情。那次回家，董啸才知道爸爸也有和自己一样的种种遭遇。妈妈笑道：“当然是有其父必有其子了!”一家人开心地笑了。在一家人的记忆深处，这绝对是一个美妙的周末。

现在的孟惠琳，在董啸心里，似乎起到了一个启蒙者的作用，隐隐约约只剩个影子了。通过和孟惠琳短暂的甚至不到一周的恋爱，董啸明白了什么是爱情，什么是冲动，什么是真正喜欢的能够持久的东西。爱情，绝不是一见钟情和片刻的烟花灿烂所能够承载的。它是关乎心灵和时间的一种美妙的东西。只有长久身在其中的人，才能够体会。

但亲情、同学情、战友情……何尝又不是这样，每一种情谊，到最后都会变成关乎心灵和时间的一种美妙的东西，关键在于人要懂得珍惜，要懂得自己内心真正在乎的是什么？

甚至，孟惠琳也不能够体会。她给爱情附加了太多的东西，比如说感动，比如说怜悯，比如说倾听。

董啸回学校时，背包变成得沉甸甸的，那里面既有妈妈那体贴细腻的爱，也有爸爸那深沉浑厚的爱。这些吃的东西，或许真不算什么，它也往往是当天回到学校里，就会被舍友抢光、吃光、拿光，但它却让董啸的十七岁少年时代，充满了甜蜜和味觉。让他不会有任何的饥饿感，这种饥饿感，是他童年时候，经常会遇到的。

或许，每一个有过住校生涯的人，都有这样的体验：两手空空地高高兴兴返家，再沉甸甸地踏上回学校的路，无论回家，还是离家，都同样使人快乐而兴奋。家是一个平常无奇、甚至无聊的地方，可当你坐在家里，你才知道它的可贵。当你很长一段时间不回家，不见亲人后，你才会知道，家和亲人，已经成为你唯一在乎的东西和事物。

妈妈急忙跑了出来，叫住正迈步的董啸：“啸，钱、钱，忘了拿钱了。”董啸接了过来，泪一滴、两滴，嗒嗒……地落在了上面。那不仅仅是钱，那是爱，那是一种温暖得让人想哭的感觉。几年以来，董啸第一次对着妈妈哭了起来。他终于明白了自己一直误解了爱和家，终于明白了什么才是真正一直支撑起自己感情的东西。

他一度曾认为，这个家里，最不重要的就是他。没人疼、没人爱、没人管……其实，他想多了。只是爸爸妈妈为了生存生活，为了支撑起这个家，没办法把所有的时间和爱都给董啸。

人首先得生存和生活，然后才能谈感情方面的事情。如果一个十六七岁的少年，每天都饥肠辘辘，为吃饭而想办法，那他根本没有时间，也没有心思去爱家人、想学习，想谈一场轰轰烈烈的恋爱，就更是奢侈了。

“爸、妈，再见!”董啸转过了身。

“儿子!”爸爸拍了董啸肩膀一下，“老爸相信你，无论做什么，老爸都会支持你的!”董啸点了一下头，他想起了表姐，如果表姐也能有这样的生活，那该会多好啊!

这个周末是伟大的，它让一个刺头张鹤，产生了近乎“煽情”的离别情景的联想，让他深深地融入了大家。董啸和张鹤的矛盾，自然就化解了。

而在董啸家里，爸爸妈妈和董啸，多年的芥蒂，竟然一场谈话就化解了。这一家人经过多年的辛苦经营后，终于真正成了幸福的一家。

甚至，董啸下意识地想，是不是考虑放弃中等师范学校分配的当老师的机会，而是去高中努力读三年，考一个大学深造一下。这样的想法，仅仅是在一天前，他还认为是不可能！不可能！可现在，他正在想了。

人生，就是这样的意外之又意外。

他又想到了田若南。可他马上就释然了，两个人，如果真正相爱，区区的几年，能够阻断什么？

董啸还小，他还不懂阻断爱情的最大杀手就是空间的相隔、恋爱双方在异地。为什么妈妈不继续在县城工作了，而是要来到丹阳市跟爸爸在一起？那是因为几年的辛苦后，爸爸妈妈明白了这个道理。

而这个时候的董啸，怎么能够明白这个人生的大道之一呢？

董啸挤上了公交车，车上满满的都是去市区上学的学生。车启动了，一段路程后，爸妈的身影渐渐模糊了，但有一种感觉，十分清晰地头一次占据了他的心灵，那是纯净的爱，细腻、博大而又无私的爱。

第二十七章

董老师的一个巴掌

很多人都以为，特别是读普通高中的学生们想当然地以为，中等师范学校的考试只是走走形式而已。但实际上，中等师范学校的学生并不轻松，那繁多的课程，那需要记忆的大量知识，加上平时对学习的不大重视，那备考的艰辛是无法复制的。

你可以想象一下，中等师范学校的学生，除了学完高中生要学的所有课程外，还要学怎么教这些课程的教学法。每一门课程都是如此，比如，学完高中数学外，还得学数学教学方法。然后是心理学、教育学、师德，再加上独有的音、体、美专业科，就算你不是教音乐、体育和美术的，也要学习，因为，当时的教育情况就这样，音体美的老师往往是其他课程的老师兼带的。

相比较一般高中生只需要学六门课外加体育，中等师范学校，往往闭卷考试，一学期至少有九门儿左右，开卷考试五门儿左右，实践测试类考试三门儿左右。所以，中等师范学校的课程，也非常繁重，从周一早上 8 点到周五下午 4 点半，除了晚自习，几乎所有时间都是在上课和完成作业。甚至，个别时候为了完成课程，晚自习也会被占用一两次。

想要当一个合格的中学或小学老师，真的没那么简单。

那天晚上，也就是1997年的4月3日——期中考试的第一天晚上，已经有两门课程考试结束了。最难熬的时间已经过去了，既然考试开了头，剩下来的时间，就好过多了。

董啸随便取了一本书，他想回教室清静一下。为了复习的舒适和方便，大多数同学都选择在宿舍里复习，宿舍里人满为患。可他的想法错了，教室里也有好多人。一半人在宿舍，一半人在教室，两个地方，人都不少。他随意走到一个位置上坐了下来，摊开手中的书，低下了头。

相比真正严格意义的大学校园里男女两两结伴复习备考的情况，中等师范学校却是另一种情形，往往是一个个单独复习，热恋中的男女也不会在一起复习，这也算是师范类中学里的一大特点吧!

董啸看得很专心，也吸收得很快，这是他能够取得全校最顶尖成绩的最重要因素。但也正因为这样，他却没有注意到，不知谁把悬挂在讲台左上侧的电视机给打开了（在中等师范学校里，这个位置是一个温馨的位置，学生们每天晚上都通过它看新闻联播，甚至还能看会儿电视剧或者偷偷看一部再普通不过的电影，但那种兴奋与喜悦是无法忘怀的。在一周整整五天枯燥的学习间隙，这也许就是最大的娱乐和放松）。

这时，教室里的同学们全聚在了教室前面看电视。董啸没有心思去看，他也没有权力阻止别人来看，因为现在不是上课时间，是复习备考的时间。于是，他离开了座位，走向了教室门口。经过聚在一起的同学们面前时，他看到张鹤对他抱歉地一笑，是他打开的。董啸没有理会，只淡淡地一笑，打开了门，迎面有一道锐利的目光投射过来，董啸吃了一惊——是董老师。

教室在数秒钟内就恢复了平静，教室前面站着董老师。没有人想到，这个时候董老师会来到教室。董啸也忘记了，他曾建议董老师多来教室转转。

这真是说者无心，听者有意啊。现在，这个听者，就来教室转转了。

“是谁打开电视的？谁？”董老师大声地问。同学们都没有说话，低下了头。

“到底是谁打开的？站起来！知道不知道现在是期中考试的关键时刻？”董老师的脸绷得紧紧的，看起来比平时更加严厉十几倍。张鹤抬头望了董老师一眼，可没有说话，深深地低下了头。董啸一直望着董老师，他知道是谁，可他也说不清楚，当时为什么要那样做，也许他怕董老师知道又是张鹤——最近张鹤身上发生的事情实在是太多了，多到他可能再也承受不了了。

董啸就站了出来。

“董老师，是我打开的！”他说的很轻，可每个人都听得很清楚。董老师脸部的肌肉明显地动了一下。

大家都为董老师心血来潮地来到教室感到奇怪，但却没有人奇怪董老师发火。因为有一个事实没办法忽略，虽然 211 班在全校十八个班综合成绩排名第一，学习成绩排名第二，但一个半学期以来，考试零挂科的学生却不足三分之一。

“是谁要看的?”董老师望着董啸，他决定不依不饶下去，因为董老师不相信电视机是董啸开的，而且，他也看到了，董啸拿着书正要到外边去看，这完全不合情理。

“我，是我要看的……”董啸也望着董老师，静静地说道。就像董啸爸爸说的那样，董啸经常会一条道走到黑。

“你……”董老师直视着他，“你到前面来。”

董啸走到了讲台前面，抬头望着董老师，眼睛里平静如故。其实，他的心底，已经潮起潮落几次了。

“啪!”的一声，董老师挥了一下手，董啸额前的头发动了一下。董啸此刻有些恍惚，突然想起了初一时那次学生挨老师打，那次挨打的不是他，却令他印象极其深刻。一个在音乐课上交头接耳的同学，被音乐老师叫了起来，那个同学也是用这种平静而淡然的目光望着老师，老师甩出了一个响亮的耳光，董啸亲眼看到大滴的泪从那个同学的眼中流了出来。虽然后来大家，甚至包括那个同学都忘记了那次挨打，但董啸却始终无法忘记那“啪”的一声和那大滴大滴的眼泪。

那个音乐老师，就是丹阳中等师范学校音乐侧重班毕业的，毕业后，就到河漳中学来教书。表姐萧慧和自己，都是河漳中学毕业的。

让董啸记忆深刻的是，那个在班上“交头接耳”的原本学习很好的同学，一年后辍学了，之后就外出打工，再也没有上过学。那一巴掌，彻底改变了他的命运，又或许，他的命运本来就是那样，没人能够改变。

老师们，或许受不了这种公然撒谎维护他人，又眼神非常平静的行为。这几乎是对老师的一种嘲弄。可十六七岁的孩子，不懂这些。

看得出，打了董啸一个耳光后，董老师的手在发抖。怒火，本就来得快，也去得快。而怒火造成的结果，往往是令人后悔。虽然，在1997年，老师打学生，是最司空见惯的事情。可事实上，如果确无必要，老师不会碰学生一根手指头，甚至批评几句话，都少之又少。

在那个耳光过后，董啸心底莫名就涌上了一种心灰的感觉，他转过了头，他不想让人包括董老师看见他流泪了，眼泪是他有生以来第一次因挨打而涌出了眼眶。他又觉得那一巴掌好像很亲切、很亲切，就好像妈妈抚摸他的头。他就昂着头，望着窗外，那是一个满天都是灿烂星星的夜晚。他没有再去管老师、同学，他就那样一直望着星空。他只记得一点，张鹤后来站起来，不知说了一些什么。这些对董啸来说，已经不重要了。

电视虽然不是他董啸打开的，但却是有人在他眼皮子底下打开的，而且，打开的时间是多么的不合时宜，明天早上8点，就有一场大考，大家都在复习备战，却有人打开了电视。

张鹤的这个举动，也恰恰说明他真是一个性情中人，而不是一个小人。小人不会在这个时候承认错误，只有性情中人才会。

那天晚上，董啸是最后一个离开教室的——是张鹤叫了他一声，他才反应过来。没有想到的是，董老师还在教室门口等着他。或许，董老师根本一直没有走，只是没有再跟董啸沟通。他打完董啸后立刻就后悔了。

这也能够理解，任何一个班主任的班上有五十多个学生，却只有十几个学生没挂过科，都会着急上火。一着急上火，就容易发怒，甚至到动手打人。

“董啸，其实我应该知道不是你。”董老师慢慢地说道。

董啸没有哼声。“可我为什么还要打你呢?”董老师苦笑了一下，“我自己也搞不清楚。”

“有些事……你们老师是永远不会明白的。”董啸用手抚了一下额头。

“不，我明白！因为我也曾经是学生。”董老师急急地说，“我也曾经挨过打，当时我就是记恨老师的。”

“可我只有记着，不会恨!”董啸悠悠地说道，“因为这是我第一次挨打。那一巴掌，您那犹豫的眼神，我自己也说不清，突然就觉得好亲切、好亲切。”董啸闭上了眼，泪又不争气地涌了上来。他停了一下，又继续说：“等到我离开学校时，连老师的‘打’也吃不上了。”

董啸这时心里就莫名地想，如果从小到大，一直有一个人管着自己，那估计也应该很不错。起码，要比没人管，放任地成长，要好得多。

“我上高中时也和你一样，那时……”董老师还想说什么。

董啸打断了他：“不、不一样，因为……”他鼓了一口气，“因为，这个学期一结束，我就会离开这所学校——这所待了一个学年的学校。”董啸说完用手遮了一下眼睛。董老师显然很吃惊，他急急地问：“为什么?”

“因为我想要转上高中。”董啸慢慢地吐出了这几个字，“我想在三年后，上真正的大学，而不是中等师范学校！我改变想法了，董老师，我不想这么早就去教书育人了，我想上大学！”

“原来是这样，我以为……”董老师脸部的肌肉松弛了，他笑了一下，又说道：“高中？上高中好……好。”

董啸苦笑了一下，叹了一口气。其实，在今天挨董老师这个巴掌之前，他根本没有细细想过要转学去高中，考大学。但这个念头，自妈妈说出来之后，就隐隐约约地在董啸心里游荡着。今天这个巴掌，就把它打了出来。他觉得，这个想法逐渐地坚定起来了。

他渐渐觉得，现在任何因素，都不能改变他的这个决定了。

“去什么学校？”董老师又问道。

“丹阳市二中！”董啸短短地答道。

“我们还会联系吧？”

“会的！一定会的！”

有许多话想说出来，可又不知怎么说，或许，这个时候，沉默就是最好的相处。

董啸就一直站在董老师面前，一动不动，外面刮起了风，透过窗户吹了进来，有一点点凉，冬天只在风里剩下一点点味道了。再过几天，春天就会肆无忌惮地来到。很多学生，已经穿起了单衣。

又是一个好天气，天上星星点点，很亮很美。春天，实际上已经到了。再过几天，长衣长裤会被学生们脱下。他们会向春天，显现自己最健康而强壮的肌肤。

第二十八章

提早来到的班长交接

如果没有董老师的那一巴掌，董啸的思维不会比现在更清晰。他开始逐渐思考自己的未来问题，想自己的理想。相比社会主义革命导师马克思在初中时代就立下为实现全人类解放而奋斗的远大志向，已上中等师范学校一年级（按同等级算属于高一）的董啸，如今才思考这个问题，确实是迟了不止一点儿，而是迟了最少一年，最多三年。因为，我们不确定，马克思先生是初一还是初三立下如此远大的理想，但总之是在初中，而董啸，却已经高一快结束了。

上午的时候，妈妈来过学校了，让他快点收拾一下东西。再有一个月就要放暑假了，凭董啸在中等师范学校那些博而不精的底子，要想跟上高二的课程，就需要恶补两个月。高中基本上是以考试为目的，解题答题知其然而不必能讲课；中等师范学校却不一样，必须知其然并能讲清楚所以然，简单地说，就是你会了你也得讲出来，教会别人，不然怎么当教师？

每个人都很清楚，凡事知其然很简单，但要知其所以然，那就难了不止一个档次了。

妈妈催促了他一下之后，就没有再说什么。董啸默默地收拾着一些必要的东西，一声不哼，直到妈妈要回去了，他才说了一句："妈，什么时候离开这儿?"

妈妈笑了一下："啸，7月1号，还有不短的一段时间呢，准备时间够多的了!"说完，妈妈就转过身走了。妈妈虽然已经住到市里来了，但毕竟还是需要上班的，不能长待在董啸身边。

董啸低下了头，等他再次抬起头来时，眼眶已经湿润了，他望着妈妈那已不再年轻的背影，已经有些不再生动的步伐，猛然想起，妈妈今年已经四十三岁了。泪无声地悄悄滑落下来——为自己，也为妈妈。

其实，生活终究还是艰难和难以抉择的。

董啸一愣神过后，忙着擦了一下眼泪。等他再抬眼看时，妈妈的背影已经走到了拐角处。"妈……"他大喊了一声，妈妈的背影好像动了一下，接着消失了，泪又遮住了视线……

董啸和妈妈都知道，他们在做一个很艰难的决定，特别是对于董啸，他已经对中等师范学校和中等师范学校的同学们动了情。现在突然离开这里，到高中去上学，确实在心理上非常难以接受。但这个决心，却又必须下，这是关系到前途和命运的事情。

在今年寒假的时候，董啸和之前初中的同学们在一起玩，几乎每个人都跟他说，上中等师范学校有什么意思?毕业了就相当于一个高中学历，就算分配去当老师，迟早也会被淘汰，逼着你再上大学，还不如现在搏一下，去考大学。董啸的绝大多数初中同学，都上了高中。

他们的话难听，说的却是现实。

董啸静静地坐在床头，东西都杂乱地摆在眼前，他没有心情再去收拾什么，反正时间也还早，完全来得及干这些。一直到不远处学生食堂那刺耳而持久的开饭铃声响起，他才机械地站了起来，走到桌前拿饭缸儿。

拿起了饭缸儿，董啸正准备出宿舍门，张鹤迎面叫住了他，他转身一笑，似乎董啸面对每个人时，都是淡淡一笑，人缘也就是在这淡淡一笑中奠定下来了。两个人一起走进了学生食堂。

这是董啸和张鹤自来到中等师范学校以来，第一次一起去食堂吃饭。

董啸他们所上的中等师范学校，其实只是省立第四中等师范学校，也就是丹阳中等师范学校的南校区（又叫二校区），是一个相对较小的校区。师范一年级普通师范专业的学生在这里接受教育，一年级音、体、美侧重专业的学生则在一校区（又称东校区）接受教育，到二年级的时候，全年级的人都会在一校区汇聚。而董啸现在所在的二校区，说穿了也就是一年级学生的逗留之地，相对而言，学生数量比一校区要少很多，因此，学校秩序也要好得多。起码，高年级欺负低年级，音体美侧重班仗着男生数量多欺负普通师范专业班男生的事情，从来不会发生。而当董啸他们升到二年级，搬到一校区之后，这些问题，将会接踵而来。

两人各自打好了饭，找一处座位坐了下来。张鹤放下了饭匙：“董啸，我和你说一件事。”

“说吧！什么‘大事’？”董啸笑了一下，看得出，他的眼圈还是红红的。快要离校的伤感，此刻深深感染着他。朝夕相处一年的同学，日日生活的这片热土，马上就要离开了，这一离去，就是永远。

“你怎么哭了，是不是‘四人帮’找你麻烦的？”张鹤用勺子挖了一口菜，送到了嘴边。

“快说你的事吧！什么‘四人帮’不‘四人帮’的！”董啸打不了哑谜，催他道。他知道，张鹤找他，跟他一起吃饭，肯定是有事情要说，不然，早就不知道讨好哪个女同学去了。

跟董啸在一起说话，怎么样都好，就是见不得讲笑话，他根本就不懂笑话，往往会将笑话当真话。

“原来你还不知道啊？上次李凯飞就被他们打了，还叫嚣着不要去惹了他们。”张鹤很是吃惊，董啸竟然完全不知道这回事。

“什么，我不知道什么啊？李凯飞可是体育委员，怎么会被打了？而且他压根儿没跟我说过这事儿。”董啸很是惊讶，干脆放下了手中的饭勺。

“你是班长，这很正常，他们怎么着都会瞒着你的。”张鹤嚼着一口饭，话有点含糊不清，“而且，李凯飞被打，对他自己，肯定是很丢脸的事情，他自己也不可能告诉你啊！”

“你先别着急吃饭，他们是谁？什么‘四人帮’不‘四人帮’的？”董啸一把抓起了他的手。

“还有谁！就是杨冬、刘斌、张晓和张楚四个呗！”张鹤随口便说了出来。

“什么？还有张楚！”董啸叫了一声，很是惊讶。张楚就是213班那个逗董啸“来看嫂子啊”的人，也是董啸和张鹤后来调剂来的同舍舍友。

“可不是!”张鹤抽出了手。董啸始终不相信张楚会莫名地打人。

“那可能是他们三个叫他的？我也不太清楚他们四个怎么走一块儿的，反正现在是四兄弟了。”张鹤补充了一句。

“为什么打架?”董啸急忙问道。

“不就是因为李凯飞说了一句俏皮话吗？你还不了解他这个人，嘴上能开玩笑一点儿。”说实话，很多时候，李凯飞就是嘴贱。如果说，董啸完全不懂玩笑话的话，那么李凯飞就是几乎每一句话都当玩笑说出来，根本不分轻重。

“这……”董啸气不打一处来，“这成什么了?”可他马上又冷静了下来。他心底在想：我又何必管他们呢？再有两个月就要转学了。可随即另一种想法否定了这种念头，为什么不呢？我还是211班的班长，最起码现在还在这里生活学习，一种对工作的责任感左右了他。他又想起了董老师，那满含希望的目光仿佛还在望着他。他在心里对自己说：即使要走了，也不能留下一个混乱的班级，在心底种下一根刺而一走了之，这不行！这件事情，他一定要管，而且要管好。

那天晚自习，他偶然坐到了张楚的旁边，其实他是故意的。在前文很多处已经提过，中等师范学校的晚自习，基本上就是一个聊天交流的时间，紧张学习一天后的放松。为了赢得这宝贵的两个半小时的放松时间，学生们在一天的时间里，抽空就做作业，为的就是在这两个半小时里能够大聊特聊。

“董大班长，大驾光临，你好！你好!”张楚还是那副样子，一点儿也没有变过。

董啸笑着伸出了手，狠狠地握了一下张楚伸过来的手，张楚吃力地皱了一下眉头。

实际上，这是董啸第一次正式到213班的教室。查自习的那些时候，一点儿都不算的。

“就你那张嘴会逗人!”董啸笑着坐在了他旁边的位置上。董啸刚到张楚旁边，张楚的同桌就非常识趣地到别的地方聊天去了。

“同学马上满一年了，咱们在一起谈话的时间可不多呀！现在可晚了，马上要放暑假了!”董啸叹了一口气，数着自己的手指。

“怎么说这话呢？今天晚上咱们就大谈特谈。”张楚说着就笑出声来。旁边的同学不以为然，继续他们自己的聊天。

每个人都可以聊自己的，热闹着自己的热闹，寂寞着自己的寂寞。

“你还可以在这里谈两年，谈吧!”董啸顿了一下，望着张楚，旁边的人都大笑了起来，不知道讲到了什么可笑的事情。

中等师范学校的晚自习总是比较热闹的，形形色色的话题都有，但只是局限在了教室和教学楼这一隅当中，没有学生会想到晚自习时出去玩，而学校相对严格的晚检制度也让这种可能性不存在了。学习了一天的同学，一般都会选择在晚自习上聊聊天，课堂作业的完成，反倒成了附属品。

董啸被笑声一阻，又继续说道，这次是压低了声音：“我可要转学走人了!”

“什么？转学，别开玩笑了，你往哪儿转?”张楚满脸的不解。虽然从一个初中转到一个初中，或者说，从一个高中转到另一个高中，是再平常不过的事情，但从中等师范学校转到普通高中去，那几乎没有人听说过。如果董啸转了，那他将成为丹阳中等师范学校历史上的第一个。

“真的！不和你说着玩儿，我是开玩笑的人吗？转到市二中！”董啸皱了一下眉，郑重地说道。

张楚瞪大了眼睛：“真的？上高中……高中……高中好！”他说着说着就低下了头。

不知道为什么，上中等师范学校的学生，都有一种特别的遗憾，那就是对于不能上大学的遗憾，大学对于上中等师范学校的所有人来说，几乎是不可能的，这其中有他们种种不得已的原因。

在丹阳市就算是重点高中的学生，实现大学梦想的也就是30%左右，普通高中，就直降到15%了，但这毕竟是有梦想。而上中等师范学校，基本上就跟上大学这个梦想隔绝了。

选择了来中等师范学校，那就是为了三年毕业后就工作，好为家里分担家用，大学就彻底成了梦想。而1997年之前能上中等师范学校的学生，绝对是初中时代的精英，都是各个初中里最优秀的那部分学生。而要想在中等师范学校直升上师范大学，纯粹是鲤鱼跳龙门似的异类，只有两种情况，一种是通过选拔，在一千六百名学生中，最终有七名同学蜕变成蝶，得以进入大学，而且只能是本省的师范大学；另一种就是去参加高考了。上完三年中等师范学校，再去参加高考，那无疑就是找死。

中等师范学校和普通高中，解题量有云泥之别。所以，要参加高考，就得早早转学，否则，因为学习内容的不一样，参加高考也是白搭。如果真有四本，四本线也达不到。

董啸看着张楚，有些伤感地笑了起来，又是一个“高中好”，他在心里默念着：“高中好！高中……高中……”张楚的心底，一定有一个深藏的故事，这段谈话勾起了他心底最善良和最柔软的东西。

穷人家的孩子早当家，穷人家的孩子得去早当家。

“什么时候走？我们可再也不能在一起玩儿了！”张楚抬起了头，眼神里满是浓郁的伤感。

“7月1号！”董啸短短地说道，停了一下，他又看着张楚笑了一下，“这么大了还玩，等我走了，看我们211班会变成什么样子，变坏、变好，全在你们几个少得可怜的男生身上了。可我想让它好！”董啸加重说完这一句，就望着张楚。

显然，一时间张楚还不能理解董啸的“暗语”。

“就是，董啸！你说中等师范学校为什么女生这么多、男生这么少？”

“还用问？都像我——上高中去了！中国人心底里，希望能够学有所成的，还是将大多数希望放在了男性身上。”董啸笑着答道，“可让人惊诧的是，上大学的，却是女生居多，或许是这种偏见让女生更加刻苦和珍惜吧！”

张楚“噢”了一声。

董啸又说道：“张楚，你不是说过自己是张班长吗？马上就可以圆你的班长梦了。等我走后，你就可以‘大权在握’了！”董啸神秘地笑了一下。

“别逗了！我……我怎么行？”张楚脸都快涨红了。

“行！”董啸转过了身，“快来看咱们未来的张班长！”周围正说着话的同学，听到董啸的话，都大笑了起来。张楚也不好意思地跟着笑了起来。

紧接着，董啸告诉了张楚一个惊人的消息，他已经向董老师和 213 班的班主任，提出了申请，将张楚调到 211 班做班长。

鉴于张楚在 213 班没有任何职务，而且，他确实也是住在 211 班男生宿舍里唯一的 213 班男生，再加上，213 班有 13 个男生，211 班只有 11 个，调一个过去，平衡一下，也挺好的。

而且，213 班班主任和很多同学，都很不喜欢张楚这种乱开玩笑的性格。现在董啸提供了转走张楚的机会，他们就很爽快地答应了。

董老师和 213 班班主任说的很明确，只要张楚本人同意就可以了。张楚本人的工作，需要董啸去做。

显然，张楚答应了。董啸心底也明白，在自己现在宿舍的十六个人当中，除了他，张楚是威信最高的，也只有他能够当得了这个班长。换成其他人，总有二分之一的人不服气。

那一夜晚自习，两个朋友在一块儿谈了很久，很久。那夜，天深蓝深蓝的，月亮不知跑到哪儿去了，只有满天灿烂异常的星斗在施放光华。可躺在那个没有月光而深邃的夜里，董啸却毫无睡意，他在想现在和未来，静静地望着窗口的那丝微亮，好久、好久……

他始终，还是放不下这个他用心用情用意了一年的地方，以及这个地方的人。

第二十九章

我一定要把你娶回家来

这是入夏以来的第一场雨，淅淅沥沥的，扰人的心，不使人闷，却使人不断地想起一些什么陈年旧事来。期中考试已经过去了，是一个皆大欢喜的结果，最实际的是，211 班没有一个同学挂任何一课，这其实就足够了。60 分万岁的想法不可取，可是 60 分万岁却不得不让每个人都想一想。挂科，真的是一场难过的战役，补考就像是僵尸复活。

董啸一个人静静地走在宿舍区里，那是去田若南宿舍的路，这个宿舍里牵挂他的心太多了，先是孟惠琳，现在是田若南。这辈子，不，应该说是这场青春年华，与 419 宿舍是真心分不开了。

董啸的心还没准备好的时候，上帝就已经把什么都放在了里边，然后，一切就全都明白了。上帝让董啸迅速地经历了两场完全不同的、但却同样刻骨铭心的爱。董啸也不知道自己为什么现在到这里来徘徊？可他就是来了，再过不到一个月时间，他就要离开这所寄托了一年喜乐哀愁的可爱学校了。今天，他已经在做离开的准备了，等第一学年期末考一结束，他就转学到市二中去，丹阳市顶级的、升大学率最高的普通高中（据说重点大学率30%，普通大学，如果算上专科的话，那几乎就是100%），是丹阳市重点高中中的重点高中。

在丹阳市有一种说法，只要能进丹阳二中读书，那就相当于一只脚已经踏进了大学校门（本科），另一只脚踏进了大专校门（专科）。丹阳市二中，最近五年的本科升学率，达到了60%以上，如果算上大专院校的话，那就是99%以上了，基本上是人人上大学。

董啸的一只脚，已经在大学校园里了。

到了宿舍门口时，他停顿了一下，里边传出了歌声：如今风不来，花不开，剩一片相思成灾……他暗自笑了一下："相思成灾！"又摇了一下头。再听，除了音乐声，却没有任何其他的声响。董啸轻轻地敲了门一下，门缓缓地开了，宿舍内的情形一览眼底。只有田若南一个人在宿舍里，旁边的单放机里传出了歌声，若南正伏下头在书桌前静静地看书，翻动书页的声响极轻极柔，完全被歌声淹没了。

那种单放机蕴含着80后的独特记忆，那时候，小而便携，充电或者放干电池就可播放音乐的碟片机非常稀少，更别谈什么iPad。大多数学生，会购买手掌大小、2厘米厚的单放机，把买来的两张名片大小、0.5厘米厚的磁带放进去听音乐，这就是一种美妙的享受。这是磁带和单放机大行其道的时候，如果你肯再多花几十块钱，就能够买一个能放能录的录音机，它还可能附带收音机电台功能。

田若南穿一件天蓝色的上衣，配着紫蓝色的裤子，长发就随意地披在了肩后，她看书的背影有一种莫名的暖和亮。这些暖和亮，就让人心动了起来。董啸从背后捂住了田若南的眼睛，问道："知道我是谁吗?"

田若南叫了一声："呀!"董啸就从背后抱住了她，"南，别怕，是我呢!"

田若南合上书页，转过身子，黑亮的眸子闪闪动人，嘴唇上一丝丝笑意荡开了。董啸凑了上去，若南伸出一根手指，把董啸的嘴唇挡在了外边。

1997 年的时候，中等师范学校的男女生相处，虽然对外公开称是男女朋友，但握手和拥抱已经是极限的举动了。正常的男女朋友，都只不过一起吃饭，一起上晚自习，一起看看书看看电影而已，再无其他。

田若南能够接受董啸抱她，因为两个人确实是年少，才只有十七岁而已，更多的也只是出于一种情不自禁。

"南，我这几天一直想告诉你一件事，但怕你不高兴，所以一直没说。"董啸看着怀里的田若南，轻声说道。

田若南猛地站了起来："什么事情？啸，快告诉我啊!"

董啸没想到田若南反应这么大，也一下子直起身来，有些尴尬地搓着双手："若南，再过一个月，我就要转学到高中去读书了。我想上大学，真的，我想上大学。我也不知道，这个愿望，怎么就突如其来涌到了我脑海里。"

听到这些，田若南的双眸很快就上升起一团雾气："是不是说，我们就不可以在一起了。啸，这是真的吗?”

看到董啸静静地点了点头，又快速地猛摇头，田若南合上了眼睛，一滴泪花静静地流了下来：“那……那我们就不是一个世界的人了，我们就永远走不到一起了，啸!”

“不，绝对不会，我们会一直在一起!”董啸急忙否认，“你知道，我爱你，很爱，我们是经历过孟惠琳后才在一起的，多么不容易。”

董啸突然就觉得有些伤感，仿佛他曾经经历过的所有伤心的事情全都涌上了心头：“不，不是这样的。南，咱们会一直在一起，只是短暂的分开，短暂的。我上完大学，一定会回到丹阳市，我一定会回来，我要来这里工作，我要把你娶回家来!”

说完，董啸就把田若南紧紧地抱在怀里，生怕一松手，田若南就会丢掉似的。

可是，少年人的承诺，往往都是美好地停留在了少年时代。美丽的事物，总是会留下一些缺憾，否则，就不再是美丽的事物。

那个小雨不停的下午，两个人在一起说了许多许多，说今后的打算，说接下来这一个月怎么过，但最重要的是憧憬那还有些遥远的未来。那两个人可能生活在一起的幸福和甜蜜，虽然是漫无边际的遐想，但却给两个人带来了极大的快乐，仿佛他们的梦想之舟，已经行驶在了茫茫的人海中。

他们也没有去管单放机，那首华仔的《相思成灾》也不知翻过来倒过去唱了多少遍。董啸离开 419 宿舍的时候，脸上荡漾着微笑。田若南也静静地笑着，有些呆呆地望着许久未再翻动的书页，偶尔面部还绽放一个灿烂的笑。

不管是董啸，还是田若南，他们都憧憬着那个美好的未来。只是田若南要比董啸更明白一些，如果董啸真的去读高中上大学了，就算他第一年就顺利考入大学校园，那离他最终毕业还有六年。在这六年当中，董啸不知道要遭遇多少形形色色的女子，他还会记起她田若南吗？

而且若南会比董啸提前四年毕业，然后开始教书育人。她只能费尽全身力气争取最优秀，好留在丹阳市的某一所学校教书，然后苦等董啸回来。

这样的美好想象，是真正的现实生活吗？没有人知道。没有人知道结果的，也就是有希望的。而这希望，就是两个人快乐且幸福下去的源泉。

没有发生的未来，永远都是美好的，所以，田若南也不再去想那些烦心的可能，只想美好的可能。她的脸上，也只有笑意吟吟。而董啸，更是信心满满。

或许，这就是未来的美，希望的美吧！

那夜，董啸在他的新摘抄本上写了一句话：男人哭吧不是罪。

这句话真有些莫名其妙，却是下意识地，没有任何实在的含义而写下了。写完以后，他轻轻地合上了本子，“男人何必又要哭呢？”他笑了一下，又打开了本，在那句话下边添上了一个大大的“不哭”。

真的，这辈子，他都不想再去哭，不想再去伤心难过。

董啸站了起来，望着窗外，月亮藏在了云端，一丝光亮从那里斜射了出来，一直射到了他的心里“人，为什么总是要一个好天气呢？难得会有一个特别的好天气！可今天，就恰是一个真真好的好天气！尤其是月亮，就像书上写的，贼亮贼亮的！”

董啸笑了起来，不知道他想起了什么？那是一种自信的笑，一直就挂在了他的嘴角上，慢慢荡漾开去。

那夜，董啸睡了一个好觉。人，能够每天睡个好觉，其实就是最大的幸福。

第三十章

痛苦的遗忘其实是珍藏在心底

今天是1997年的6月28日，历时五天的期末考试刚刚结束，每个人都松了一口气。不管结果如何，学生时期每年两次或四次的又一次艰苦时光终于熬过去了。可紧接着又倒吸了一口凉气，班主任董老师在晚上的班会上告诉大家，现在各科任老师都在以最快的效率阅卷，三班倒，6月30号，各科考试结果就可以全部出来。

大家都一致地敬佩中等师范学校里老师们连夜批卷子的敬业精神，可等待成绩，使得同学们都惶惶不安地度过了这两天。

中等师范学校考试科目之多，超乎每个人的想象，期中加期末，一学期闭卷考试课目十门以上，其他实践课（如美术、音乐、体育等）五门以上。

首先，大家不要以为这些实践课好考，完全不是这样，就说最简单的书法，一张全开大小的毛边纸，要写六十个毛笔大字，一周五张，要坚持写六个学期，完成了，才可能及格，也就是60

分的成绩。如果完成得好，并且字写得越来越好，那肯定高分。如果要应付差事，甚至让别人替写，那就等着不及格吧。

如果真不及格，一个连字都写不好的人，怎么去当老师？粉笔字，那可是硬性要求。粉笔字怎么样才能写得好？毛笔字写得好就足够了。三笔字：毛笔字、钢笔字、粉笔字，只要毛笔字写好了，剩下两种，那就是水到渠成。

而且，替写这种忙，那关系得深刻到啥程度，人家才会帮你啊。要知道，写完六十个大字的毛笔字，没有一个多小时，根本不现实。中等师范学校的学生，也往往把这个功课，放到周末双休的一个半天来一次完成。未来要当老师啊，粉笔在黑板上“刷刷”地写字，如果写得差，那不让人笑掉大牙了，学生自然也不愿意听你的课了。

而美术、音乐、体育考试，也并不轻松。美术，你得真实地画出画儿来，懂得美术史、作品好与坏的基本判断；音乐，那是得照着谱唱出调来，能够听懂欣赏，不能五音不全；体育，那得能演出来几套操，打出来几套拳；还有普通话，这个是要考证书的，如果分数低于 80 分，那中等师范学校毕业证，就跟你说拜拜了。

最要命的是，测试普通话的是省城来的老师，半点马虎也容不得。79.9 的分都打了很多。

听完高年级学生绘声绘色描述这些后，1996 年入学的董啸他们，没一个不面色凝重的。

最难的还是闭卷考试的知识性课目，因为书太多太厚了，一学期一本书，能够分到十节两个 45 分钟的大课，就很不错了。可书往往是十二到十五章的编排，这就意味着，一节课要讲 1 ~ 2 章，这样迅速的知识消化，其繁重程度可想而知。

幸好，在平时的学习中，老师会把重点知识，让学生重点学习。可这重点知识，那也是相当地“重”啊。考试总分虽然只有 100 分，但这个重点知识，加起来得有 500 ~ 600 分。考前一周，任何一门课都得把这 500 ~ 600 分给背诵和巩固一下，最起码也得流利地熟悉一下。

如果一个学生，理解和举一反三的能力不强，那就只好死记硬背，等到你真正记熟了，那自然就了解了。而恰恰，这种能够理解着记忆，并且举一反三的学生，一个班往往只有四五个，而剩下的绝大多数，唯有死记硬背一途了。

你会发现，考试那几天，人们就像疯了一样，吃饭和睡觉、洗脸和去厕所的时间，几乎都到了忽略不计的地步。等到真正考完了，不说假话，每个人都会瘦个几斤、甚至十几斤，更有身体差点的学生，考试完就病倒了，一病就是一周两周。

学习，真是一件苦差事。

这一天里，没有人再去问董啸什么时候走，他最亲密的几个人，都已经知道他要到市二中去读书了。

这时的萧慧她们更是忙得不可开交，各科老师们都叫一些平时相熟的女生男生去帮着抄分数，萧慧她们当然位列其中。在中等师范学校，帮着老师汇总登记分数的好处不言而喻，付出劳动，极有可能就是你由呼天抢地的不及格到高呼 60 分万岁的捷径。

付出，就会有收获的。不可否认，学校学习，总会有印象分在里边的。同样两个学生，学习差不多，一个留给老师的印象好，一个留给老师的印象差，那肯定啊，对于分数有弹性的理解说明题，多一分，就及格了；少一分，就刚好59分了。

传说中的5分卷面整洁分，可能就跟这个是同类吧？

董啸从教室里默默地把书全抱回了宿舍，一本一本地翻看着："没用、没用……"

他一边自己说着，一边把一本又一本厚得再不能厚的"中等师范学校新编试用课本"扔在了床角——高中的学习实在无它们的用武之地。这些书，都是教董啸他们怎么把解题过程讲给学生，让学生掌握解题方法的，重在讲解，不重在把题解开。而真正的普通高中，甚至高考，都是重在解出来就行。解出来，就是一个熟能生巧，就是一个题海战术，解得多了，自然就会解了。这跟中等师范学校的重在学习解题方法，显然不是一个路子，根本行不通。

抬头望了一下床铺，董啸略微有些伤心，等到后天，自己就要彻底离开这里了。他不担心这些考试，他好像与生俱来就有一种天然的解题能力，每本书，只要认真地看三遍，那考试就根本不成问题了。语文教学法的老师曾经在教室当场表扬他："董啸同学的答案，简直比标准答案还要美妙。"

说完，语文教学法老师把标准答案读了一遍，果然是董啸的答案更完美更美妙。

他从床下拖出了手提箱，把不多的衣物全塞在了里面。做完了这一切，他静静地坐在了床沿上，一动不动。宿舍楼里静悄悄的，似乎连一个人也没有。考完了试，是不应该呆坐在一个什么地方的。大玩特玩，或者到各个阅卷的地方打听一下自己的分数，提前体验一把悲喜情怀，那才是真正的高中学生。当然，中等师范学校也是高中，考试成绩的重要性对这里的学生跟普通高中并无不同。

董啸静静地环视着周围的一切，在这里，他度过了一年，把多少欢乐与泪水洒在了这片土地上。可现在就要离开了，一切都好像还是刚来时的样子。当他一转眼看到张楚的被子时，不禁笑了起来，叠得还是一团糟。他走了过去，伸手拉开了张楚的被子，准备帮他叠一下。

突然，一个小本子随着被角“啪”地掉在了地上。董啸随手捡了起来，是一个精致的摘抄本。董啸信手打开了它，张楚用比平时工整好几倍的字体把一些句子抄写在上面，就像每一个中学生曾经做过的一样。

如果张楚在写毛笔字的时候，哪怕肯用跟摘抄本一样的用功度，那他也不至于毛笔字的成绩在上学期挂掉。不过，老师答应他了，别人写一张，他可以写两张，如果有进步，可以让他过。这个处罚，让他今后的双休两天，彻底变成了一天。

董啸翻看着，眼眶里就涌出了泪，这是一个个怎样亲切可爱而又充满浪漫热情的同学啊。和自己的摘抄本不同的是，张楚这个本子里边没有文章，只有一句句的句子：

去一个陌生的地方，开始学会遗忘，开始学会成为自己。

董啸一怔，又接着看了下去：

人是很奇妙的动物，在伤害中成长、茁壮，然后了解自己生命意义的价值。

他没有再继续看下去，合上了摘抄本，放在张楚的枕头下，然后慢慢地叠好了被子，被子在董啸的手下凸现出一个个棱角，就像他们在开学军训时做到的那样。董啸或许是一个神奇的人，在他手下，书轻轻翻几遍，字轻轻写几个，音符轻轻弹几下，画轻轻抹几笔，老师就往往给出 90 分以上的高分，这让同学们羡慕不已。

他对一件事物付出的努力和时间，确实要比别人少一半。但他的专心专注，却不是其他同学能比的。比如，他一旦开始看一本书，就停不下来，直到看完。而其他同学，三小时打鱼两小时晒网的做法，那显然让效率低了至少一半。

成绩，有努力，更有方法。

董啸若有所思，人不就是在接受伤害、克服伤害或遗忘伤害中成长的吗？那天，董啸想了很多，却只是想着“遗忘”，也许逃避是一种错觉，可遗忘会不会也是一种错觉呢？他笑着摇了摇头，对自己说：“不……不会的！遗忘，或许是把它放在心底，珍藏起来。”

董啸站了起来，用手端起在床角叠成一沓的书，向门口走去，他也不知道自己要给谁送去，可他却再也用不着了，他就这样想着，相信总会在路上遇到一些什么，然后把这些书处理掉。董啸用力端着手中的书，双手用力紧绷着，一直朝教学楼走去，所有教室的灯都亮着，老远就传来了一片喧闹的声音，与宿舍楼的静谧形成了鲜明的对比。

所有的学生，都在讨论自己的成绩，或喜或悲或痛或兴奋。而这些，都暂时跟他董啸无关了。

或许，遗忘就是把一些人、一些事放到心底，珍藏起来。这些珍藏，某一天，突然被释放出来，就会感动自己的心灵，回忆那时的美满。它也告诉人们，要珍惜。

第三十一章

最残酷的考试和录取比

学期末一过，最“恐慌”的日子就算过去了。6 月 30 日对 211 班是一个值得大加特加庆贺的日子，没有人再为考试分数而担心了——因为他们班总成绩这次考了全校所有年级五十六个班的第一，加上纪律、卫生等积分，不仅本学期积分因此排到了全年级第一，而且第一学年，也即是 1996 年到 1997 年学年，积分也高居一年级第一位，而且还远高于第二名，真正是做到了高处不胜“寒”。

班里每个同学都兴高采烈的，董啸却默默地看着这一切，他很想高兴、大大地高兴，可却怎么也高兴不起来，他不知道该怎么样去做，甚至有一种想苦笑的感觉，那是一种带着哭的微笑。

这个成绩，是在他的带领下取得的。说实话，董啸虽然有离校出走的“坏毛病”，但整体领导力和应变处事能力还是很强的，特别是以很巧妙和温情的方式，处理好了与几位同班，甚至外班同学的关系。

最值得一提的是，他竟然还有时间去处了个对象。不，应该说是先后处了两个对象，虽然跟孟惠琳的恋爱经历只有一周，但也是恋爱经历。

最不可思议的是，董啸竟然拿到了第一学年全年级学习成绩第一名，没人知道他是怎么做到这一点的。而且，二十五门课程成绩之总和领先第二名高达 30 分。

虽然丹阳中等师范学校在 1997 年第一学期，明确表示取消了学生个人成绩排名公布，只公布班级成绩排名。但为了发奖学金和荣誉证书，每个班的个人排名，班长和团支书，还是必须知道的。于是，各个班级比一比第一名最高分，谁是全年级第一，立刻就出来了。

由于不公布，反而激发了同学们的探究欲，这让谁是班级第一，谁是全年级第一的消息，传播得更加快。

董啸，现在在丹阳中等师范学校，几乎可以说是无人不知，无人不晓了。

丹阳中等师范学校，历史上也曾经出过学习非常好的班干部，但像董啸这样好的，而且还是班长、年级学生会负责人，外加百米赛跑前三名的有力竞争者及班篮球队成员，那真是绝无仅有了。

可就算是这样，董啸也没有胆量试一下师范类中学的大考。丹阳中等师范学校是省立第四中等师范学校，是中等师范学校里重点中的重点。但省师范大学只从每年的中等师范学校大考中（跟高考是一样的时间和安排，考的课程略有不同，难度一样）录取少数学生，丹阳中等师范学校只有六个名额，文综一个，理综一个，音体美特长生各一个。

这个远比高考竞争可怕，一届丹阳中等师范学校一般有 18 个班，一个班按照 55 人计算，总计 990 人，录取比达到 990:6，录取率低到几近无。

而且，这种考试，说实话，是不能拿平时总成绩来计算的。文、理、计算机、音体美全年级所有人都可以报名，只考四门课程，语文、数学和英语，再加上专业综合测试，总成绩 750 分。各类别录取一名。

自信如董啸，都没有勇气面对这个师范类中学的大考。

不过，总有六个幸运儿，从师范类中学大考中通过考试，升入本省师范大学去。

宿舍里静悄悄的，董啸低头看了一下表：8:30，还有两个钟头。他抬头看了一眼张楚，张楚也正在看着他，两个人的目光碰到了一块儿，张楚的眼红红的，董啸突然就鼻子酸酸的。

不管是哪种形式的离别，都是酸楚和疼痛的。

张楚从床铺上起了身，慢慢向董啸的位置走了过来。董啸心里清楚，除了田若南以外，学生里就只有张楚一个知道自己要转学了。董啸甚至还没有把这个消息告诉表姐萧慧。他怕表姐敏感和伤心。

自己班，他只告诉了董老师和张楚，他不想让同学们知道自己要转学了，他不想伤感，也不想让其他人伤心，只是想安静地离开。

他想制造一种效果：他静静地离去，等到同学们知道的时候，已经是过完两个多月的暑假之后了。这样的话，这个消息不至于那么突然，那么令人伤感。是不是那个时候，班里的五十二个同学（加上张楚转过来，去掉董啸，正好是五十二个了），就会麻木而不心痛地接受了这个现实。是不是这样，大家就会心里好受一些，幸福一些？

不管董啸怎么想，这似乎都是一厢情愿。过完暑假后，原班长董啸转学走了，没有任何道别，张楚从213班转入211班担任班长，这不是麻木地接受，这简直就是晴天霹雳一样的消息。脆弱的同学，或者说所有211班的同学，都会哭泣的。甚至张楚也会哭泣，现在是责任感和董啸的友谊，让他把伤感压在了心底。等到了暑假结束后上学第一天，这个消息公布的时候，他还能压制住自己那巨大的伤感吗？

张楚站在董啸的面前，一声不哼，掏出了一个精致的摘抄本，董啸一看，竟然就是昨天的那本。张楚轻轻地把摘抄本放在了董啸的面前，一句话也没说就回到了自己的床铺上，然后静静地躺了下来。

张楚不敢再站在宿舍地上，那样他的眼泪会流下来，流满整个脸颊，然后流到宿舍的地面上。这样的悲伤会赤裸裸地砸在两个少年的心上。他躺下来，独自品味自己那复杂的心伤。

董啸急急地打开了摘抄本，他想错了，那不是昨天的那个，只是它们的样子一模一样，里边只写着一句话：

去一个陌生的地方，开始遗忘，开始学会成为自己。

董啸抬起头，望着张楚床铺的方向笑了，那是一种感激而又信任的笑容。

“啸……啸……”正在愣神间，董啸突然听到一个脆脆沉沉的声音在叫他，不，是在轻声地呼喊他。现在，任何一个响动，都会让敏感的他心惊肉跳。他猛地从床上跳了起来，打开了门，田若南在门外站着。

董啸叫了一声：“南……”就拉着田若南的手，把她拉进了宿舍。田若南顺从地进来了。

张楚，依旧沉浸在自己的世界里，独自悲伤。

“啸，你真的决定要走了？”虽然明知道董啸这几天以来一直在安排离校前的事情，但田若南还是有些犹豫地问了起来。

“是的，南，我想上大学，想要接受更高一些的教育。”董啸望着有些失落的若南，又继续说道：“南，我觉得我们学的东西并不够，我们需要再学一些。南，不要担心。我就考离咱们这儿最近的省内师范大学，我会时常来看你的。”

“啸……你能留在这里，参加中等师范学校大考吗？”田若南说出这句话的时候，泪水已经流了下来。她心里也明白，就算是全年级第一，也没有那样的自信。那个考试，跟高考毕竟区别太大，不能以平时成绩论。一个平常在中等师范学校排名 100 位的同学，也有可能成为他报考类别的第一。

这时，张楚从床上下来，拿了几本书，之后轻轻地出门去了，走时还顺手带上了宿舍门。现在宿舍里就剩下董啸跟田若南两个人了。他知道，这两个人有太多太多的话要说。董啸走后，跟田若南相见的机会，在未来的七八年里，就是屈指可数的了。

田若南再也忍不住伤心，泪突然就大滴大滴地涌了上来，董啸眼睛一酸，把田若南搂在怀里，两个人一起哭了起来。董啸不停地呢喃着："南，我永远都爱你，永远不变。我会经常回来看你，南，我会经常回来看你。"

田若南不作声，在董啸怀里静静地啜泣着。

宿舍电话突然"丁零零……"响了起来，把两个人都吓了一跳，1996 年入学的学生，如果宿舍能够装一个电话，还是很奢侈的一件事情。董啸放开若南，走过去接电话，是妈妈打来的。

"啸，我是妈妈。"妈妈那边的声音有些急促。

"我听出来了，妈妈。"董啸向若南点了一下头。

"啸，你不要办退学手续了，改办成休学两年。我今天上午问了好多位老师，你们中等师范学校，到临毕业时，还有一个对口升学，他们说叫中等师范学校大考，也是可以上本省师范大学的。办休学两年，如果高中太吃力的话，还有机会回到中等师范学校里来竞争一下。你在师范里成绩不是最好的吗？"妈妈一口气说了这么多话，都感觉有点累了。董啸连一句"嗯"也插不上嘴。

"啸！"妈妈在那边叫了一声，董啸从愣神中醒了过来，"是吗？妈妈。"

"当然，儿子，这还能有假啊？办休学，而不是退学！"妈妈显然更是高兴。

董啸心头渐渐涌上一层喜悦："真的啊，妈妈，那就是说我还有可能回到中等师范学校来继续读书，哈哈哈！”

“高兴什么，这得看情况。快好好收拾东西吧！你努力了，就是清华北大，不努力了，就是师大。”妈妈说完就挂了电话。

“哈哈哈！”董啸一边笑一边走过去把田若南抱了起来，还原地转了两圈，“南，我们又可以在一块儿了啊！妈妈说，如果我在高中学习不好，就来考咱们中等师范学校的大考，对口升学，上省内师范大学。反正，我的目标，也是省内师范大学。”

其实，刚才电话里的通话，若南都听到了，她看着兴高采烈的董啸，心里也渐渐涌上了一层淡淡的喜悦。

“若南，那我到高中后，就故意学习差，然后再回来咱们这里，好吧？”董啸不知道怎么，突然就高兴起来了。

“胡说！哪儿有这样的。我们这些人，想上高中考大学，还上不了呢？”说完这句，若南突然就有些伤感。

之前说过，来中等师范学校上学的绝大多数学生，家境都比较差，甚至特别差。家里都期盼着，他们三年毕业后，教书育人，赚钱养家。

突然，毫无征兆的，董啸怀中的田若南轻轻地捧住董啸的头，就把嘴唇贴了上去，一阵柔柔轻轻凉凉的感觉就涌上了董啸的心头，董啸立刻怔在了宿舍地上。也只是一瞬，他就更紧地把田若南抱在了怀里。

田若南说：“董啸，你是我的了，永远是我的了。你身上，有我的‘印记’了。”

第三十二章

这是最好的地方

“董啸，下面有人找。”门“嘭”的一声被张楚撞开了，张楚喊了一声，然后又匆匆地退出了门外。

董啸急忙看了一下表：10:30。“时间到了！”他在心里默默地对自己说。过去的一个小时，是董啸在中等师范学校生涯所待的最后一个小时，能够跟自己最好的一个朋友，自己最爱的恋人静静地温存地待一会儿，这在他看来，已经是人生最大的幸福了。

他没有什么不满足的，丹阳中等师范学校给他带来的，只有快乐幸福，一点儿辛酸也没有。

真的，一点儿辛酸也没有。

他松开紧搂着田若南的双手，田若南抬起了头，脸上溢着斑斑的泪痕还有幸福，这个时候的女子是最漂亮的。

董啸轻轻把若南脸上的泪痕用手擦去，然后就毅然站好了，若南跟着站好，怔怔地望着他，什么也没说。董啸静静地看着若南，目光里写满了不舍与依恋。分别，对于热恋中的人来说，跟生离死别没有什么不同。

“南，你放心，我一定会回来的。我会回来找你的，我会把你娶回家的。”说完，董啸抓起了早就收拾好的行李，他那高大的背影就闪出了宿舍门口……

至少在一年级的时候，中等师范学校的宿舍门，向来是不锁的。一是学生确实比较单纯，入学一年来，从来没听过哪个宿舍丢了东西；二是学校保卫科确实不错，一天 24 小时不间断巡逻，能够确保安全。

几分钟后，董啸那高大的背影又一次出现在了教学楼前。不同的是，繁重的行李都被爸妈拿到车上去了，他单身一人，落寞地背着孤孤单单的一个不大不小的背包踽踽而行地朝着学校的大门走去。

他犹豫了一下，转过身向教学楼看了一眼，在这座高大的建筑物下，他猛然就感觉到一种无助。一种巨大的恐慌袭来，远离自己熟悉的环境，熟悉的人，熟悉的一切，到一个陌生的地方去，这是人生的成长，也是人生最大的伤感。

还好，不过，这伤感也就是一瞬间。他定了定神，转过了身，径自向校门口走去……他不再想回头，却不再敢回头。他怕一回头，那已经压抑的悲伤，又要汹涌而出了。可在临转弯时，终究是管不住自己，又向后看了一眼，他用力仰着头，张楚这时正在教室的南窗口望着他（董啸他们班的教室窗口，正好对着进入学校的那条大马路）。就在董啸回头的时候，张鹤也来到了窗前，他也看到了背着背包、正回头望着的董啸：

“董啸！张楚，董啸这是去哪里啊?”张鹤一脸的茫然，急急地问道。

“他离开咱们学校了，他转学走了，市二中。”张楚说着就离开了窗台。

张鹤怔怔地站在了那里，望着那背着背包的高大背影渐渐地远去，他突然觉得似曾在哪里见过，是的！是见过一次。就那次他跟董啸口角的那一次，为那一次，他还伤感了小半天。

他不敢相信，这下一次，这真实的下一次，竟然来得这么快！这么早！张鹤用力地擦了一下眼，再抬头时，董啸的身影已经变得很小很小了。

“董啸！董啸！……”他猛地打开窗户，然后大声地冲着窗外远处董啸的小小背影喊了一声。

董啸的背影分明“震动”了一下，可就是一下，董啸其实已经听不清了，他只扭了一下头，又继续向前走去。一点儿也没有留恋的样子。

“怎么了?怎么了?……”同学们都围了上来，看到了张鹤那有些微红的眼睛和黯然的神情：“董啸走了，转学了，再也不来了。”他挤出了这几个字，又用手指了一下前方，就哭出了声。

对十六七岁的少男少女来说，哭绝对不是丢脸的事情，而是一种真性情的表露。

“什么?董啸走了！到哪里去了?”同学们都大吃一惊，等他们全都跑到楼下时，就撞见了董老师。

“董老师、董老师……董啸到底是什么情况啊?”大家纷纷对着董老师叫着。

“大家都回去吧！回去吧！董啸已经走了！董啸转学到市二中学习去了，今后还是可以回来看望大家的!”董老师静静地说话，似乎一点儿感情也没有带，但声音却清晰无比，真实地传入每一个同学的耳中。

只有他自己知道，这表面的平静下边，是他内心深处的无法控制的激情，谁说他不曾有过少年?

同学们相互望了一眼，董啸的身影终于消失在了拐角处，大家在原地静静地等了十几分钟，可不仅董啸没有出现，任何的人和物都没有出现，那条大马路的尽头转弯处，荒凉而又寂寞。

那一天，大家都没有了因期末考试顺利通过而惯常应有的高兴和庆祝活动，都默默地等着，等着再过一天，然后就回家度过来中等师范学校后的第一个暑假。

董啸的心思很好，他觉得，他这样偷偷地走了，然后大家过了两个月的暑假，他转学这件事情，就不会在大家心理上产生影响了。可他对了，也错了，对的是他不会经历那大家一起伤心落泪的场景了，他不用一个一个拥抱自己的同学，然后再依依不舍地转身离开了，他也错了，错得离谱，多年以后，大家的脑海里，还是有那样一个印象，一个高高瘦瘦的大男孩，背着一个不大不小的背包，独自孤独寂寥地行走在学校外边那条“漫长”的大马路上，他的脚步是那样的寂寞，没有一个人陪伴他。

他的离开，在五十二个——不，还有董老师——五十三个人的心上，浅浅地划出了一道离别的伤痕。这伤痕，虽然浅浅的，却是多少年也无法愈合的。

就像李若玉骂董啸的那样：“董啸！你这个坏蛋，你躲过了这次离别。可你这样狠心，让这次离别，永远住在了我们心里，挥都挥不去了。”

是的，离别永远是伤痛，不管是甜蜜的离别，还是伤心的离别，只要是离别，就是伤痛的。

虽然，绝大多数离别，都是为了以后永远的不离别，就像董啸转学到高中，要读大学，是为了能够有一个美好的未来，能够有一个更好的未来给到自己，给到田若南，给到自己的家庭。可这种离别，究竟能不能够带来这样的美好和未来，没有人知道，也没有人去仔细想。

未来，少年的心里敢想，却又不敢想。

无数人为了以后永远的不离别，而在离别着，但董啸却没有，或者是没有去关心这些离别的人儿最后到底幸福了没有。

不过，人们都希望，每一个为了以后永远的不离别而离别的人儿，都能够美满幸福。

董啸转过那条大路的弯角后，就像他的每一个同班同学一样，哭了，大声地哭了，他不怕过路的人认为他是神经病。一个十七岁的男孩子，不就是经常性地被人们认为，或者骂作神经病吗？

这段走到市区的路程，是不允许车辆通过的，董啸大约要步行一公里，才能够到达爸爸和妈妈停车的地方。这一公里的路程，他至少哭了800米。离开校门的100米，他没有哭，他静静地走着。过了那个转弯，他的哭声和眼泪就涌了上来，心头和鼻头就莫名地难受。望见父母的最后100米，他胡乱地擦干了眼泪，整整了衣衫。他想让父母看到一个高兴的他，而不是一个伤心哭泣的小孩儿。

可他失败了，他是哭着扑到妈妈的怀里的。虽然他已经长大了，但他毕竟是一个刚刚十七岁的少年。这是跟爸妈和解后第一次扑到妈妈的怀里。

九岁以后，他绝不容许爸爸或妈妈碰或抱他一下。可八年多以后，他又扑进了妈妈的怀里。

“孩子，好好哭一哭吧！不丢人。这才是人生刚刚开始的离别，以后的离别，多着呢，也更痛着呢！”妈妈不会说多漂亮的安慰人的话，可作为董啸最亲的亲人，能够说出几句安慰的话，就已经是最大的安慰了。

那一天，这家人很沉闷，但却是八年多来，最温情的一天。

这个暑假——1997年的暑假，一定是一个漫长而又沉闷的暑假。

那天的天空，也是阴沉沉的，却没有雨，空气中有一种莫名的伤感与骚动，就仿佛是人们那天的心情。

大晴天，毕竟是极少数的日子。而且，往往是大晴天的时候，也是人们最忙碌的时候，没人会注意天气。可当你有时间注意天气的时候，它就是阴天或雨天。

萧慧和田若南站在211班那扇正对着校门口大马路的落地窗前，静静地看着董啸的身影消失在地平线的远处，萧慧对田若南说："若南，我相信董啸一定会回来的。不管怎么说，他都放不下这里。你说呢?"

田若南没有说什么，只是忧伤的脸上静静地绽放着一朵大大的微笑。

是的，董啸不可能放下这里，再好的地方，如果没有了心爱的人、熟悉的人、交心的人，又能有什么好的呢?

这里，就是最好的地方，没有之一。

第三十三章

明天，一定会是一个好天气

董啸走的这天，张楚感觉好累好累，整个人好像虚脱了一样，就像身体里的什么东西突然被抽走了，整个身体乏得要命。

而且，似乎是下意识地，他的胸口感觉到有些闷，于是便早早地回到了宿舍。进了宿舍，孤独的一个人，昏暗的宿舍灯光下，那种闷便立刻转化成了泪水，他一边哽咽着哭出声，一边有大滴大滴的泪从眼眶里滚了出来。那一刻，张楚有一种孩子般的强烈感觉，多想有个像董啸那样的人，陪自己说说话啊，好让自己倾诉一下这种巨大的孤独。

但可惜的是，这种身而为人的巨大孤独，往往也只能一个人自己承受。张楚明白，董啸没有在丹阳中等师范学校继续走完的道路，自己得慢慢走下去了。他也是在此刻，方才体会到了董啸当初的种种心情。董啸已经把一个团结而其乐融融的 211 班，交到了他手上。

董啸的决定是明智的，211 班，不管现在谁当上班长，都会引起纷争，没有一个人——不管是男生还是女生，拥有绝对的支持率。而张楚可以，张楚虽然不是213班的班干部，但他是年级学生会的，是董啸的副手，211班，甚至整个1996级，不认识他的学生很少。另外，张楚是唯一住在211班男生宿舍的外班男生，跟211班的绝大多数男生，关系都比较好。最后一个因素比较关键，张楚的成绩，不管放在213班男生里，还是211班男生里，都是有绝对优势的第一名。

211班更需要张楚，非他莫属。他这是董啸能够打动的最靠谱的一张牌。

心情平静了些许，张楚习惯性地歪倒在自己的床上。他伸手一摸，拿出了自己的摘抄本。可他拿错了，那是另外一个——一本精致崭新的摘抄本。张楚轻轻打开了它，里面没有署名，也没有照片。

他又翻了一页，一页隽永的斜体字映入眼帘里，那是董啸写的。董啸的字完全跟本人一点儿谱都靠不上，字如其人在他这里完全不适用，高高大大阳刚气十足的一个男生，竟然满手隽永清秀的字体。

友情并不是热情，友谊并不在于朝夕，只在于那刹那间感情火花的闪烁。人在不断地追求纯真，可它只是那一瞬间的思想烈火、焚烧的热情。

朋友，珍重。

张楚呆呆地望着这行字好久好久，然后笑了，脸上却还有泪水亮亮地往下淌，他用衣袖用力擦了一下：“董啸，放心去干自己的事去吧！这里有我！你没有做完的事情，我来做，你没有走完的路，我来走！”他微笑着合上了摘抄本。

曾记得，1996 年以前，他有什么不开心的事情就会跟最好的朋友或最好的一个亲人（这个亲人往往是跟他年龄相近的同辈）倾诉一番，然后获得一个不大不小的安慰，事情就过去了。1996 年以后，几乎每个人都有一个摘抄本，一个日记本，开心的事，不开心的事，讨厌的人，喜欢的人，都往上边写，一个小小的精致本子，就成了自己的心事和灵魂的集聚地。每个人，都把它看得紧紧的，丢掉它，就像失了魂一样。如果有人取走了别人的日记本，那必然会酿出一场争吵，甚至一场争斗。

还好，每个人都有自己的摘抄本，自己的日记本，身而为人，总要有一些秘密，一些喜欢和一些不喜欢。于是，争吵和争斗几乎就很少发生了。

窗户外边，天阴沉沉的，空气中传来初夏那独特的清新味道。

“还有很多的事情要做，该振作一下了！”张楚在床上自言自语的，像是在对董啸说，又好像是在对自己说。说完这些，他从床上跳了起来，那身体里失去的东西，仿佛在刚刚过去的一个小时，又迅速地回到了身体里边。

晚自习结束的铃声响了起来，整个学校又重新沸腾了起来，学校的下马路（教学楼和宿舍区的这段路，叫下马路）上猛地就冒出了许多学生，黑压压的，天已经有些暗了。真不明白，这些学生是怎么做到在晚自习铃声刚响的那一刹那，就可以走出这么远的路，张楚摇摇头，奇怪自己为什么有这样的想法。

答案其实已经在脑子里了。能够做到下课铃声响完的同时，已经走出教学楼的学生，必须在下课铃响前 5 分钟，就在坐着等待下课铃的响起。铃声刚一响起，就往教室外边冲，等它响完的时候，人就冲出教学楼门，来到宿舍区的学校下马路上了。

除了下马路，另外还有中马路和上马路，都是柏油路，都差不多有 12 米宽的样子。中马路指教学楼到学校大门这段路，上马路指学校门口到马路尽头两个转弯外，左转到市区，右转到郊区农田。上马路有 200 多米，中马路 50 多米，下马路 150 多米。

又一个热闹的晚上就要开始了，中等师范学校的晚上总是最快乐的时光。在完成一天的功课，轻轻松松地走向那一个个可休憩的宿舍时，才能感觉到一丝丝的快乐和满足！

张楚推开了门，走出了宿舍，脸上挂着一个罕见而明朗的笑，仿佛他知道天马上要放晴了似的。

天还是阴沉沉的，但最远最远的天空有一角深深的墨蓝传来，那个墨蓝的最深处，有一颗虽小但很灿烂的星。

明天，一定会是一个好天气。

桑洁、萧慧、若玉和田若南四个并没有回宿舍，而是绕道来到了操场。就是在这里，董啸认了若玉当妹妹。

若南先开口了："董啸好决绝，说走就走了。"

若南不说话倒好，她一说话，引起了另外三个人的大笑。

若玉先开口了："得了便宜还要卖乖啊，我的嫂子。这么好的一个哥，也给你了。”

“你！……”若南假装生气来追打若玉，若玉一边叫着，“嫂子饶命！嫂子饶命！”一边早跑远了。

“她们真开心！”

“她们真开心！”

桑洁和萧慧说出了同一句话，两个人都莞尔一笑。

总的来说，这两个人完全是综合了一下。桑洁虽然没有了之前的活泼劲，但也没有任何阴郁了。萧慧没有了冷冰冰的样子，开始比较和气和热情些了。而萧慧之前担心桑洁的事情，这时候也完全烟消云散了。

“你觉得若玉和黄晓海能成吗？”看着打闹中的若玉和若南，萧慧突然这样问桑洁。

“那要看黄晓海的诚意了。”桑洁随口答道。

说完这两句，她们分明感觉到身后有人匆匆地离去了。

她们俩“哈哈”大笑了起来，原来萧慧早就知道，黄晓海跟着她们四个从教室出来了，当然，最主要的是跟着若玉。

毫无疑问，刚刚匆匆离去而心情激动的那个人，自然是黄晓海。

桑洁和萧慧的谈话，最起码给了他对未来的信心。

张楚在宿舍门口遇到了肖冰，这个 211 班风风火火的团支书，叫住了他，向他急急地说着什么。

说实话，肖冰说了什么，张楚一句话也没听进去。他只注意到了，肖冰这个女孩，竟然是那样的漂亮，特别是脸部，竟然就像是艺术家雕刻出来的一样，是那样的精致。

董啸这家伙，竟然没有发现肖冰。又或许，董啸早就发现肖冰了，只是他更喜欢孟惠琳，后来是田若南罢了。

张楚只记住一个信息，暑假结束后，他会搬到211班，就坐在原董啸班长的位置上，他的同桌是一个叫申琳的女孩。

就是那个在董啸高歌一唱后，要求董啸给她写一下歌词，却被董啸嗤之以鼻的。但奇怪的是，董啸后来竟然和申琳成了同桌，并且，几乎成了无所不谈的“哥们儿”，董啸还给申琳起了一个外号——“tiger”，原因是申琳有两颗小虎牙，不管是说话还是笑，这两只虎牙都会异常明显地显露出来。

“小班长！”张楚跟肖冰分开后，被余庆云叫住了。

张楚被这个称呼叫得摸不着头脑，或许是因为自己比董啸小半岁的缘故吧。余庆云不在班级宿舍住，而是跟另外一个班的男生一块儿住在教学楼门房里，负责早上开广播加看管教学楼。

过去的一年里，余庆云几乎跟董啸形影不离。两个人的爱好、作派几乎一致，唯一不同就是董啸是班长，余庆云不是。

眼尖的张楚发现，一个女孩刚刚跟余庆云分开，走向女生宿舍区了，这个女孩分明就是孟惠琳。

余庆云竟然跟孟惠琳在一起了，不过，想想也正常。董啸和余庆云，本来就是趣味相投的好好兄弟。

可惜，董啸只是没有在对的时间遇上。张楚刚一这样想，就否定了自己的想法，怎么没对。在对的时间里，董啸和田若南遇上了，余庆云和孟惠琳遇上了，董啸和孟惠琳的那一场相恋，只是短暂的序曲和揭幕罢了。

余庆云站着跟张楚说了几句话，就回宿舍了。余庆云一开始想不通，为什么董啸不向班主任推荐自己接任班长，平常董啸不在的时候，很多工作安排，都是余庆云代董啸完成的。他在班里，经常被人叫做“小班长”，他也比董啸小半岁。

后来，他想通了，如果他当班长，杨冬、刘斌、张晓、张鹤等一杆子人，肯定不同意。而这一竿子人中，不管谁当，他、黄晓海、李凯飞等一竿子人，必然也不同意。张楚，几乎成了唯一的选择。

现在，他把“小班长”这个称号，还给了张楚。

余庆云刚走，张楚的哥们儿们，杨冬、刘斌、张晓过来了，一起来的还有张鹤和杨娟，张鹤和杨娟这两个一齐“针对”董啸的患难与共的同胞，终于功成名就，走在了一起，并且，他们还加入了张楚的四人团队。

兄弟间，不必说太多的话，每人拥抱一下。当然，除了杨娟，要拥抱，张鹤也不容许啊！

李凯飞回宿舍的时候，匆匆地拍了一下张楚的肩膀，算是认可他成为211班的一员了。

很多时候，认可是不需要言语的，拍拍肩膀的肢体语言就够了。这是深刻的心灵上的认可。

董老师，这个时候在干什么呢？他掏出了自己初中、高中和大学毕业时的留言册，一页一页翻完。那些青涩的或成熟的豪言壮语背后，是一张张稚嫩无比的脸庞，在后来的日子里，他们再也没有那样光洁青春的脸庞，再没有那样青春光洁的额头了。

那时候的照片，每一张几乎都是阳光四溢。

在昏暗的书房灯光下，跟董老师是校友的师母，从背后拥住了董老师，董老师那严厉镜片后的眼睛，分明已经泪光闪闪了。

回忆，永远是幸福而备受感动的。

好吧，明天一定会是一个好天气的。

明天，是1997年暑假的第一天。所有丹阳中等师范学校的学生，都将离开学校，回到那个阔别已久的家。

第三十四章

爱情，就是这样妙不可言

1997 年 6 月 30 日下午，就是董啸离开省立第四中等师范学校，即丹阳中等师范学校的那天。辗转一翻后，爸爸妈妈把他送到了另外一所完全不同的学校，虽然它也是一所中学，虽然也有高大的教学主楼、整齐的宿舍楼、偌大的操场、洁白的跑道。

可不同的是，却没有了中等师范学校校园里那轻轻的却又无时无刻不响彻耳旁的喧闹声，这里很静很静，安静得要命。整所中学有一种巨大的压力加在上边。更要命的是，在这里，董啸一个人都不认识，周围都是陌生的同学。

董啸没有回教室，而是直接回了宿舍。今天是中等师范学校暑假前的最后一天，但对丹阳市第二中学高中部却不是，这是暑假加强补课开始前的一天。1997 年整个暑假，丹阳市第二中学高中部将照常上课。能够略微体现为这是假期的是，平常每周休周六半天加周日一天，改成了每周双休。

妈妈早已经提前帮他把行李送回到了宿舍。依旧是那张靠着窗户的上铺空着。似乎学生们都不想选这个位置，因为下雨或者下雪消融的时候，会有水溅到这个位置，但董啸不在乎这些。况且，这可能只是一种感觉和习惯性的想法，中等师范学校的一年住校生活，也下过几场大雨大雪，他的铺位，从来都没有淋湿或溅湿过。

董啸喜欢这个位置的阳光，暖暖的，让人很心安。

妈妈已经帮他把床铺收拾好了，深蓝色的床单散发出淡淡的清香，阳光从窗外洒进来，暖暖的。他笑了一下，爬到上铺，坐到了上面，伸了一下懒腰，感觉特别舒服。他闭上眼睛，这个铺位，仿佛就是中等师范学校的那个铺位，仿佛，他还是在中等师范学校的宿舍里。

宿舍里还有一个人——在最里边一张床的上铺躺着。董啸心里想着：不用问就知道是生病了——高中是不会有其他情况的。如果在中等师范学校，有学生在上课的时间待在宿舍里，那可能的原因就很多了，不想上课，困了想睡，失恋了，等对象过来，等等，不胜枚举。但高中就一个原因，生病到起不了床了。

这个“病人”正在摆弄着个单放机，这应该也是1996年左右比较独特的称谓吧，因为不到三年，随身听便迅速取代了它，单放机就迅速地消失掉了。然后，随身听在几年后又被iPad和手机们干掉了。

单放机里播放着一首旋律清静悠远的歌。董啸忍不住问了一句：“这位同学，听的什么歌？旋律挺美的！”

床上的同学听见有人叫他，忙坐了起来，先愣了一下，望着董啸几秒钟没说话，继又笑道："你好！我叫张楚，你刚转过来的吧！"

董啸吃了一惊："什么！张楚？"

"是呀！"这个张楚抓了一下后脑勺，又说道："我听的是《流浪者之歌》，好听吧？"

董啸从惊讶中回过神来，一愣神后旋即苦笑，此张楚非彼张楚，这个世界上有同名同姓的人，实在是再正常不过了。何况，张姓在中国，本身就是大姓。

于是，董啸笑着说道："叫我董啸好了！"说着，他把背包放下了。

张楚又仰面躺下了，看得出来，这个张楚是重感冒，起身一会儿，都觉得喘，估计还得休息两天。

董啸没有再说什么，静静地坐在那里。他在想：我其实不就是一个流浪者吗？董啸仰面躺在窗外透进来的阳光里，默默地听完了那首歌：

你带着微笑告诉我，有一天，你要远走，我不知应该怎么对你说。年少的，轻狂的我，也曾经这样想过，理想它就在远方，等候。当我带着行囊到处去流浪，追寻我的梦想到达的地方；当我经历过无数的风霜，才发现我追求的答案，就是我最忽略最温暖的家。

这个张楚很贴心，因为董啸说了一句好听，特意为他重放了一遍。

董啸笑了，自己不是也有好多最温暖的家吗？一个是自己的家，有爸爸、妈妈的爱；一个是载着自己那一年苦乐的丹阳中等师范学校，有老师同学的关心、友谊，特别是有了田若南，那一份永远抹不去的深爱，深深刻印在了董啸心里；还有萧慧表姐的家，表姐和姥姥，不也在随时欢迎着自己回家吗？而另一个不就是自己现在的这里吗？他相信，他会和这个新张楚，成为好朋友的。

那一天，董啸过得很愉快；那一夜，他翻开了日记本，洁白的纸页上面又多了一行行倾斜的黑色字迹……那是一篇不太短也不太长，却寄寓了他心伤与心酸，欢笑与泪水的文字。

告别少年

从镜子里才发现，那欢快的、无忧无虑的笑已从脸上消失了，换来的是对自己和未来的思虑。

不知何时开始了对自己的亲情、爱情的考虑，一次次的嗔怪自己对妈妈太不礼貌时，白发早已爬上了忙碌的妈妈的双鬓；一次次离家时，总会看到妈妈在无声地落泪。于是，我对自己说：一定要珍惜这份时光，为了自己，为了妈妈。于是，一次一次我学会了坚强。

就是在十六岁的那年，无法抑制的冲动让我接触了她。可青春的狂热像那风中冰凌，悦耳的声响不也会融化吗？有人说：男人在脆弱中容易爱上一个不该爱的人。可我还不是真正的有钢铁一样坚强意志的男子汉，但脆弱也不能与我同伴，于是，我又学会了隐藏。

有一次，妈妈对我说——你说话懂事一些了。

有一次，老师对我说——你上课安静许多了。

有一次，同学说——你不那么爱说笑了。

于是，我对自己说——告别少年，走进十七岁，又是一个起点了。

董啸合上了本子，他望着窗外，夜很深很静，繁星点点，就像深蓝色的墨水泼满了天空，空气中送来了阵阵凉爽的风。他喃喃的对自己说：“我十七岁了，十七岁……”也许，人就是这样成长起来的；也许，并不是每一个十七岁的开始都能有这许多收获。

夜深了，满天的星星一闪一闪的，很耀眼，它们一点儿也没有改变。

董啸静静地抬头望着窗外那弯晶亮的月牙，心头浮现上来一个人的身影，然后，浓重的相思，就笼罩了他的全部心思。

在同一片天空下的丹阳中等师范学校里，田若南也这样站在窗口，静静看着苍穹下那弯被恋人们寄托了无限相思情的月牙。

两个人的心思，到了一块儿。爱情，就是这样妙不可言。

今天，是董啸的十七岁生日。今夜，十七岁再不回头。